COLEÇÃO CLÁSSICOS DE OURO

Virginia Woolf

MRS. DALLOWAY

TRADUÇÃO *Mario Quintana*

APRESENTAÇÃO *Marília Gabriela*

11ª EDIÇÃO

EDITORA
NOVA
FRONTEIRA

Título original: *Mrs. Dalloway*

Editora Nova Fronteira Participações S.A.
Rua Candelária, 60 – 7º andar – Centro – 20091-020
Rio de Janeiro – RJ – Brasil
Tel.: (21) 3882-8200

Imagem de capa:
Ellen Emmet Rand, *Woman before the Mirror*, 1925, OST.
Art Institute, Chicago.

CIP-Brasil. Catalogação na fonte
Sindicato Nacional dos Editores de Livros, RJ

W862m. Woolf, Virginia, 1882-1941
Mrs. Dalloway / Virginia Woolf ; tradução Mario Quintana ; apresentação Marília Gabriela. - [11. ed.]. - Rio de Janeiro : Nova Fronteira, 2021. (Clássicos de ouro)
160 p. ; 23 cm.

Tradução de: Mrs. Dalloway
ISBN 9786556401607

1. Romance inglês. I. Quintana, Mario. II. Gabriela, Marília. III. Título.

17-46287 CDD: 823
CDU: 821.111-3

Apresentação

com virginia woolf aprendi o tempo.

a eternidade de um dia quando se trata da condição humana.

nossa magnitude e nossa pequenez.

um dia qualquer numa sociedade em transformação, uma festa a ser preparada, seres humanos que se tangenciam, que mergulham em si mesmos e seguem, inexoravelmente, para suas solidões.

mrs. dalloway é literatura deslumbrante.

é transmissão do olhar, ensina a ouvir e a reconhecer no outro.

na minha opinião, é prova contundente de que o autor se desnuda, sim, em sua obra.

virginia woolf, aquela que conhecemos por sua rica e trágica história de vida, está toda ali, pulverizada em suas criaturas com suas indagações e suas angústias.

"não desejava morrer. a vida era boa. o sol aquecia. se não fossem os seres humanos..."

mrs. dalloway revolucionou a literatura do século xx.

e me revolucionou.

li este livro pela primeira vez em 1980 e nunca mais fui a mesma.

somos todos, do timbuktu a ipanema, pessoinhas tentando acertar, buscando o sentimento impossível, ajeitando-nos daqui e dali, e fechando os olhos, sozinhos, apagando a memória, os sonhos, quando a festa acaba.

só podia ter sido mario quintana, poeta maior, a fazer a tradução.

vinte e tantos anos depois *mrs. dalloway* continua o mesmo.

nós também.

*Marília Gabriela**

---

* Jornalista, apresentadora, atriz e escritora brasileira.

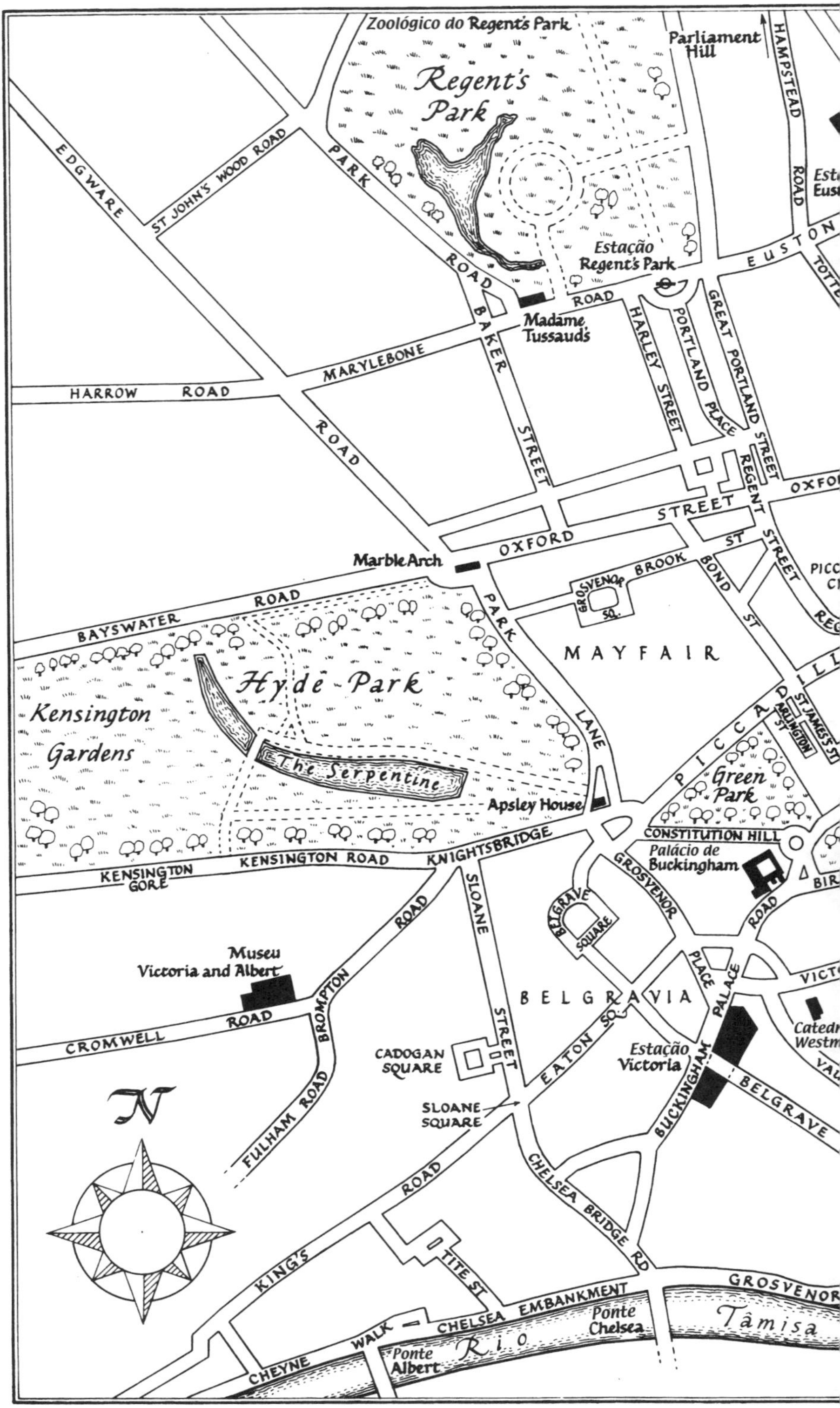
Zoológico do Regent's Park
Regent's Park
Parliament Hill
HAMPSTEAD ROAD
EUSTON
Estação Regent's Park
EDGWARE ROAD
ST JOHN'S WOOD ROAD
PARK ROAD
Madame Tussaud's
BAKER STREET
HARLEY STREET
PORTLAND PLACE
GREAT PORTLAND STREET
MARYLEBONE ROAD
HARROW ROAD
REGENT STREET
OXFORD STREET
Marble Arch
BROOK ST
GROSVENOR SQ.
BOND ST
PARK LANE
BAYSWATER ROAD
MAYFAIR
Hyde Park
Kensington Gardens
The Serpentine
Apsley House
PICCADILLY
ARLINGTON ST
ST JAMES'S ST
Green Park
CONSTITUTION HILL
Palácio de Buckingham
KENSINGTON GORE
KENSINGTON ROAD
KNIGHTSBRIDGE
SLOANE STREET
GROSVENOR PLACE
BELGRAVE SQUARE
Museu Victoria and Albert
BROMPTON ROAD
CROMWELL ROAD
BELGRAVIA
EATON SQ.
BUCKINGHAM PALACE ROAD
Estação Victoria
CADOGAN SQUARE
SLOANE SQUARE
FULHAM ROAD
BELGRAVE
N
KING'S ROAD
CHELSEA BRIDGE RD
TITE ST
CHELSEA EMBANKMENT
GROSVENOR
Ponte Chelsea
Tâmisa
Rio
CHEYNE WALK
Ponte Albert

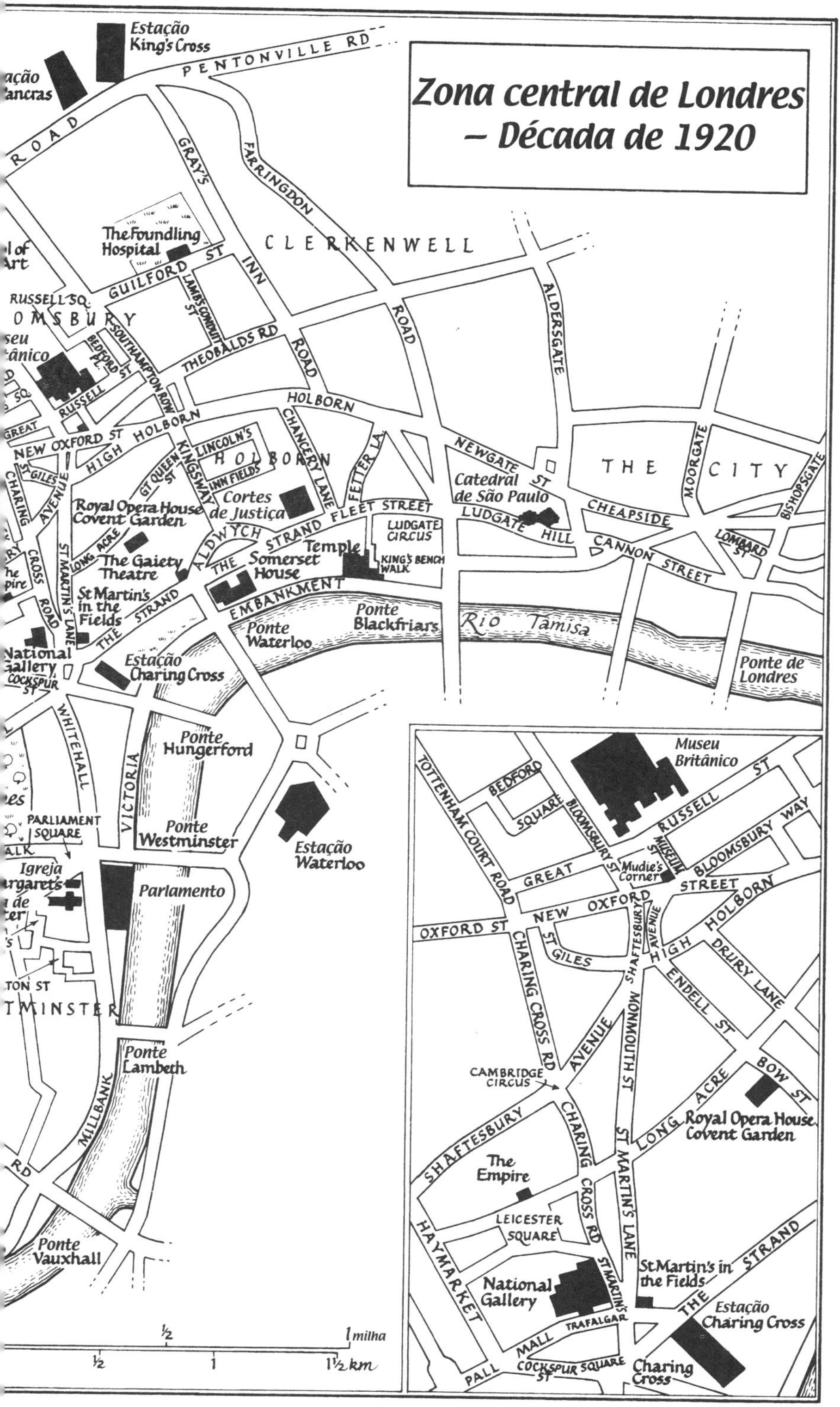
Zona central de Londres
– Década de 1920
Estação King's Cross
PENTONVILLE RD
ROAD
GRAY'S
FARRINGDON
The Foundling Hospital
CLERKENWELL
GUILFORD ST
INN
LAMBS CONDUIT ST
RUSSELL SQ.
BEDFORD PL.
SOUTHAMPTON ROW
THEOBALDS RD
ROAD
ROAD
ALDERSGATE
RUSSELL
HOLBORN
GREAT
NEW OXFORD ST
HIGH HOLBORN
KINGSWAY
LINCOLN'S INN FIELDS
HOLBORN
CHANCERY LANE
FETTER LA.
NEWGATE ST
THE CITY
MOORGATE
BISHOPSGATE
ST GILES
CHARING
AVENUE
GT QUEEN ST
Royal Opera House Covent Garden
Cortes de Justiça
FLEET STREET
Catedral de São Paulo
LUDGATE HILL
CHEAPSIDE
LUDGATE CIRCUS
CANNON STREET
LOMBARD ST
LONG ACRE
The Gaiety Theatre
ALDWYCH
STRAND
THE
Somerset House
Temple
KING'S BENCH WALK
CROSS
ROAD
ST MARTIN'S LANE
St Martin's in the Fields
THE STRAND
EMBANKMENT
Ponte Blackfriars
Rio Tâmisa
Ponte Waterloo
National Gallery
COCKSPUR ST
Estação Charing Cross
Ponte de Londres
WHITEHALL
Ponte Hungerford
VICTORIA
PARLIAMENT SQUARE
Ponte Westminster
Estação Waterloo
Igreja
Parlamento
TON ST
TMINSTER
Ponte Lambeth
MILLBANK
RD
Ponte Vauxhall
½
1 milha
½
1
1½ km
TOTTENHAM COURT ROAD
BEDFORD
SQUARE
BLOOMSBURY ST
Museu Britânico
RUSSELL ST
MUSEUM ST
BLOOMSBURY WAY
Mudie's Corner
GREAT
NEW OXFORD
STREET
OXFORD ST
HIGH HOLBORN
SHAFTESBURY AVENUE
ST GILES
CHARING CROSS RD
DRURY LANE
ENDELL ST
MONMOUTH ST
AVENUE
CAMBRIDGE CIRCUS
BOW ST
LONG ACRE
Royal Opera House Covent Garden
SHAFTESBURY
CHARING
The Empire
CROSS RD
ST MARTIN'S LANE
LEICESTER SQUARE
HAYMARKET
National Gallery
ST MARTIN'S
St Martin's in the Fields
THE STRAND
Estação Charing Cross
TRAFALGAR
PALL MALL
COCKSPUR ST
SQUARE
Charing Cross

Mrs. Dalloway disse que ela própria iria comprar as flores.

Quanto a Lucy, já estava com o serviço determinado. As portas seriam retiradas dos gonzos; em pouco chegaria o pessoal de Rumpelmayer. Mas que manhã, pensou Clarissa Dalloway — fresca como para crianças numa praia!

Que frêmito! Que mergulho! Pois sempre assim lhe parecera quando, com um leve ringir de gonzos, que ainda agora ouvia, abria de súbito as vidraças e mergulhava ao ar livre, lá em Bourton. Que fresco, que calmo, mais que o de hoje, não era então o ar da manhãzinha; como o tapa de uma onda; como o beijo de uma onda; frio, fino, e ainda (para a menina de 18 anos que ela era em Bourton) solene, sentindo, como sentia, parada ali ante a janela aberta, que alguma coisa de terrível ia acontecer; olhando para as flores, para os troncos, de onde se desprendia a névoa, para as gralhas, que se alçavam e abatiam; parada e olhando, até que Peter Walsh lhe dizia: "Meditando entre os legumes?" — seria isso? ou: "Prefiro as pessoas às couves-flores"? Com certeza o dissera certa manhã em que ela havia saído para o terraço — esse Peter Walsh. Regressaria da Índia por um dia desses, em junho ou julho, não se lembrava bem, pois as suas cartas eram incrivelmente aborrecidas; os seus ditos é que ficavam na memória; os seus olhos, o seu canivete, o seu sorriso, a sua rabugice e, quando milhões de coisas se haviam desvanecido de todo — que estranho era! —, umas poucas frases como aquelas sobre couves.

Deteve-se um instante no cordão da calçada, esperando que passasse o caminhão de Durtnall. "Uma encantadora mulher", pensou Scrope Purvis (conhecendo-a como se conhece a gente que mora quase à nossa porta, em Westminster); havia nela algo de pássaro, de um gaio, azul-verde, leve, vivaz, embora houvesse passado dos cinquenta e encanecido muito desde a última doença. Ali estava pousada, muito direita, sem o ver, esperando para cruzar.

Tendo vivido em Westminster — há quantos anos agora? mais de vinte —, sente-se, até no meio do tráfego, ou quando se desperta à noite, Clarissa bem o sabia, um particular silêncio, ou solenidade; uma indescritível pausa; aquela suspensão (ou seria do seu coração, que diziam afetado pela influenza?) antes que batesse o Big Ben. Agora! Já vibrava. Primeiro um aviso, musical; depois a hora, irrevogável. Os pesados círculos dissolviam-se no ar. Que loucos somos, pensava ela, atravessando Victoria Street. Só Deus sabe como se ama a isso, como se considera a isso, compondo-o sempre, construindo-o sempre em torno de nós, derribando-o, criando-o de novo a cada instante; até as últimas mendigas, as mais baixas misérias dos portais (bebem a sua ruína) faziam o mesmo; impossível, ela o sabia, impossível salvá-las com leis parlamentares, por esta simples razão: amava a vida. Nos olhos dos passantes, na sua pressa, no seu andar, na sua demora; no burburinho e vozearia; carros, autos, ônibus, caminhões, homens-sanduíches bamboleantes e tardos; charangas; realejos; na glória e no rumor e no estranho aerocanto de algum avião sobre a sua cabeça, estava isto, que ela amava: a vida, Londres; aquele momento de junho.

Pois era em meados de junho. A guerra estava acabada, exceto para alguns, como Mrs. Foxcroft, ainda na última noite, na embaixada, devorando a sua mágoa, porque fora morto aquele belo rapaz e o velho castelo deveria agora passar para um primo; ou Lady Bexborough, que inaugurava uma quermesse, diziam, tendo na mão o telegrama de que John, o seu predileto, fora morto; mas estava acabada, sim; graças a Deus — acabada. Era em junho. O rei e a rainha achavam-se no palácio. E por toda parte, embora tão cedo, era um estrépito, uma agitação de pôneis a galope, um bater de paus de críquete; lordes, Ascot, Ranelagh e os demais; tudo envolto na macia echarpe do ar azul e cinza da manhã, que a ia retirando à medida que o dia se desgastava, e devolvendo ao gramado os saltitantes pôneis, cujas patas mal tocavam o chão, e mais os irrequietos jovens e as ridentes moças, nas suas musselinas transparentes, que, mesmo depois de haverem dançado toda a noite, levavam agora a passeio os seus incríveis cachorrinhos felpudos; e agora mesmo, naquela hora, velhas damas discretas estavam saindo, nos seus autos, para não se sabia que misteriosas andanças; e os lojistas atarefavam-se nas vitrinas com suas imitações e diamantes, seus lindos broches verde-mar do século XVIII, de tentar americanos (mas era preciso economizar, não fazer compras irrefletidas para Elizabeth), e ela própria, também, amando como amava aquilo tudo com uma absurda e religiosa paixão, parte que era daquele mundo, pois os seus iam a palácios desde a época dos Jorges, ela própria ia, naquela noite, receber e iluminar: ia dar a sua festa. Mas que estranho, ao entrar no parque, o silêncio; a obscuridade; o sussurro; o lento nadar dos patos satisfeitos; as papudas aves meneando-se; e quem era que vinha vindo lá dos edifícios do governo, carregando uma pasta com as armas reais, senão Hugh Whitbread? Seu velho amigo Hugh — o admirável Hugh!

— Olá, Clarissa! — disse Hugh, alvoroçadamente, pois conheciam-se desde crianças. — Aonde vais?

— Gosto de passear em Londres. Sempre é melhor do que passear pelo campo.

Os Whitbreads acabavam de chegar — infelizmente — para ver médicos. Outros vinham para ver exposições; ir à ópera; passear as filhas; os Whitbreads vinham *ver médicos.* Vezes sem conta Clarissa visitara Evelyn Whitbread em hospitais. Evelyn estava doente de novo? Evelyn estava às voltas com as suas coisas, disse Hugh, dando a entender, com um enfadado alçar de todo o corpo, um corpo aliás confortavelmente abrigado, bem parecido ao extremo, bem fornido (andava sempre um pouco elegante demais, mas com certeza tinha de ser assim, devido à sua ocupação na corte), que sua mulher tinha algum incômodo interno, nada sério, mas que Clarissa Dalloway, como velha amiga, deveria compreender sem mais explicações. Sim, naturalmente que compreendia... Que transtorno, não? Sentia-o, sim, como uma irmã, mas ao mesmo tempo, estranhamente, pensava no seu chapéu. Não era então o mais adequado para aquela hora? Pois Hugh sempre a fazia sentir-se assim, cumprimentando-a ainda agora alvoroçadamente e declarando-a uma verdadeira moça de 18 anos, e que sim, que iria à sua festa daquela noite, por sinal que Evelyn fazia absoluta questão, somente que chegaria um pouco mais tarde, depois da recepção no palácio, aonde levaria um dos filhos de Jim — ela sempre se sentia um pouco em falta diante de Hugh; como uma colegial; mas queria-lhe bem, em parte por sempre havê-lo conhecido e também por suas qualidades próprias, embora tivesse o dom de exasperar a Richard, ao passo que Peter, esse, até hoje não lhe havia perdoado gostar dele.

Podia relembrar cenas e cenas em Bourton — Peter furioso; naturalmente que Hugh não se lhe comparava, de modo algum, mas daí a ser um perfeito imbecil, como Peter dizia... não; nem tampouco um simples manequim. Quando sua velha mãe lhe pedia que desistisse de alguma caçada, ou a levasse a Bath, ele o fazia, sem dizer palavra;

nada tinha de egoísta, na verdade, e quanto a dizer, como Peter, que Hugh não tinha nem coração nem miolos, mas somente as maneiras e a educação do típico *gentleman* inglês, eram coisas daquele querido Peter nos seus piores momentos. E afinal Hugh podia ser intolerável, impossível; mas sempre um adorável companheiro para passearem juntos numa manhã daquelas...

(Junho fizera brotar todas as folhas nas árvores. As mães de Pimlico amamentavam os filhos. Transmitiam-se mensagens da Frota para o Almirantado. Arlington Street e Piccadilly pareciam amornar o próprio ar do parque e alçar-lhe as folhas ardentemente, luminosamente, nas ondas dessa divina vitalidade que Clarissa amava. Dançar, cavalgar, tinha adorado tudo isso.)

Afinal, podiam estar separados durante séculos, ela e Peter; ela nunca escrevia uma carta e as dele eram muito secas; mas de súbito lhe ocorria: "Que diria Peter, se estivesse aqui comigo agora?" Alguns dias, certas cenas lho traziam de volta, suavemente, sem a antiga amargura; é talvez a recompensa de haver amado as criaturas; voltam em meio de St. James's Park por uma bela manhã — voltam mesmo. Mas Peter — por mais belo que fosse o dia, e as árvores, e a relva e aquela meninazinha de cor-de-rosa, Peter nada veria disso tudo. Poria os óculos, se ela lho dissesse; e olharia. O que lhe interessava era a situação do mundo; Wagner, a poesia de Pope, os caracteres das pessoas, sempre e sempre, e os defeitos dela própria. Como a arreliava! Como discutiam! Ela iria casar-se com um primeiro-ministro e pararia no alto de uma escada; chamava-lhe a perfeita dona de casa (ela até havia chorado no quarto); era o tipo acabado da perfeita dona de casa, dissera ele.

E ei-la que ainda se achava argumentando no St. James's Park, ainda provando que faria bem — como o fizera — em não se casar com ele. Pois no casamento é preciso um pouco de liberdade, um pouco de independência entre pessoas que moram juntas, dia após dia, na mesma casa; o que Richard lhe concedia, e ela a ele. (Onde estaria Richard naquela manhã, por exemplo? Nalguma comissão, ela nunca lhe perguntava qual.) Mas com Peter tudo tinha de ser compartilhado; tudo tinha de ser esclarecido. Era intolerável, e quando surgiu aquela cena do jardim, junto à fonte, tivera de romper com ele, ou seria um desastre para ambos; seriam ambos arruinados, estava certa; embora lhe houvesse ficado durante anos, como uma frecha cravada no coração, a dor, a angústia; depois o horror de quando alguém lhe dissera num concerto, que Peter se havia casado com uma mulher a quem conhecera durante a viagem para a Índia! Nunca esqueceria aquelas coisas! Fria, sem coração, uma puritana, chamara-lhe Peter. E que nunca compreenderia como ele sabia amar. Mas aquelas indianas decerto compreenderiam — umas tolas, umas frívolas, umas ventoinhas. E ela estava era desperdiçando a sua piedade. Pois ele achava-se perfeitamente feliz, assegurara-lhe — perfeitamente feliz, embora nunca houvesse feito nada digno de nota; toda a sua vida tinha sido um fracasso. E tudo isso ainda mais a irritava.

Chegara aos portões do parque. Deteve-se um momento, olhando os ônibus de Piccadilly.

Não, agora nunca mais diria, de ninguém neste mundo, que eram isso ou aquilo. Sentia-se muito jovem; e, ao mesmo tempo, indizivelmente velha. Passava como uma navalha através de tudo; e ao mesmo tempo ficava de fora, olhando. Tinha a perpétua sensação, enquanto olhava os carros, de estar fora, longe e sozinha no meio do mar; sempre sentira que era muito, muito perigoso viver, por um só dia que fosse. Não que se julgasse inteligente, ou muito fora do comum. Nem podia saber como tinha atravessado a vida com os poucos dedos de conhecimentos que lhe dera Fräulein Daniels. Não sabia nada; nem línguas, nem história; raramente lia um livro agora, exceto memórias, na cama; mas como a absorvia tudo aquilo, os carros passando; e não diria de Peter, não diria de si mesma: sou isso, sou aquilo.

O seu único dom era conhecer as criaturas quase por instinto, pensava, seguindo o seu caminho. Se a deixavam numa sala com alguém, eriçava-se como um gato; ou ronronava. Devonshire House, Bath House, a casa com a cacatua chinesa, tinha-as visto uma vez, iluminadas; e recordava Sylvia, Fred, Sally Seton — que anfitriões! e o baile a noite inteira; e as carroças a caminho do mercado; e o regresso do auto pelo parque. Recordava que uma vez lançara um xelim na Serpentina. Mas recordar, todos recordavam; o que ela amava era isto, aqui, agora, na sua frente; a senhora gorda no carro. Importava então, indagava consigo, encaminhando-se para Bond Street, importava mesmo que tivesse de desaparecer um dia, inevitavelmente? Tudo aquilo continuava sem ela. Sentia-o? Ou seria um consolo pensar que a morte acabava com tudo, absolutamente? Ou, de qualquer maneira, pelas ruas de Londres, no fluxo e refluxo das coisas, talvez sobrevivesse, Peter sobrevivesse, vivessem um no outro, ela fazendo parte, estava certa, das árvores de casa; daquela casa ali, tão feia, toda caindo em pedaços como estava; parte da gente que nunca havia encontrado; espalhando-se, como uma névoa, entre as criaturas que melhor conhecia e que a sustentariam nos seus ramos, como vira as árvores sustentarem a névoa, embora isso esparzisse tanto a sua vida, e a si própria... Mas que estava ali a sonhar, enquanto olhava a vitrina de Hatchard? Que estaria tentando recordar? Que imagem de límpida aurora no campo, enquanto lia no livro aberto:

Não mais temas o calor do sol
Nem as iras do inverno furioso.

Aquela última experiência do mundo abria em todos, homens e mulheres, uma fonte de lágrimas. Lágrimas e pesares; coragem e resistência; uma conduta perfeitamente a prumo, estoica. Como, por exemplo, a mulher a quem mais admirava, Lady Bexborough, inaugurando a quermesse.

Havia ali *Jaunts and Jollities*, de Jorrocks; havia *Soapy Sponge* e as *Memórias de Mrs. Asquith* e *Big Game Shooting in Nigeria*, todos abertos. Livros havia, e muitos, mas nenhum que parecesse adequado para levar a Evelyn Whitbread no hospital. Nada que pudesse servir para distraí-la e fazer com que aquela mulherzinha indescritivelmente seca aparentasse cordialidade por um momento, à entrada de Clarissa, antes que se instalassem para a costumeira e interminável conversa sobre problemas femininos. Como necessitava ela, Clarissa, que os outros manifestassem agrado quando chegava, pensou, voltando para Bond Street, aborrecida, pois era uma tolice ter segundas intenções para fazer as coisas. Antes ser dessas criaturas como Richard, que faziam as coisas por si mesmas; enquanto ela — pensava, esperando para cruzar —, ela não as fazia simplesmente, por si mesmas, mas para que os outros pensassem isso ou aquilo; uma perfeita idiotice, sabia-o (agora o policial erguia a mão), pois ninguém nunca se deixava iludir novamente. Oh! se pudesse viver de novo!, pensou, ao pisar a rua, como não havia de ser diferente!

Antes de tudo, seria morena como Lady Bexborough, com uma tez de pelica e lindos olhos. Seria, como Lady Bexborough, serena e imponente; um tanto forte; interessada em política como um homem; com uma casa de campo; muito digna, muito sincera. Em vez disso, tinha uma cara estreita, uma ridícula carinha de pássaro. Era verdade que estava em forma; e tinha lindas mãos e lindos pés; e vestia-se bem, considerando o pouco que gastava. Mas muitas vezes aquele corpo que habitava (parou para olhar um quadro holandês), aquele corpo, com toda a sua consistência, não parecia nada — absolutamente nada. Tinha a esquisita sensação de estar invisível; despercebida; desconhecida; de não ser mais casada, não ter mais filhos agora, apenas aquela espantosa e um tanto solene marcha com os demais, por Bond Street, ser esta Mrs. Dalloway; nem mais Clarissa: Mrs. Dalloway somente.

Bond Street fascinava-a; Bond Street na manhã de primavera; as suas bandeiras drapejando; as suas lojas; nada turvo; nada berrante; uma peça de fazenda no estabelecimento onde seu pai comprara roupa durante cinquenta anos; umas poucas pérolas; salmão no gelo.

"Tudo isto", dizia ela, olhando os pescados. "Tudo isto", repetia, parando por um momento à vitrina de uma luvaria onde, antes da guerra, podia-se comprar luvas quase sem defeito. E o velho tio William, que costumava dizer que se conhecia uma dama por seus sapatos e suas luvas. Voltara-se na cama, certa manhã, em plena guerra, e dissera: "Estou farto." Luvas e sapatos; tinha paixão por sapatos; mas a sua própria filha, a sua Elizabeth, não se importava absolutamente nem com uma nem com outra coisa.

"Absolutamente", pensou, dirigindo-se, por Bond Street, a uma loja que lhe fornecia flores quando dava uma recepção. Na verdade, o que mais importava a Elizabeth era o seu cachorro.

Naquela manhã, toda a casa recendia a alcatrão. Mas antes o podre Grizzle que Miss Kilman; antes rebuliço, alcatrão e tudo o mais que ficar num quarto abafado, com um livro de orações!

Antes não importa o quê, diria. Mas podia ser simplesmente uma dessas fases que todas as meninas atravessam, como dizia Richard. Podia ser amor. Mas por que por Miss Kilman? Sem dúvida que esta passara trabalhos e merecia condescendência, e Richard dizia que era muito inteligente, e possuía verdadeiro senso histórico. Em todo caso, as duas eram inseparáveis, e Elizabeth, a sua própria filha, ia comungar. E quando à maneira de vestir-se, de tratar as visitas, eram coisas com que não se importava, pois Clarissa tinha experiência de que o êxtase religioso insensibiliza as criaturas; embota-lhes os sentimentos, visto que Miss Kilman era capaz de fazer tudo pelos russos, deixar-se morrer de fome pelos austríacos, mas na vida privada infligia verdadeiras torturas, tão insensível era, na sua capa de borracha verde. Fazia anos que usava esse casaco; transpirava; não ficava na sala cinco minutos sem que nos fizesse sentir a sua superioridade, a nossa inferioridade; que pobre era; como somos ricos; que vivia num tugúrio, sem uma almofada, um tapete, ou o que quer que fosse, com aquela injustiça cravada no coração: a sua demissão da escola durante a guerra — a pobre, amargurada, infeliz criatura! Pois afinal não era a ela que se odiava, mas à ideia que se formara a seu respeito, sem dúvida acrescida de muitas coisas que não eram Miss Kilman; tornara-se um desses espectros com quem lutamos nos pesadelos; um desses espectros que se apoderam de nós, dominadores e tirânicos, e nos sugam a metade do sangue; pois sem dúvida que, com outro lance de dados, o preto para cima, e não o branco, ela teria amado Miss Kilman! Mas não neste mundo. Não.

Horrível, pensava, adivinhar mover-se nela aquele monstro brutal! ouvir ramos estralejando e sentir aqueles cascos nas profundezas dessa floresta cheia de folhas, a alma; nunca estar inteiramente alegre, nem inteiramente segura, pois a qualquer momento o animal podia estar movendo-se; ódio que, especialmente depois da sua doença, fazia-lhe sentir um doloroso arrepio na espinha; causava-lhe uma dor física, todo o prazer da beleza, da amizade, do bem-estar, de sentir-se amada, de tornar a casa deliciosamente acolhedora, tudo vacilava e pendia, como se na verdade houvesse um monstro a roer as raízes, como se toda a panóplia do contentamento não fosse mais que amor-próprio! e aquele ódio!

Tolices, tolices!, exclamava para si mesma, atravessando a porta giratória de Mulberry, o florista.

Avançou, rápida, alta, muito direita, recebendo logo a saudação da rechonchuda Miss Pym, cujas mãos estavam sempre vermelhas, como se conservasse em água fria, junto com as flores.

Por toda parte, flores: delfínios, ervilhas-de-cheiro, ramos de lilases; e cravos, montões de cravos. Rosas também; íris. Ah! — ela aspirava o suave aroma do jardim terrestre, enquanto conversava com Miss Pym, que lhe devia favores e a supunha boa, pois o tinha sido anos antes; muito boa, mas parecia mais velha, aquele ano, volteando a cabeça para um e outro lado, entre os íris, as rosas, os balouçantes tufos de lilases, aspirando-lhes de olhos entrecerrados, após o tumulto da rua, o delicioso perfume, o adorável frescor. E depois, abrindo os olhos, que imaculadas lhe pareciam as rosas, como linhos recém-passados em cestas de vime; e os escuros e afetados cravos vermelhos, de cabeça erguida; e as ervilhas-de-cheiro, abertas em seus vasos, roxas, brancas, desmaiadas — como se fosse um pôr de sol e raparigas de musselina viessem colher flores de ervilha e rosas, após um soberbo dia de verão, com o seu céu quase azul-marinho, seus delfínios, seus cravos, suas açucenas; e fosse o momento entre seis e sete em que cada flor — rosa, cravo, íris, lilás — se põe a arder; branco, vermelho, violeta, laranja carregado; cada flor parece queimar-se sozinha; suavemente, puramente, nos canteiros brumosos; e como amava as cinzentas falenas, revoluteando sobre os girassóis, as crepusculares primaveras!

E começou a andar com Miss Pym de floreira em floreira, escolhendo, tolices, tolices, dizia consigo, como se aquela beleza, aquele perfume, toda aquela cor, e Miss Pym, que a estimava, que acreditava nela, fossem uma onda que a envolvesse e afogasse aquele monstro, o afogasse de todo; e a elevava cada vez mais alto, quando — oh! um tiro de revólver lá fora, na rua!

— Meu Deus, esses autos! — disse Miss Pym, indo à janela espiar e voltando com um sorriso de desculpas e as mãos cheias de ervilhas-de-cheiro, como se aqueles autos, aqueles pneus de autos fossem culpa sua.

A violenta explosão que sobressaltara Mrs. Dalloway e fizera Miss Pym correr à janela e desculpar-se provinha de um auto que se aproximara da calçada oposta à Casa Mulberry. Os transeuntes, que, naturalmente, pararam e olharam, mal tiveram tempo de divisar uma face da mais alta importância contra a almofada gris-pérola, antes que uma mão de homem baixasse a cortina, nada mais se podendo ver senão um quadrado cinzento.

Todavia, começaram imediatamente a circular rumores, desde o meio de Bond Street a Oxford Street, de um lado, até a perfumaria de Atkinson, do outro, passando invisíveis, inaudíveis, como uma nuvem rápida a velar colinas, tombando efetivamente, com algo da súbita gravidade e do silêncio de uma nuvem, sobre faces que um segundo antes estavam completamente desprevenidas. Mas agora o mistério os havia roçado com a sua asa; tinham ouvido a voz da autoridade; o espírito religioso pairava agora, de olhos fortemente vendados e lábios abertos. Mas de quem era a face ninguém sabia. Do príncipe de Gales? da rainha? do primeiro-ministro? De quem era a face? Ninguém sabia.

Edgar J. Watkiss, com os seus petrechos de encanador pendentes do braço, disse em voz alta, com toda a ênfase, por humorismo, naturalmente: — O carro do primeiro-ministro.

E Septimus Warren Smith, que não pudera passar, ouviu.

Septimus Warren Smith, de cerca de trinta anos, pálido, nariz aquilino, sapatos amarelos e sobretudo puído, de olhos claros, com esse olhar desconfiado que inspira desconfiança aos demais. O mundo alçara seu látego; sobre que se abateria?

Tudo voltara à calma. A trepidação dos motores ressoava como uma pulsação batendo irregularmente através de um corpo. O sol tornou-se extraordinariamente forte porque o auto se detivera ante a vitrina de Mulberry; velhas senhoras, na imperial dos ônibus, abriram seus negros guarda-sóis; aqui uma sombrinha vermelha, ali uma verde brotavam com um pequeno estalido. Mrs. Dalloway, dirigindo-se à janela com os braços cheios de ervilhas-de-cheiro, olhou para fora com o seu rostinho róseo franzido numa interrogação. Todos olhavam para o auto. Septimus olhava. Rapazes saltaram das bicicletas. O tráfego acumulava-se. E ali estava o auto, de cortinas descidas, que tinham um curioso desenho semelhante a uma árvore, pensou Septimus, e aquela gradual centralização de todas as coisas ante os seus olhos, como se algo fosse surgir daquilo e tudo estivesse a ponto de estalar em chamas, aterrorizou-o. O mundo oscilava, fremia e ameaçava estalar em chamas. Sou eu que estou estorvando o caminho, pensou. Não era ele que estava sendo olhado e apontado? não estava ali plantado, na calçada, com um firme propósito? Mas que propósito?

— Vamos, Septimus — disse uma mulher, uma mulherzinha de olhos grandes numa face delgada e pálida — uma rapariga italiana.

Mas a própria Lucrezia não podia deixar de olhar o auto e o emblema da árvore nas cortinas. Estaria ali a rainha — a rainha, que saía a compras?

O chofer, que abrira alguma coisa, dera volta a alguma coisa e fechara alguma coisa, subiu para o seu lugar.

— Vem — disse Lucrezia.

Mas seu esposo, pois estavam agora casados há quatro, cinco anos, sobressaltou-se, pôs-se em marcha e resmungou raivosamente: — Está bem! — como se ela o houvesse interrompido.

A gente devia estar notando; a gente devia estar vendo. A gente, pensava ela, olhando para a turba que contemplava o automóvel; os ingleses, com os seus filhos e os seus cavalos, e as roupas, que ela em certo sentido admirava; mas que agora eram "a gente", porque Septimus declarara "Eu vou matar-me"; uma coisa horrível de dizer. Será que tinham ouvido? E ela olhava para a multidão. Socorro, socorro! tinha vontade de gritar para os distribuidores de carne, para as mulheres. Socorro! Ainda no último outono passado, ela e Septimus haviam estado no cais, envoltos na mesma capa, e, como Septimus estivesse a ler um jornal em vez de conversar, ela lho arrancara das mãos e rira na cara do velho que os observava! Mas a desgraça devia ser oculta. Tinha de arrastá-lo para alguma praça.

— Agora vamos cruzar — disse-lhe.

Tinha direito a seu braço, embora este fosse insensível. E o que o marido lhe podia dar — a ela, que era tão simples, tão impulsiva, 24 anos apenas, sem amizades na Inglaterra, e que por ele deixara a Itália — era apenas um osso.

O auto, com as cortinas descidas e um ar de inescrutável reserva, prosseguiu para Piccadilly, ainda observado; ainda fazia as faces, de ambos os lados da rua, franzirem-se com o mesmo obscuro sopro de veneração, não se sabia se pela rainha, o príncipe ou o primeiro-ministro. A própria face fora entrevista apenas por três pessoas, durante alguns segundos. Até o sexo estava agora em discussão. Mas não havia dúvida de que a grandeza estava ali dentro; a grandeza estava passando por Bond Street, separada apenas um palmo do vulgo, que tinha agora ao alcance da voz, pela primeira e última vez, a majestade da Inglaterra, o perdurável símbolo do Estado com que os curiosos arqueólogos deparariam, a remexer os destroços do tempo, quando Londres fosse um caminho cheio de ervas e todos aqueles que se afanavam pela rua naquela manhã de quarta-feira não fossem mais que ossos com algumas alianças misturadas a seu pó e as obturações de ouro de inumeráveis dentes. Seria então descoberta a face do automóvel.

Com certeza é a rainha, pensou Mrs. Dalloway, saindo de Mulberry com as flores; a rainha. E, por um segundo, assumiu um ar de extrema dignidade, parada diante da loja, ao sol, enquanto o carro deslizava a um passo, de cortinas descidas. A rainha, que vai a algum hospital; a rainha, que vai inaugurar alguma quermesse, pensava Clarissa.

O aperto era terrível àquela hora. Lordes, Ascot, Hurlingham, quem seria?, perguntava-se, pois a rua estava bloqueada. A classe média da Inglaterra, mal-acomodada na imperial dos ônibus, com pacotes, guarda-sóis e, sim, até mesmo peles num dia como aquele, era mais ridícula, pensou, mais impossível do que se poderia conceber; e a própria rainha estava detida; a própria rainha era incapaz de passar. Clarissa estava imobilizada a um lado de Brook Street; *sir* John Buckhurt, o velho juiz, do outro, com o auto entre ambos (*sir* John baixara sentenças durante anos e gostava de mulheres elegantes), senão quando chofer, inclinando-se ligeiramente, disse ou mostrou algo ao guarda de trânsito, que saudou, estendeu o braço e volveu a cabeça, com o que o ônibus se afastou, dando passagem ao auto. Lenta e silenciosamente, prosseguiu seu caminho.

Clarissa adivinhou; Clarissa compreendeu, sim; tinha visto algo branco, mágico, circular, na mão do lacaio, um disco com um nome escrito — da rainha, do príncipe de Gales, do primeiro-ministro? —, nome que, por força do próprio esplendor, abria caminho (Clarissa viu o auto diminuir, desaparecer), abria caminho para ir fulgurar entre candelabros, condecorações, peitos enfunados de alamares, Hugh Whitbread e todos os seus colegas, os *gentlemen* da Inglaterra, aquela noite no Palácio de Buckingham. E Clarissa também dava uma recepção. Empertigou-se um pouco; também ela estaria no alto da sua escada.

O carro sumira-se, mas deixara um leve rastro que fluía entre as casas de luvas e chapéus e as alfaiatarias de ambos os lados de Bond Street. Durante trinta segundos, todas as cabeças se inclinavam no mesmo sentido — para a janela. Enquanto escolhiam um par de luvas — deviam ser até o cotovelo, ou acima, limão ou cinza-claro? —, as senhoras detiveram-se; quando terminaram a frase, alguma coisa havia acontecido. Alguma coisa tão insignificante, em certo sentido, que nenhum instrumento matemático, embora capaz de registrar terremotos na China, lhe poderia captar a vibração; mas, considerada em si mesma, formidável e comovente; pois, em todas as chapelarias e alfaiatarias, pessoas estranhas entreolharam-se e pensaram nos mortos; na bandeira; no império. Na taberna de uma rua transversal, um colonial insultou a Casa de Windsor, o que ocasionou discussões, copos de cervejas quebrados, um tumulto geral, cujos ecos foram ressoar estranhamente, através da rua, nos ouvidos das noivas que compravam roupa branca, com fitas brancas, para o seu enxoval. A superficial agitação provocada pela passagem do carro aflorava, ao extinguir-se, algo de muito profundo.

Deslizando para Piccadilly, o carro dobrou St. James's Street. Homens altos, homens de físico robusto, homens bem-vestidos, de jaquetas de vivos brancos e cabelos penteados para trás, e que, por motivos difíceis de discriminar, achavam-se na vidraçaria de Brooks, com as mãos atrás das abas do casaco, olhando para fora, perceberam instintivamente que a grandeza estava passando, e a pálida luz da imortal presença tombou sobre eles, como tombara sobre Clarissa Dalloway. E ao mesmo tempo endireitaram-se, recolheram as mãos, como que prontos a servir seu soberano, até à boca dos canhões, se preciso fosse, como o tinham feito os seus antepassados. Os bustos brancos e as pequenas mesas de fundo cobertos de exemplares do *Tatler* e de sifãos pareciam aprovar; pareciam anunciar os trigais ondulantes e os castelos da Inglaterra; e ampliaram o leve ruído do motor, como as paredes de uma galeria acústica repetem uma voz única, e a expandem com a força de uma catedral. Moll Pratt, com o seu xale e as flores expostas na calçada, aclamava o querido moço (estava certa de que era o príncipe de Gales), e teria arrojado o preço de uma caneca de cerveja — um ramo de rosas — em St. James's Street, por pura cordialidade e desafio à pobreza, se não sentisse o olhar do guarda pousado nela, desalentando a sua lealdade de velha irlandesa. As sentinelas de St. James fizeram continência; o guarda da rainha Alexandra respondeu.

Enquanto isso, formara-se um pequeno grupo ante os portões do Palácio de Buckingham. Sem pressa, mas confiantes, todos eles gente pobre, ali esperavam; olhavam para o palácio, com a sua bandeira flutuante; para a estátua de Vitória, maciça em seu terraplano; admiravam as cascatas e os gerânios; designavam os autos, primeiro esse, depois aquele; desperdiçavam emoções, inutilmente, sobre gente comum que rodava; suspendiam o entusiasmo enquanto passava esse e aquele auto; e durante todo o tempo o rumor se acumulava em suas veias e lhe fazia vibrar os nervos, ao pensamento da majestade que os olharia; da rainha inclinando-se; do príncipe saudando; ao pensamento da vida celestial que Deus outorga aos reis; os escudeiros e profundas reverências; a velha casa de bonecas da rainha; a princesa Mary casada com um inglês, e o príncipe — ah! o príncipe! tão parecido, diziam, com o velho rei Eduardo, mas muito mais delgado. O príncipe morava em St. James; mas poderia vir pela manhã, em visita à mãe.

Assim dizia Sarah Bletchley, com o filho nos braços, oscilando o pé, como se estivesse em sua casa em Pimlico, junto à lareira, mas com os olhos fixos no Mall, enquanto Emily Coates contava as janelas do palácio e pensava nas criadas, nas inumeráveis criadas, nos quartos, nos inumeráveis quartos. O grupo aumentava, havendo-se-lhe reunido um velho senhor, com um cachorro *aberdeen*, e vários desocupados. O pequeno Mr. Bowley, que morava no Albany e tinha seladas as fontes profundas da vida, mas que de súbito jorravam inadequadamente, sentimentalmente, ante coisas como esta — pobres mulheres esperando a passagem da rainha — pobres mulheres, lindas crianças, órfãos, viúvas, a guerra — basta! —, estava naquele momento com os olhos rasos de água.

Uma brisa que ondulava, morna, ao longo do Mall, entre árvores esguias, junto aos heróis de bronze, desenrolou uma flutuante flâmula no coração britânico de Mr. Bowley, que ergueu o chapéu quando o carro apontou no Mall, e assim o manteve enquanto o carro se aproximava; e assim ficou muito direito, comprimindo atrás de si as pobres mães de Pimlico.

De súbito, Mrs. Coates olhou para o céu. O rumor de um aeroplano brocou ominosamente o ouvido da multidão. Ali estava, sobre as árvores, rojando uma fumaça branca que se desenrolava e entrelaçava, realmente escrevendo alguma coisa! escrevendo letras no céu! Todos olhavam.

O aeroplano mergulhava, remontava, traçava uma curva, deslizava, baixava, subia, e o que quer que fizesse, por onde quer que fosse, ia-lhe flutuando no rastro a fita de branco fumo que se desenrolava e enroscava em letras no céu. Mas que letras? Seria um *C*? um *E*, e depois um *L*? Só por um instante ficavam paradas; depois se moviam, mesclavam-se, apagavam-se no céu, e o aeroplano seguia adiante e, de novo, num espaço limpo de céu, começava a escrever — um *K*, um *E*, um *Y*, talvez?

— Glaxo — disse impressionadamente Mrs. Coates, olhando para o alto, e o bebê, estirado rijo e branco em seus braços, olhava para o alto.

— Kreemo — murmurou Mrs. Bletchley, como uma sonâmbula. Com o chapéu perfeitamente imóvel na mão, Mr. Bowley olhava para o alto. Por todo o Mall havia gente parada e olhando o céu. Enquanto assim olhavam, o mundo se tornou perfeitamente silencioso, e um voo de gaivotas cruzou o céu, primeiro uma guiando, depois as outras, e naquela extraordinária paz e silêncio, naquele palor, naquela pureza, os sinos batiam 11 vezes, indo morrer o som entre as gaivotas.

O aeroplano deu a volta, deslizou e foi ter exatamente onde queria, rapidamente, livremente, como um patinador.

— Um *E* — disse Mrs. Bletchley — ou um dançarino.

— É *TOFFEE* — murmurou Mr. Bowley (e ninguém viu quando o carro chegou aos portões do palácio), e o aeroplano, cortando o fumo, seguiu adiante, sempre adiante, e o fumo se esgarçou e foi unir-se às grandes nuvens brancas.

Fora-se; estava atrás das nuvens. Nem mais um som. As nuvens, a que se haviam reunido as letras *E*, *G* ou *L*, moviam-se livremente, como que destinadas a levar de oeste a leste uma mensagem da máxima importância, que nunca seria revelada, embora fosse mesmo uma missão da máxima importância. De súbito, como um trem que sai de um túnel, o aeroplano emergiu dentre as nuvens, o som brocou o ouvido de toda a gente, no Mall, no Green Park, em Piccadilly, em Regent Street, no Regent's Park, e a fita de fumo desenrolou-se, e o aeroplano baixava, subia, escrevia uma letra após outra — mas que palavra estaria escrevendo?

Lucrezia Warren Smith, sentada ao lado do marido, em um banco da alameda do Regent's Park, olhou para cima.

— Olha, olha, Septimus! — exclamou. Pois o dr. Holmes lhe recomendara que fizesse com que o marido (que nada tinha de grave, mas estava um tanto alterado) se interessasse pelas coisas exteriores.

Com que então, pensou Septimus, olhando para o alto, estão a comunicar-se comigo. Não eram verdadeiramente palavras, isto é, ele ainda não podia entender tal linguagem, mas era bastante clara, aquela beleza, aquela estranha beleza, e os olhos enchiam-se-lhe de lágrimas, enquanto via as palavras de fumo enlanguescerem e misturarem-se no céu, dando-lhe, com a sua caridade inexaurível e risonha bondade, uma após outra, formas e formas de inimaginável beleza, e anunciando-lhe a intenção de proporcionar-lhe gratuitamente, para sempre, simplesmente para olhá-la, beleza, mais beleza! As lágrimas corriam-lhe pelas faces.

Era Toffee; era um anúncio de Toffee, disse uma ama a Rezia. E juntas começaram a soletrar... *T... O... F...*

— *K... R...* — disse a ama, e Septimus ouvia-a dizer "ka erre" junto ao seu ouvido, profundamente, lentamente, como um melodioso órgão, mas com certa aspereza na voz, como a do canto das cigarras, que lhe arranhava deliciosamente a espinha e lhe enviava ao cérebro ondas e ondas de som, que se entrechocavam, quebrando-se. Uma maravilhosa descoberta, na verdade — que a voz humana, em certas condições atmosféricas (pois sejamos científicos, antes de tudo científicos) possa dar vida às árvores! Felizmente que Rezia lhe pôs a mão sobre os joelhos, com um tremendo peso, tanto que se sentiu inerte, pregado ao solo; senão, a inquietação daqueles olmos que subiam e baixavam com todas as folhas iluminadas e as cores escurecendo e adensando-se, do azul ao verde-mar, como penachos de cavalos, como *aigrettes* de damas, tão orgulhosamente subiam e baixavam, tão soberbamente — o deixariam louco, sim. Mas ele não enlouqueceria. Fecharia os olhos; não olharia mais.

Mas faziam-lhe sinais; as folhas estavam vivas; as árvores estavam vivas. E, como se achavam conectadas por milhões de fibras com o seu próprio corpo, ali no banco, iam-no as folhas abanando; quando o ramo se movia, ele também.

O alvoroço dos pardais, revoando em meio às fontes, fazia parte do desenho; branco e azul, cortado de negros ramos. Os sons formavam harmonias, com toda a premeditação; e os intervalos de silêncio eram tão significativos como os sons. Um choro de criança. Lá muito longe soou uma trombeta. Tudo aquilo, em conjunto, significava o nascimento de uma nova religião...

— Septimus! — chamou Rezia. Ele estremeceu violentamente. — A gente devia estar notando...

— Vou até a fonte e já volto — disse ela.

Pois não podia mais aguentar. Dissesse o dr. Holmes que aquilo não tinha importância... Antes vê-lo morto! Não podia ficar sentada junto de Septimus quando ele olhava daquela maneira, e não a via, e tudo parecia terrível; o céu e as árvores, as crianças brincando, puxando carros, soprando apitos, caindo; tudo era terrível. Mas não, Septimus não se mataria; e ela não podia falar com ninguém. "Septimus tem trabalhado em demasia" — era a única coisa que podia dizer, à sua própria mãe. O amor torna a gente solitária, pensou. Não podia dizê-lo, a ninguém, nem mesmo a Septimus, agora, e, olhando para trás, viu-o sentado sozinho no banco, com o seu sobretudo puído, curvado, os olhos fixos. E era uma covardia um homem dizer que ia matar-se; mas Septimus havia lutado; fora um bravo; não era o mesmo Septimus agora. Ela punha a sua gola de fitas. Punha um chapéu novo e ele nem notava; e era feliz sem ela. Nada poderia fazê-la feliz sem ele! Nada! Era um egoísta. Assim são os homens. Pois ele não estava doente. O dr. Holmes dizia que não era nada. Rezia estendeu a mão! Olha! A aliança lhe escorregava do dedo — como havia emagrecido! Ela é que sofria —, mas não tinha ninguém a quem dizê-lo.

Que longe a Itália e a casaria branca e a sala onde suas irmãs sentavam a fazer chapéus, e as ruas à tarde, cheias de gente que ria alto, sim, e não meio vivos como os daqui, nas suas cadeiras de rodas, a olharem umas poucas e feias plantas metidas em potes!

— Deverias ver os jardins de Milão — disse ela em voz alta. Mas a quem?

Não havia ninguém. Suas palavras dissipavam-se. Como se dissipa um foguete. As chispas, depois de haverem riscado a sua trajetória na noite, somem-se no seio dela, a escuridão retumba, escorre sobre o perfil das casas e das torres; os flancos ermos das colinas suavizam-se, desaparecem. Mas, embora hajam desaparecido casas e colinas, a noite está cheia delas; sem cor, sem janelas, existem mais maciçamente, expressando o que a franca luz do dia não pode transmitir — a turbação e suspensão das coisas aglomeradas na terra; confundidas na treva; privadas do alívio que traz a aurora, quando, molhando as paredes de branco e gris, tocando cada janela, alçando a bruma dos campos, descobrindo as vacas vermelhas que pastam tranquilamente, tudo é mais uma vez revelado aos olhos; tudo existe de novo. — Estou sozinha; estou sozinha! — exclamou, junto à fonte do Regent's Park (olhando para o índio com a sua cruz), como talvez à meia-noite, quando todas as lindes se perdem e o campo reverte à sua forma antiga, como o viram os romanos, coberto de névoa, ao desembarcarem, e as colinas não tinham nome e os rios corriam não se sabia para onde — assim eram as suas trevas; quando de súbito, e como se um soco houvesse brotado da terra com ela em cima, Rezia declarou que era esposa de Septimus, casada anos antes em Milão, que era esposa de Septimus, e que nunca, nunca diria que ele estava louco. O soco girou, abateu-se; ela caía, caía. Pois ele tinha ido, pensou — tinha ido matar-se, como ameaçara — arrojar-se debaixo de um caminhão! Mas não; ali estava ele; ainda sentado sozinho no banco, com o seu sobretudo puído, as pernas cruzadas, os olhos fixos, falando alto.

Os homens não devem cortar as árvores. Há um Deus. (Anotava tais revelações nas costas de envelopes.) Mudar o mundo. Ninguém mata por ódio. Torná-lo conhecido (tomou nota). Esperava. Escutava. Um pardal, pousado na grade em frente, piou "Septimus, Septimus", quatro ou cinco vezes, e, cascateando as suas notas, continuou a cantar, alto, com frescor, em palavras gregas, que o crime não existe, e, tendo chegado um outro pardal, cantavam ambos, com voz prolongada e penetrante, em grego, dentre as árvores do prado da vida, à margem de um rio onde passeavam os mortos, que a morte não existe.

Ali estava a sua mão; ali, os mortos. Coisas brancas se reuniam atrás das grades opostas. Mas ele não se atrevia a olhar. Evans estava atrás daquelas grades!

— Que dizias? — indagou Rezia subitamente, sentando-se a seu lado.

De novo interrompido! Ela estava sempre interrompendo.

Longe da gente — deviam ir para longe da gente, disse ele (erguendo-se logo), direito para ali onde havia cadeiras debaixo de uma árvore e a longa vertente do parque se estendia como uma peça de pano verde sob um elevado dossel de fumaradas azuis e cor-de-rosa, e havia uma fila de casas irregulares esfumadas na bruma, onde o tráfego zumbia em círculo, e onde, à direita, animais escuros alongavam longos pescoços sobre as paliçadas do zoo, uivando, rugindo. Sentaram-se debaixo de uma árvore.

— Olha — implorou ela, designando um grupo de meninos que carregavam paus de críquete, enquanto um sapateava, rodopiava, tornava a sapatear, como se estivesse representando um palhaço num *music hall*.

— Olha — implorou ela, pois o dr. Holmes lhe havia recomendado que o fizesse interessar-se pelas coisas reais, ir a um *music hall*, jogar críquete — era o jogo indicado, dizia o dr. Holmes, um belo jogo ao ar livre, o verdadeiro jogo para o seu marido.

— Olha — repetia ela.

Olha, ordenara-lhe o invisível, a voz que agora se comunicava com ele, que era o maior dentre os humanos, Septimus, recém-chegado da vida para a morte, o senhor que tinha vindo renovar a sociedade, e que jazia como um manto, como um tapete de neve apenas tocado pelo sol, para sempre sacrificado, sofrendo para sempre, o bode expiatório, o eterno sofredor; mas ele não queria, dizia, gemendo, enquanto rechaçava com um gesto da mão aquele eterno sofrimento, aquela solidão eterna.

— Olha — repetia Rezia, pois ele não devia falar sozinho em voz alta, quando se achava fora de casa.

— Olha — implorava ela. Mas que havia para olhar? Algumas ovelhas. Só.

O caminho para o metrô do Regent's Park — poderiam indicar-lhe o caminho para o metrô do Regent's Park? — Maisie Johnson desejava saber. Fazia apenas dois dias que chegara de Edimburgo.

— Por aqui não: por ali! — exclamou Rezia, afastando-a, com medo de que ela visse Septimus.

Os dois pareciam esquisitos, pensou Maisie Johnson. Tudo parecia muito esquisito. Vindo a Londres pela primeira vez, para trabalhar com o tio em Leadenhall Street, e atravessando agora de manhã Regent's Park, aquele casal sentado deu-lhe um bom susto; a moça parecia estrangeira, o homem, tão esquisito; tanto assim que, quando fosse velhinha, haveria de lembrar-se de como caminhara pelo o Regent's Park, certa linda manhã de verão, uns cinquenta anos atrás. Pois tinha apenas 19 anos e havia afinal encontrado o seu caminho, ao vir para Londres; e que esquisito aquele casal a quem perguntara o caminho, a moça que estremeceu e agitou a mão, e o homem, que terrivelmente estranho aquele homem; a discutirem, quem sabe; ou separando-se talvez para sempre; alguma coisa acontecera, estava certa; e agora toda aquela gente (pois vinha voltando pela alameda), as fontes de pedra, as flores aprumadas, os velhos e mulheres, a maioria inválidos nas suas cadeiras de rodas — tudo parecia tão esquisito, tão esquisito, depois de Edimburgo. E Maisie Johnson, enquanto via de perto aquela gente vagarosa, que olhava tão vagamente, sob a carícia da brisa — e os esquilos trepados nos galhos e alisando o pelo, os bandos de pardais que catavam migalhas, os cachorros preocupados com as grades, preocupados entre si, enquanto o ar morno os banhava, emprestando, ao fixo e tranquilo olhar com que recebiam a vida, um quê de misterioso e langue —, Maisie Johnson sentiu positivamente vontade de gritar "Oh!" (pois aquele jovem da cadeira a sobressaltara. Alguma coisa havia acontecido, estava certa).

Horror! horror!, desejava gritar. (Deixara a sua gente; tinham-na avisado do que ia acontecer.)

Por que não ficara em casa?, lamentava-se, torcendo o trinco da grade de ferro.

Essa pequena, pensou Mrs. Dempster (que guardava migalhas para os esquilos e seguidamente almoçava no Regent's Park), ainda não sabe nada da vida; e, na verdade, seria melhor para ela que fosse um pouco mais forte, um pouco mais lenta, um pouco mais moderada nas suas esperanças. Percy bebia. Em todo caso, pensou Mrs. Dempster, não há como ter um filho. Havia passado os seus maus quartos de hora, e não podia deixar de sorrir ante uma pequena como aquela. Tu vais casar-te, pois és bem bonita, pensou Mrs. Dempster. Casa-te e verás. Oh! a comida, e tudo o mais. Cada homem tem as suas manias. Mas não teria eu feito a escolha que fiz, se soubesse?, pensou Mrs. Dempster, que não podia reprimir o desejo de falar com Maisie Johnson, para sentir na flácida pele da sua face desgastada o beijo da compaixão. Porque de fato fora uma vida bastante dura, pensou Mrs. Dempster. Tudo lhe sacrificara. Rosas; o talhe; os pés também. (Escondeu as massas informes sob a saia.)

Rosas, pensou, sarcasticamente. Bobagens, minha cara. Pois em verdade, quando se tem de beber, comer e deitar, tanto nos bons como nos maus dias, a vida não tem nada a ver com rosas, e, ainda mais, fica sabendo que Carrie Dempster não trocaria a sua sorte com nenhuma outra mulher de Kentish Town! E, no entanto, implorava piedade. Piedade pela perda das rosas. Piedade a Maisie Johnson, junto aos canteiros de jacintos.

Ah! aquele aeroplano! Não desejara sempre ver os outros países? Tinha um sobrinho, um missionário. O avião alçava-se, corria. Ia sempre passear pelo mar, em Margate, sem perder a terra de vista, mas nunca tolerara as mulheres que tinham medo da água. O aeroplano mergulhava. Ela sentia-se enjoada. Alçava-se de novo. "Deve ser um valente rapaz que o guia", murmurou Mrs. Dempster; e o avião cada vez mais longe, rápido, sumindo-se; sobrevoando Greenwich e todos os seus mastros; a pequena ilha de igrejas cinzentas, São Paulo e as outras, até que do outro lado de Londres se estendiam os campos e os bosques escuros, onde os tordos aventureiros, saltando audazmente, de olhos vivos, apanham o caracol e batem-no contra uma pedra, uma, duas, três vezes.

Cada vez mais longe, até não ser mais que uma centelha; uma aspiração; uma concentração; um símbolo (assim parecia a Mr. Bentley, que vigorosamente percorria o seu pedaço de campo de Greenwich) da alma do homem; da sua determinação — pensava Mr. Bentley, rodeando o cedro — de escapar-se para fora do seu corpo, para fora da sua casa, por meio do pensamento, Einstein, especulação, matemática, a teoria mendeliana; o aeroplano corria.

Senão quando um miserável, de estranho aspecto, que carregava um saco de couro, parou ante os degraus da catedral de São Paulo, e hesitou, pois que bálsamo lá dentro, que acolhida, que tinha de tumbas com flutuantes flâmulas, marcos de triunfo não sobre exércitos, precisou, mas sobre esse maldito espírito de busca da verdade que enfim me deixou nessa situação; e, de resto, a catedral oferece-nos companhia, pensou, convida-nos a fazer parte de uma sociedade; a ela pertenceram grandes homens; por ela mártires morreram; e por que não entrar?, pensou, depor esse saco cheio de panfletos ante um altar, uma cruz, o símbolo de alguma coisa que se elevou além de investigações, problemas e disputas de palavras, e se tornou espírito desencarnado, alma?, pensou, e, enquanto hesitava, corria o avião sobre Ludgate Circus.

E que estranho; tão silencioso! Não se ouvia um só ruído acima do tráfego. Parecia sem piloto; guiado por espontânea vontade. E agora, elevando-se de novo como algo que sobe em êxtase, em pura deleitação, tornou a rojar brancos rolos de fumaça, escrevendo um *T*, um *O*, um *F*.

— Que estarão olhando? — disse Clarissa Dalloway à criada que viera abrir.

O vestíbulo da casa estava fresco como uma cripta. Mrs. Dalloway levou a mão aos olhos, e, enquanto a criada fechava a porta e ela lhe ouvia o rugir das saias, sentiu-se como uma monja que volta do mundo e sente que tombam sobre a sua fronte os familiares véus e a resposta às velhas devoções. A cozinheira assobiava na cozinha. Ouviu o taque-taque da máquina de escrever. Aquilo era a sua vida, e, inclinando a cabeça para a mesinha do vestíbulo, curvava-se ante a sua influência, sentia-se abençoada e purificada, e, enquanto tomava o anotador de recados telefônicos, dizia consigo que momentos como aqueles eram botões da árvore da vida, eram flores da escuridão, pensava (como se alguma linda rosa acabasse de florescer unicamente para seus olhos); nem um só momento acreditara em Deus; mas uma razão, pensou com o anotador suspenso, para agradecer, na vida diária, às criadas, sim, aos cachorros e canários, e principalmente a Richard, seu marido, no qual tudo repousava — pelos alegres rumores, pelas luzes verdes, pelo assobio da cozinheira, pois Mrs. Walker era irlandesa e assobiava todo o dia —, para agradecer-lhes por aquele secreto espírito de deliciosos momentos, pensou, erguendo o anotador, enquanto Lucy, a seu lado, procurava explicar-lhe:

— Mr. Dalloway, senhora...

Clarissa leu o recado telefônico. "Lady Bruton deseja saber se Mr. Dalloway pode almoçar hoje com ela."

— Mr. Dalloway, senhora, mandou dizer que hoje almoça fora de casa.

— Oh! — exclamou Clarissa, e Lucy tomou o ar de quem compartilhava o seu desapontamento (mas não a dor); sentia a comunhão de ambas; adivinhava-a; pensou no amor entre pessoas da posição de Mrs. Dalloway; e, tomando a sombrinha da patroa, levou-a para o cabide, com o ar de uma deusa que, depois de se desobrigar honrosamente de uma batalha, fosse despojar-se de suas armas sagradas.

"Não mais temas", disse Clarissa consigo. "Não mais temas o calor do sol"; pois o choque de saber que Lady Bruton convidara Richard sem estender a atenção a ela, Clarissa, fizera-a por momentos estremecer, como a planta à beira da água sente o choque do remo e estremece: assim ela oscilara; assim estremecera.

Millicent Bruton, cujos almoços diziam que eram extraordinariamente divertidos, não a convidara. Não que uns vulgares ciúmes pudessem separá-la de Richard. Mas o tempo é que ela temia, e lia na face de Lady Bruton, como num quadrante de impassível pedra, o fluir da vida; como, ano após ano, a sua parte diminuía; quão pouco podia dilatar o que ainda restava, e absorver, como nos dias juvenis, as cores, o sabor, o tom da existência. E às vezes sentia, enquanto hesitava um momento à entrada da sala, uma estranha suspensão, como a que poderia sentir um nadador antes de mergulhar, enquanto o mar escurece e refulge a seus pés, e as ondas que ameaçam rebentar, mas apenas deslizam à superfície, envolvem as algas, ocultam-nas — devolvendo-as de novo, incrustadas de pérolas.

Depôs o anotador sobre a mesinha. Começou a subir lentamente a escada, com a palma no corrimão, como se tivesse deixado uma reunião onde um amigo e outro houvessem só por um instante dado atenção ao seu rosto, à sua voz; como se houvesse fechado a porta e estivesse fora, isolado, solitário vulto contra a noite temerosa, ou, para ser mais exata, contra a realidade daquela manhã de junho, de um suave esplendor de pétala de rosa para alguns, bem o sabia e sentia, parada na escadaria junto à janela aberta, por onde entravam batidas de persianas, ladridos de cães; entravam, pensou, sentindo-se de súbito enrugada, velha, sem alento, com a brisa, o rumor, a floração do dia fora da casa, além da janela, além do seu corpo e cérebro, exauridos agora, porque Lady Bruton, cujos almoços diziam ser tão divertidos, não a tinha convidado.

Como uma monja que se recolhe, ou uma criança que explora uma torre, subiu as escadas, deteve-se na janela, chegou ao quarto de banho. Ali estava o linóleo verde e uma torneira gotejando. Era um vazio perto do centro da vida; um sótão. As mulheres devem deixar seus adornos. Ao meio-dia devem despir-se. Espetou o grampo na almofada e deixou o chapéu amarelo de plumas sobre a cama. Os lençóis passados estendiam-se numa longa faixa branca. A sua cama seria cada vez mais estreita. A vela queimara até a metade, pois lera até tarde as *Memórias do barão de Marbot*. Lera noite adentro, até a retirada de Moscou. Pois o Parlamento funcionava até uma hora tão avançada que Richard insistia que ela, depois da doença, repousasse sem distúrbios. E na verdade preferia ler tranquilamente a retirada de Moscou. Ele o sabia. De modo que o quarto era um sótão, a cama, estreita, e, ao ficar ali deitada, a ler, pois sofria de insônia, não podia despojar-se de uma virgindade preservada desde a infância e que aderia a seu corpo como uma túnica. Adorável quando menina, chegou, subitamente, um instante — junto ao rio, nos bosques de Clieveden, por exemplo — em que, por alguma retração desse frio espírito, sentira-se falhar. E depois em Constantinopla, e outras vezes mais. Via o que lhe faltava. Não era beleza; não era inteligência. Era essa coisa central, que se comunica; alguma coisa de cálido que quebra a superfície e encrespa o frio contato de homens e mulheres, ou de mulheres entre si. Pois *isto* ela obscuramente o compreendia. Embora a irritasse, embora tivesse um escrúpulo vindo quem sabe de onde, ou, como o sentia, inspirado pela natureza (que é invariavelmente sábia), a verdade é que às vezes não podia resistir ao encanto de uma mulher, não de uma menina, de uma mulher que lhe confessava, como às vezes acontecia, alguma aventura, algum deslize. Ou fosse por piedade, ou pela beleza, ou por ser mais velha que a outra, ou por algum acidente fortuito — como um suave perfume, ou um violino na sala próxima (tão estranho é o poder dos sons em certos momentos), ela então sentia indubitavelmente o que os homens sentem. Só por um momento; mas era bastante. Era uma súbita revelação, como um rubor que se quisesse deter, mas a quem a gente se abandonasse, sentindo-o estender-se; e vai-se até o último limite, e tem-se uma vertigem, e sente-se que o mundo se aproxima carregado de assombrosas significações; um concentrado êxtase que oprime, até que enfim se rompe, derramando-se com extraordinário alívio sobre as dores e as chagas! Então, nesse momento, ela tivera uma iluminação; um fósforo queimando palha; um oculto sentido quase expressado. Mas o que era tão próximo afastava-se; o consistente abrandava-se. Passara... o momento. Tais momentos (com mulheres também) estavam em contraste (retirou o chapéu da cama) com o leito, *Barão de Marbot* e a vela pela metade. Enquanto se achava deitada, sem dormir, o soalho estalava; a casa clara escureceu subitamente, e, se erguesse a cabeça, poderia ouvir o clique do trinco movido o mais destramente possível por Richard, que subia a escada de meias e, a uma por duas, deixava cair a botija e praguejava! Ela ria sozinha.

Mas essa questão de amor (pensou, tirando o casaco), isso de enamorar-se de mulheres... Sally Seton, por exemplo; as suas relações de antigamente com Sally Seton... Não havia sido amor, afinal de contas?

Estava sentada no chão — foi sua primeira impressão de Sally —, estava sentada no chão, com os braços rodeando os joelhos e fumando um cigarro. Onde poderia ter sido? Em casa dos Mannings? Ou dos Kinlock-Jones? Fora nalguma festa (onde não sabia ao certo), pois lembrava-se de haver dito ao homem que a acompanhava: "Quem é *essa*?" E ele lho dissera, acrescentando que os pais de Sally estavam brigados (como a tinha chocado aquilo, que os pais de alguém pudessem brigar!). Mas durante toda a noite não pudera afastar os olhos de Sally. Era uma extraordinária beleza, do gênero que ela mais admirava, morena, olhos grandes, com essa qualidade que, por não a possuir, sempre invejara — uma espécie de abandono, como se pudesse dizer o que quer que fosse, fazer não importa o quê; uma qualidade muito mais generalizada entre as estrangeiras que entre as mulheres inglesas. Sally sempre dizia que tinha sangue francês nas veias, que um antepassado seu estivera com Maria Antonieta, lhe haviam cortado a cabeça, e deixara um anel com um rubi. Talvez, naquele verão, tivesse ela chegado em Bourton, após o jantar, completamente de improviso, sem um pêni consigo, transtornando a tal ponto a pobre da tia Helena que, esta, nunca lho perdoou. Sem dúvida houvera alguma terrível briga em casa de Sally. Estava literalmente sem um pêni na noite em que chegara; havia empenhado um broche para viajar. Fugira de casa num verdadeiro acesso. Passaram a noite a conversar. Foi Sally quem lhe fez sentir, pela primeira vez, como era protegida a vida em Bourton. Clarissa nada conhecia sobre os sexos, nada sobre os problemas sociais. Vira uma vez um velho que caíra morto em um campo, vira vacas justamente depois de terem dado cria. Mas tia Helena não gostava que se discutisse coisa alguma (quando Sally lhe emprestou William Morris, teve de ser encapado em papel de embrulho). Ficavam horas e horas no quarto mais alto da casa, falando da vida e de como reformariam o mundo. Pensavam fundar uma sociedade para abolir a propriedade privada, e até haviam escrito uma carta, embora não a tivessem remetido. As ideias eram de Sally, naturalmente — mas logo ela se sentiu igualmente entusiasmada: lia Platão na cama, depois do café; lia Morris; lia Shelley durante horas.

Surpreendente era o poder de Sally, os seus dons, a sua personalidade. Seu modo de arranjar flores, por exemplo. Em Bourton sempre havia vasos com ramalhetes sobre a mesa. Sally saiu um dia, apanhou alteias, dálias — toda a espécie de flores que nunca se haviam visto juntas —, arrancou-as das hastes e pô-las a nadar em tigelas cheias de água. Foi extraordinário o efeito, quando chegaram para jantar à noitinha. (Naturalmente tia Helena achou uma crueldade tratar flores daquele jeito.) Certa vez Sally esqueceu a esponja e saiu correndo nua pelo corredor. A velha criada rabugenta, Ellen Atkins, dizia, resmungando: "Imaginem só se alguns dos senhores a tivessem visto!" Na verdade, escandalizava os outros. Uma avoada, dizia papai.

O estranho, quando recordava, era a pureza, a integridade de seus sentimentos para com Sally. Não era como o que se sente por um homem. Era completamente desinteressado, e, de resto, tinha uma qualidade que só pode existir entre mulheres, entre mulheres recém-saídas da adolescência. Era um sentimento protetor, por sua parte; provinha da impressão de estarem coligadas, o pressentimento de que alguma coisa fatalmente as separaria (sempre falavam do casamento como de uma catástrofe), e daí aquele cavalheirismo, por assim dizer, aquele sentimento de proteção muito mais forte do seu lado do que em Sally. Pois naqueles tempos esta era completamente estouvada; fazia as coisas mais idiotas por bravata; andava de bicicleta no parapeito do terraço; fumava charutos. Absurda... completamente absurda. Mas o seu encanto era irresistível, pelo menos para ela, tanto que se revia parada em seu quarto do alto da casa, com o jarro de água quente nas mãos e dizendo em voz alta: "Ela está debaixo deste mesmo teto... ela está debaixo deste mesmo teto!"

Não, essas palavras agora não significavam absolutamente nada para ela. Nem sequer lhe despertavam um eco da antiga emoção. Mas podia recordar ainda que sentira um arrepio de excitação e que começara a pentear os cabelos numa espécie de êxtase (e agora lhe vinha voltando o velho sentimento, enquanto retirava os grampos, colocava-os no toucador e começava a pentear-se), enquanto as gralhas se alçavam e abatiam então, na luz rosada do crepúsculo, e ela se vestira e descera as escadas, sentindo, ao cruzar o vestíbulo: "Se tivesse de morrer agora, nunca teria sido mais feliz." Esse o sentimento — o sentimento de Otelo, e sentia-o, estava certa, tão fortemente como Shakespeare pretendia que Otelo o sentisse, tudo porque baixava, vestida de branco, para jantar com Sally Seton!

Ela estava vestida de gaze cor-de-rosa... seria aquilo possível? *Parecia*, em todo caso, feita de luz, fulgurante, como algum pássaro ou um floco que houvesse entrado, a flutuar, aderindo por um momento a uma sarça. Mas nada é tão estranho quando se ama (e que era aquilo senão amor?), como a completa indiferença dos demais. Tia Helena saiu a caminhar depois da refeição; papai lia o jornal. Peter Walsh devia estar ali, e a velha Miss Cummings; Joseph Breitkopf certamente estava, pois vinha todos os verões, o pobre velho, e ficava semanas e semanas, sob o pretexto de ler alemão com ela, mas o que fazia era tocar piano e cantar Brahms, sem voz nenhuma.

Tudo aquilo não era mais que um cenário para Sally. Estava de pé junto à lareira, falando, naquela voz tão linda, que fazia soar tudo o que dizia como uma carícia, com papai, o qual começava a sentir-se atraído contra a vontade (nunca pôde esquecer que lhe havia emprestado um dos seus livros e o encontrara encharcado no terraço), quando disse de súbito: "Que vergonha estarmos aqui dentro!", e foram todos para o terraço, a caminhar de um lado para outro. Peter Walsh e Joseph Breitkopf continuavam falando de Wagner. Ela e Sally ficaram um pouco para trás. Veio então o mais raro momento de toda a sua vida, ao passarem por uma urna de pedra com flores. Sally parou; colheu uma flor; e beijou Clarissa nos lábios. O mundo inteiro podia ter desabado! Os outros desapareceram; estava ela sozinha com Sally. Foi como se tivesse recebido um presente, embrulhado, e lhe houvessem dito que assim o conservasse, sem olhá-lo, um diamante, uma coisa infinitamente preciosa, embrulhada, e que, enquanto caminhavam (daqui para lá, de lá para cá), ela ia descobrindo, ou o seu esplendor irradiava através do invólucro; uma revelação, um êxtase religioso! — senão quando o velho Joseph e Peter passaram por elas:

— Contemplando as estrelas? — indagou Peter.

Foi como bater com a face de encontro a um muro de granito, nas trevas. Chocante; horrível!

Não por ela própria. Sentiu apenas que Sally já estava sendo ferida, maltratada; sentiu a hostilidade dele; o seu ciúme; a sua determinação de intrometer-se na camaradagem de ambas. Tudo isso ela o viu como se vê uma paisagem durante um relâmpago... e Sally (nunca a admirou tanto como então!) soube manter-se invulnerável. Riu. Fez o velho Joseph dizer os nomes das estrelas, coisa que ele gostava de fazer, com toda a seriedade.

"Oh, que horror!", dizia consigo, como se já soubesse que alguma coisa interromperia, amargaria o seu instante de felicidade.

E, afinal, quanto não deveu a Peter mais tarde! Sempre que pensava nele, pensava nas querelas que surgiam entre ambos por algum motivo — talvez por muito que ela prezava a sua opinião. Devia-lhe palavras: "sentimental", "civilizado"; palavras que brotavam todos os dias na sua vida, como se ele a protegesse. Um livro era sentimental; sentimental uma atitude ante a vida. "Sentimental" talvez o fosse ela, por estar assim pensando no passado. Que pensaria ele, perguntou a si mesma, quando voltasse?

Que ela havia envelhecido? Chegaria a dizê-lo, ou ela adivinharia que ele o estava pensando? Era verdade. Desde a doença o seu cabelo se tornara quase branco.

Quando colocava o broche sobre a mesa, teve um súbito calafrio, como se, enquanto divagava, as garras geladas houvessem encontrado uma oportunidade de cravar-se em sua carne. E no entanto não era velha. Acabava de entrar nos 52 anos. Meses e meses deste último ainda estavam intatos. Junho, julho, agosto! Cada um permanecia inteiro, e, como para colher a gota que tombava, Clarissa (dirigindo-se para o toucador) precipitou-se no próprio coração do momento, varou-o, ali — aquele momento de uma manhã de junho em que havia o peso de todas as manhãs, vendo de novo o espelho, o toucador, todos os frascos, concentrando-se inteira em um único ponto (enquanto se olhava no espelho), a fitar a delicada face rósea da mulher que naquela mesma noite ia dar uma recepção; a face de Clarissa Dalloway, a sua própria face.

Quantos milhões de vezes já não tinha visto aquela face, e sempre com a mesma imperceptível contração! Firmava os lábios quando se via ao espelho. Era para dar tensão à sua face. Assim era Clarissa — tensa como um arco; definida. Assim era Clarissa, quando algum esforço, algum apelo interno para que fosse ela própria, a fazia concentrar-se, e só ela sabia que diferente, que incompatível e recomposta, para o mundo, em um único centro, em um diamante, se torna a mulher que reúne convidados no seu salão; uma irradiação acaso sobre algumas vidas opacas, um refúgio para os solitários, talvez; ajudara a muitos jovens, que lhe eram gratos; procurara ser sempre a mesma, sem nunca mostrar um sinal de seus outros aspectos — defeitos, invejas, vaidades, suscetibilidades, como esta com Lady Bruton, por não a ter convidado; o que, pensou (dando um último retoque ao cabelo), é uma verdadeira baixeza! E agora, onde estava o vestido?

Seus vestidos de baile estavam no guarda-roupa. Clarissa, mergulhando a mão naquela macieza, retirou delicadamente o vestido verde e levou-o para junto da janela. Tinha um rasgão. Alguém lhe pisara a cauda. Desconfiara-o na festa da embaixada, quando sentira um puxão em cima, na cintura. À luz artificial, o verde brilha, mas ali, ao sol, perdia a cor. Ela o remendaria. Suas criadas tinham muito que fazer. Ia pô-lo aquela noite. Levaria as linhas, as tesouras — que mais? —, o dedal, naturalmente, lá para baixo, no salão, pois também tinha de escrever e ver se as coisas iam marchando mais ou menos em ordem.

Estranho, pensou, parando no patamar e concentrando aquele diamante, aquela pessoa única, é estranho como uma dona de casa aprende o verdadeiro ambiente, o verdadeiro clima do seu lar. Suaves ruídos sobem em espiral pelo vão da escada; o arear de um esfregão; escorrer de torneiras; batidas; um ruído sonoro quando se abre a porta da rua; uma voz repetindo uma mensagem, embaixo; um tilintar de prata em bandeja; prata limpa para a festa, tudo era para a festa.

(Lá embaixo, no salão, Lucy entrou com a sua bandeja, pôs sobre a lareira os grandes candelabros, com o vaso de prata ao centro, virou o delfim de cristal para o relógio. Viriam; estariam ali; falariam com o tom afetado que ela sabia imitar, as damas e cavalheiros. Mas dentre todos não havia como a sua senhora — a senhora da prata, dos serviços de mesa, da porcelana, pois o sol, a prata, as portas retiradas, o pessoal de Rumpelmayer davam-lhe a impressão, enquanto punha o corta-papel na mesa marchetada, de algo primitivo. Reparem! Reparem!, dizia a seus velhos amigos da padaria onde trabalhava antes, em Caterham, ao mesmo tempo que fitava o espelho. E ela era Lady Angela conversando com a princesa Mary, quando Mrs. Dalloway desceu para o salão.)

— Oh, Lucy — disse ela —, que linda está a prataria! E como se foram de teatro ontem à noite? — continuou, endireitando o delfim de cristal. — Oh! tiveram de sair antes do fim — respondeu. — De modo que não ficaram sabendo como terminou — observou. — Foi uma pena! (Pois as suas criadas podiam recolher-se mais tarde, se lhe pedissem licença.) — Isto até é uma vergonha! — disse ela, apoderando-se do velho almofadão desgastado do sofá e pondo-o, com um pequeno empurrão, nos braços de Lucy.

— Leve-o daqui! Leve-o para Mrs. Walker, com os meus cumprimentos! Leve-o daqui!

E Lucy foi até a porta, com o almofadão, e dali lhe perguntou timidamente, enrubescendo um pouco, se não poderia ajudá-la a compor o vestido.

Mas já tinha ela bastante que fazer, disse Mrs. Dalloway, bastante que fazer, sem precisar de mais aquilo.

— Mas obrigada, Lucy, oh, obrigada — disse Mrs. Dalloway. "Obrigada, obrigada", continuou a dizer consigo (enquanto sentava no sofá, com o vestido sobre os joelhos, as tesouras, as linhas), "obrigada, obrigada", continuava a dizer consigo mesma, de pura gratidão aos criados em geral, por ajudarem-na a ser assim, a ser o que desejava, gentil, generosa. Os criados gostavam dela. Agora, o vestido — onde estava o rasgo? —, e enfiar a agulha. Era um dos seus vestidos favoritos, feitio de Sally Parker, quase o último que fizera, aí, pois Sally estava agora aposentada, vivia em Ealing, e se eu tiver tempo, pensou Clarissa (mas nunca achava tempo), irei visitá-la em Ealing. Pois tinha personalidade, pensou Clarissa, era uma verdadeira artista. Tinha umas invenções extraordinárias, mas os seus modelos nunca eram esquisitos. A gente os podia vestir em Hatfield; no Palácio de Buckingham. Ela os vestira em Hatfield; no Palácio de Buckingham.

A paz baixava sobre ela, e a calma, o contentamento, enquanto a agulha, atraindo suavemente a seda ao seu leve compasso, juntava-lhe as pregas verdes e as sujeitava, facilmente, à cintura. Assim, num dia de verão, as ondas se juntam, balançam e tombam; e o mundo inteiro parece dizer: "Isso é tudo", cada vez mais forte, até que o coração, no corpo estendido sob o sol da praia, também diz: "Isso é tudo." "Não mais temas", diz o coração. "Não mais temas", diz o coração, confiando a sua carga a algum mar que suspira coletivamente por todas as dores, e recomeça, ergue-se, tomba. E o corpo sozinho ouve a abelha que passa; a onda que se quebra; o cão, lá ao longe, ladrando, ladrando...

— Meu Deus, a campainha! — exclamou Clarissa, suspendendo a agulha. Alarmada, escutava.

— Mrs. Dalloway me receberá — dizia o senhor idoso no vestíbulo. — Oh, sim, *a mim* ela receberá — repetia, afastando Lucy brandamente e subindo, rápido, as escadas. — Sim, sim — enquanto subia. — A mim receberá. Depois de cinco anos na Índia, Clarissa me receberá.

"Quem poderá ser? Quem poderá ser?", perguntava-se Mrs. Dalloway (considerando que era uma atrocidade ser interrompida às 11 da manhã, no dia em que ia dar uma recepção) ao ouvir passos na escada. Sentiu uma mão na porta. Procurou esconder o vestido, como uma virgem que protegesse a sua castidade, a sua vida íntima. Agora o trinco de bronze se movia. A porta abriu-se, e entrou... por um segundo não pôde recordar como se chamava ele! Tal foi a surpresa que sentiu ao vê-lo, a alegria, o sobressalto, o embaraço de ver chegar Peter Walsh de manhã, tão inesperadamente! (Não tinha lido a sua carta.)

— E então, como vais? — disse Peter Walsh, verdadeiramente a tremer, tomando-lhe ambas as mãos; beijando-lhe as mãos. Envelheceu, pensou ele, sentando-se. Não lhe direi nada a esse respeito, pensou, pois envelheceu. Ela está a observar-me, pensou com um súbito embaraço, embora lhe houvesse beijado as mãos. Metendo a mão no bolso, tirou um grande canivete e abriu-lhe a meio a folha.

Exatamente o mesmo, pensava Clarissa; o mesmo olhar esquisito; a mesma roupa xadrezinha. O rosto um pouco modificado, um pouco mais magro, mais enxuto talvez, mas parece muito bem, e sempre o mesmo.

— Que alegria ver-te de novo! — exclamou. Ele segurava o canivete. O mesmo que antes, pensou ela.

Tinha chegado na noite anterior, disse ele; devia ir logo para o campo; e como iam as coisas, como estavam todos? Richard? Elizabeth?

— E isto o que é? — disse, designando o vestido verde com o canivete.

Ele está muito bem-vestido, pensou Clarissa, e sempre criticando-me.

Compondo os vestidos, compondo os vestidos, como sempre, pensava ele, assim esteve ela sentada todo o tempo em que andei pela Índia; compondo os vestidos: atarefando-se; indo a festas; correndo à Câmara; e, com tudo isso, cada vez mais irritada, mas inquieta, pois não há nada no mundo tão mau para algumas mulheres como o casamento, pensou; e a política; e ter um amigo conservador, como o admirável Richard. Assim é, assim é, pensou, fechando o canivete de golpe.

— Richard vai muito bem. Richard está num comitê — disse Clarissa.

E, abrindo a tesoura, pediu licença para terminar o que estava fazendo, pois ia dar uma recepção naquela noite.

— E para a qual não te convidarei, meu querido Peter! — acrescentou.

Mas era delicioso ouvi-la dizer aquilo — “meu querido Peter!”. Na verdade, era tudo tão delicioso — a prataria, as cadeiras, tudo tão delicioso!

— Por que não o convidaria para a sua festa? — perguntou ele.

Neste momento, pensou Clarissa, Peter está encantador! perfeitamente encantador! Agora recordo como me parecia impossível resolver — e por que o fiz, afinal? — não casar-me com ele, naquele terrível verão.

— Mas é tão extraordinário que tenhas chegado esta manhã! — exclamou, pondo as mãos sobre o vestido, uma em cima da outra. — Não lembras — acrescentou — como as cortinas batiam, em Bourton?

— Lembro-me, sim — disse ele; e recordava aqueles almoços da manhã, a sós, muito embaraçosos, com o pai dela; que tinha morrido; e ele não escrevera a Clarissa. Mas nunca pudera entender-se com o velho Parry, aquele velho rabugento e doentio que fora o pai de Clarissa, Justin Parry.

— Quisera haver-me dado melhor com teu pai — disse ele.

— Mas ele nunca simpatizava com nenhum dos que... com nenhum dos nossos amigos — disse Clarissa; e sentiu vontade de cortar a língua por haver assim recordado a Peter que desejara casar-se com ela.

Naturalmente que o queria, pensou Peter; quase que me despedaçou o coração, pensou; e sentiu-se aniquilado pelo seu pesar, que se elevou como uma lua olhada de um terraço, terrivelmente bela, com a luz do dia agonizante. Fui mais infeliz do que nunca, pensou. E, como se realmente estivesse sentado ali no terraço, virou-se a meio para Clarissa; estendeu a mão; ergueu-a; deixou-a cair. Sobre ambos estava suspensa essa lua. Ela também parecia sentada com ele, no terraço, ao luar.

— Herbert está agora com a casa — disse ela. — Nunca vou lá agora — acrescentou.

Nisto, como acontece num terraço enluarado, quando uma pessoa começa a sentir-se vexada do seu aborrecimento, enquanto a outra permanece silenciosa, quieta, olhando tristemente a lua, sem querer falar, e então a primeira move o pé, compõe a garganta, nota um parafuso na perna da mesa, brinca com um ramo, mas não diz nada — assim estava agora Peter Walsh. Para que voltar assim ao passado? Por que pensar nisso de novo? Por que fazê-lo sofrer, ela que o havia torturado tão infernalmente? Por quê?

— Não te lembras do lago? — disse ela, num tom brusco, sob o domínio de uma emoção que lhe apertava o coração, lhe endurecia os músculos da garganta e lhe contraía os lábios num ricto, enquanto dizia "lago". Pois ela era uma menina, que arrojava pão aos patos, na companhia dos pais, e ao mesmo tempo uma mulher que se dirigia para os seus pais junto ao lago, carregando nos braços a própria vida, que ia crescendo à medida que se lhes aproximava, até se tornar uma vida inteira, uma vida completa, que ela pôs ante eles, dizendo: "Foi isto o que eu fiz da minha vida! Isto!" E que havia feito? Que havia feito dela, afinal? pensava, cosendo ali, junto a Peter.

Olhou para Peter Walsh; seu olhar, atravessando todo aquele tempo e aquela emoção, alcançou-o, hesitante; pousou nele, quase em pranto; e fugiu-lhe como um pássaro que toca um ramo e logo alça o voo. Singelamente, ela enxugou os olhos.

— Sim... — disse Peter. — Sim... — disse ele, como se Clarissa tivesse trazido à tona algo que lhe doesse, e muito. Basta! Basta! queria ele gritar. Pois não era velho; sua vida não terminara; de modo nenhum. Mal passara dos cinquenta. Devo dizer-lhe isso, pensou, ou não? Desejaria abrir-se com ela sobre aquilo tudo. Mas Clarissa é demasiado fria, pensou; cosendo ali, com as suas tesouras. Daisy pareceria vulgar junto dela. E deve pensar que eu sou um fracassado, o que é certo no sentido deles, pensou; no sentido dos Dalloways. Oh, sim, não tinha a mínima dúvida a respeito; era um fracassado, em comparação com tudo aquilo — a mesa marchetada, o corta-papel ornado, o delfim e os candelabros, as cadeiras encapadas, as velhas e preciosas estampas inglesas — sim, um fracassado! Detesto a pretensão disso tudo, pensou. Richard é que é assim, e não Clarissa; mas ela se casou com ele. (Nisto Lucy entrou no salão, trazendo prata, mais prata; mas que encantadora, esbelta e graciosa, pensou Peter, quando ela se deteve para colocá-la.) E assim tinha sido todo o tempo, pensou, semana após semana, a vida de Clarissa; enquanto eu...; e tudo pareceu que irradiava dele, a um tempo; viagens; passeios, cavalgatas, querelas; aventuras; partidas de bridge; histórias de amor, trabalho; trabalho, trabalho! Tinha agora o canivete inteiramente aberto — o velho canivete de chifre que Clarissa seria capaz de jurar que era o mesmo de há trinta anos —, e apertou-o fortemente no punho.

Que extraordinário hábito aquele, pensou Clarissa; sempre a brincar com um canivete. Sempre, também, a fazê-la sentir-se frívola; cabeça-oca; uma simples tagarela. Mas eu, por minha vez, pensou... e, tomando a agulha, chamou em seu auxílio, como uma rainha cujos guardas adormeceram, deixando-a sem proteção (ficara completamente desconcertada com aquela visita — abalada), de modo que, se alguém entrasse sem mais nem menos, poderia vê-la deitada sob as curvas palmas, chamou em seu auxílio as coisas que fazia; as coisas de que gostava; a seu marido; a Elizabeth; a ela própria, em suma, a quem Peter tão pouco conhecia agora — para que a rodeassem e batessem o inimigo.

— Bem, e que tens feito? — perguntou-lhe. Assim, antes do início de uma batalha, os cavalos escarvam o chão; empinam a cabeça; a luz escorre-lhes pelos flancos; encurvam o pescoço. Assim Peter e Clarissa, sentados lado a lado no sofá azul, desafiavam-se um ao outro. As forças de Peter assanhavam-se. Juntou, de diferentes partes, toda espécie de coisas; seus êxitos; sua carreira em Oxford; seu casamento, de que ela nada sabia; como tinha amado; e como cumprira a sua tarefa.

— Milhões de coisas! — exclamou, e, levado pelas forças acumuladas que se arremessavam num ímpeto, e lhe davam a impressão terrível e jubilosa de estar sendo arrebatado nos ombros de uma multidão que não podia ver, estendeu as mãos para a frente.

Clarissa conservava-se sentada, muito direita; retinha a respiração.

— Estou amando — disse ele, não a Clarissa, mas a alguém que se erguera da sombra, e de tal modo que era impossível tocar-lhe, e sim apenas depositar uma guirlanda sobre a relva, na sombra. — Amando — repetiu, dirigindo-se agora quase secamente a Clarissa Dalloway; — amando uma jovem na Índia. — Tinha depositado a sua guirlanda. Clarissa podia fazer o que quisesse dela.

— Amando! — disse ela. Que ele, naquela idade, com o seu pequeno laço de gravata, ainda pudesse ser devorado pelo monstro! E tem o pescoço descarnado; as suas mãos são vermelhas; e é seis meses mais velho do que eu! E Clarissa considerou a si mesma; mas no seu coração ela bem o sentia: ele está amando. Tem isso, sentiu; ele está amando.

Mas o indomável egoísmo que desarma sempre os que se lhe opõem, o rio que diz: adiante, adiante, adiante; embora saiba que não pode haver nenhuma finalidade para nós, mas: adiante, adiante; esse indomável egoísmo lhe coloriu as faces; rejuvenesceu-lhe o olhar, deixando-a ali corada e de olhos brilhantes, com o vestido sobre os joelhos e a agulha na extremidade da seda verde, tremendo. Ele estava amando! E não a ela. Outra mais jovem, naturalmente.

— E quem é ela? — perguntou.

Agora a estátua devia descer do pedestal e postar-se entre os dois.

— Uma mulher casada, infelizmente — disse ele —; esposa de um major do exército da Índia.

E, com uma doçura curiosamente irônica, sorriu, ao apresentá-la dessa maneira ridícula a Clarissa!

(Ainda assim, ele está amando, pensou Clarissa.)

— Tem — continuou ele, calmamente — dois filhos pequenos: um menino e uma menina; e eu vim consultar meus advogados a respeito do divórcio.

Aqui estão!, pensou. Faze o que quiseres com eles, Clarissa! Aqui estão! E de segundo em segundo parecia-lhe que a esposa do major do exército indiano (a sua Daisy) e os dois pequenos se tornavam cada vez mais adoráveis, à medida que Clarissa os contemplava; como se houvesse acendido uma pastilha cinzenta num prato, tendo-se erguido uma encantadora árvore no ar vivo e salino da sua intimidade (pois em algumas coisas ninguém o compreendia ou sentia como Clarissa) — da sua deliciosa intimidade.

Ela o aliciou, ela soube como o levar, pensou Clarissa, definindo em dois traços a mulher, a esposa do major do exército indiano. Que tristeza! Que loucura! Toda a vida Peter tinha-se deixado levar daquela maneira; primeiro, fazendo-se desligar de Oxford; depois, o casamento com a que encontrou na viagem para a Índia; agora, a esposa de um major... Graças a Deus que não se havia casado com ele! Mas, ainda assim, ele estava amando; seu velho amigo, o seu querido Peter, estava amando.

— Mas que vais fazer? — perguntou-lhe. Oh! os advogados e procuradores, Mr. Hooper e Mr. Grateley, de Lincoln's Inn, iam fazer tudo, disse ele. E pôs-se a aparar as unhas com o canivete.

Por amor de Deus, deixa o canivete em paz!, esteve a ponto de exclamar, numa irreprimível irritação; era essa a fraqueza de Peter, a sua estúpida falta de modos; era a sua absoluta despreocupação com o que pensariam os outros, que a aborrecia, que a aborrecera sempre; e agora, naquela idade, que estupidez!

Eu sei tudo isso, pensava Peter! Eu sei o que têm contra mim, pensou, correndo o dedo pelo fio do canivete, Clarissa e Dalloway e todos eles; mas eu mostrarei a Clarissa... e, para sua própria surpresa, subitamente vencido pelas incontroláveis forças esparsas no ar, rompeu em pranto; chorou; chorou sem a mínima vergonha, sentado no sofá, com as lágrimas a deslizarem-lhe pelas faces.

E Clarissa inclinou-se, tomou-lhe a mão, atraiu-o para si, beijou-o — sentiu realmente a face dele contra a sua, antes que pudesse dominar no seu peito um tumulto de plumas argentadas, como ervas do pampa a um vento tropical, que, ao aplacar-se, deixou-a ali, segurando-lhe a mão, batendo-lhe no joelho e sentindo-se, quando tornara a sentar-se, extraordinariamente à vontade com ele e de coração leve; e instantaneamente pensou: se eu tivesse casado com Peter, teria essa alegria toda a vida.

Mas tudo estava acabado para ela. O lençol estendido e a cama estreita. Tinha subido sozinha à torre e deixara-os colhendo amoras ao sol. A porta fechara-se, e lá em cima, entre a poeira do reboco caído e restos de ninhos de pássaros, de que distância se olhava e como os sons chegavam amortecidos! (aquela vez em Leith Hill, lembrou-se) e chamou em pensamento: "Richard, Richard!", como uma pessoa adormecida que se sobressalta, e estende a mão no escuro, em busca de um apoio. Almoçando com Lady Bruton, lembrou-se. Deixou-me; estou sozinha para sempre, pensou ela, enlaçando as mãos no joelho.

Peter Walsh erguera-se e fora até a janela, onde permanecia de costas para Clarissa, passando pela face um lenço estampado. Impressionante, severo, desolado, parecia ele, com as magras omoplatas a soerguer-lhe o casaco; assoava o nariz. Leva-me contigo!, pensou Clarissa num impulso, como se ele fosse partir imediatamente para uma longa viagem; e, no instante seguinte, foi como se tivessem passado os cinco atos de uma peça excitante e movimentada, nos quais ela tivesse vivido toda uma vida e fugido, vivido com Peter, e tudo agora estivesse terminado.

Bem, agora era tempo de mexer-se, e, como uma mulher junta as suas coisas, seu casacão, suas luvas, seu binóculo, a fim de sair do teatro para a rua, ela ergueu-se do sofá e dirigiu-se para Peter.

Era terrivelmente estranho, pensava ele, como Clarissa ainda tinha o poder, ao aproximar-se num frêmito de vestes, de fazer com que a lua, que ele detestava, se erguesse no terraço, em Bourton, sobre o céu de verão.

— Dize-me: — falou ele, tomando-a pelos ombros — és feliz, Clarissa? Acaso Richard...

A porta abriu-se.

— Aqui está a minha Elizabeth — disse Clarissa, emocionada, talvez um pouco teatralmente.

— Como passa o senhor? — cumprimentou Elizabeth, avançando.

A batida do Big Ben, marcando a meia hora, ressoou entre ambos com extraordinário vigor, como se um homem jovem, forte, indiferente, descuidoso, estivesse a agitar a corda, de um lado para outro.

— Olá, Elizabeth! — exclamou Peter, mergulhando o lenço no bolso e dirigindo-se rapidamente para ela, ao mesmo tempo que dizia "Até breve, Clarissa", sem olhá-la. Retirou-se às pressas, desceu as escadas, abriu a porta, embaixo.

— Peter! Peter! — exclamou Clarissa, seguindo-o até o patamar. — A minha festa! Lembra-te da minha festa esta noite! — gritava, tendo de alçar a voz contra o ruído de fora; e, dominada pelo ressoar do tráfego e de todos os sinos, a sua voz, que dizia: "Lembra-te da minha festa esta noite!", soava frágil, tênue e muito remota, enquanto Peter fechava a porta da rua.

Lembra-te da minha festa, lembra-te da minha festa, dizia Peter Walsh, enquanto parava na rua, falando a si mesmo ritmicamente, ao compasso daquela vaga sonora, o som direto do Big Ben batendo a meia hora. (Os pesados círculos dissolviam-se no ar.) Oh! essas festas, pensou; as festas de Clarissa. Por que dá essas festas? Não que as desaprovasse, como tampouco àquele homem de jaqueta e cravo na botoeira que vinha na sua direção. Só uma pessoa no mundo podia estar como ele estava: amando. E ei-lo ali; esse afortunado homem, ele próprio, refletido na vitrina de um fabricante de automóveis, em Victoria Street. Toda a Índia estendia-se às suas costas; planícies, montanhas; epidemias de cólera; um distrito duas vezes maior que a Holanda; decisões que ele tivera de tomar sozinho — ele, Peter Walsh, que estava agora, realmente, amando pela primeira vez na vida. Clarissa havia-se tornado seca, pensou; e um tanto sentimental, em compensação, suspeitou ele, contemplando os grandes caminhões capazes de fazer... quantas milhas com quantos litros? Pois tinha vocação para mecânica; inventara um arado no seu distrito e encomendara carrinhos de mão da Inglaterra, mas os cules não queriam usá-los; e de tudo isso Clarissa nada sabia.

A maneira como havia dito "Aqui está a minha Elizabeth" aborrecera-o. Por que não "Aqui está Elizabeth", simplesmente? Era insincero aquilo, e Elizabeth tampouco havia gostado. (Ainda os últimos tremores da grande voz vibrante abalavam o ar em derredor ...e meia; ainda cedo; 11h30, apenas.) Pois ele compreendia os jovens; amava-os. Sempre houvera qualquer coisa de frio em Clarissa, pensou. Sempre tivera, mesmo quando moça, uma espécie de timidez, que na idade madura se converte em convencionalismo, e então é o fim de tudo, o fim de tudo, pensou, olhando melancolicamente as profundezas da vidraça; perguntando-se se não a teria aborrecido indo visitá-la àquela hora; e também subitamente vexado de se haver conduzido como um tolo; de ter chorado; de ter-se comovido; de haver-lhe contado tudo, como sempre, como sempre.

Como uma nuvem que atravessa o sol, o silêncio caiu sobre Londres, e caiu sobre o espírito. Todo esforço é findo. Pende o tempo, do mastro. Rígido, somente o esqueleto do hábito sustenta a forma humana. E onde não há nada, disse Peter Walsh a si mesmo o sentimento escava-se, oco, completamente oco. Clarissa recusou-me, pensou. E ali ficou parado, a pensar: Clarissa recusou-me.

Ah, diz Santa Margarida, soando a hora, como uma dona de casa que entra no salão pontualmente e encontra os convivas já reunidos. Não estou em atraso. Não são exatamente 11h30, diz. No entanto, embora tenha razão de sobra, a sua voz, sendo voz de dona de casa, timbra em não impor-se. Alguma nostalgia do passado a retém; alguma preocupação com o presente. São 11h30, diz, e a voz dos sinos de Santa Margarida desliza nos recessos do coração e funde-se em círculos de sons, como uma coisa viva que deseja confiar-se, expandir-se e, com um tremor de alívio, descansar... como a própria Clarissa, pensou Peter Walsh, Clarissa descendo as escadas, de branco, ao bater da hora. É a própria Clarissa, pensou, com profunda emoção e uma lembrança extraordinariamente clara, mas perturbadora, uma lembrança dela, como se aquele sino houvesse entrado muitos anos antes na sala onde se achavam, em um momento de grande intensidade, e houvesse ido de um para outro e depois partido, carregado com o momento, como a abelha com seu mel. Mas que sala? Que momento? E por que havia sido tão profundamente feliz, enquanto o sino tocava? Depois, quando enlanguesceu o toque de Santa Margarida, pensou: ela esteve doente, e o sino expressava langor e sofrimento. Era o coração, lembrou-se; e a sonoridade súbita do golpe final tocava pela morte que surpreendia Clarissa em meio à vida, Clarissa tombando onde se achava, no seu salão. Não! Não!, exclamou. Ela não morreu! Eu não estou velho, exclamou, e encaminhou-se para Whitehall, como se ali o esperasse, vigoroso, interminável, o seu futuro.

Não estava velho, nem fossilizado, nem seco, o mínimo que fosse. Quanto ao que dissessem dele — os Dalloways, os Whitbreads, e os da sua roda, não lhe importava coisa alguma — coisa alguma (embora fosse verdade que qualquer dia teria de ir ver se Richard não lhe poderia conseguir algum emprego). Andava a passos largos, de olhos fixos, fitou raivosamente a estátua do duque de Cambridge. Verdade que fora expulso de Oxford. Tinha sido um socialista, em certo sentido um fracassado... na verdade. Contudo, pensou, o futuro da civilização estava era nas mãos de jovens assim, de jovens como ele fora trinta anos antes; com seu amor pelos princípios abstratos; que mandavam buscar livros de toda parte, de Londres, do Himalaia; amantes da ciência; amantes da filosofia. O futuro estava nas mãos de jovens como esses, pensou.

Um rumor como de folhas num bosque vinha vindo atrás dele, um ruído surdo, regular, que, contra a sua vontade, lhe ia cadenciando os pensamentos, ao longo de Whitehall. Rapazes de uniforme, com fuzis, marchavam, de olhar para a frente, marchavam, os braços rígidos, e na face uma expressão como as letras de uma legenda escrita no pedestal de uma estátua, glorificando o dever, a gratidão, a fidelidade, o amor à Inglaterra.

É, pensou Peter Walsh, começando a marchar em cadência com eles, uma excelente disciplina. Mas não pareciam robustos. Eram, na maior parte, uns desajeitados rapazolas dos seus 16 anos, que amanhã poderiam estar detrás de sacos de arroz e barras de sabão, nas mercearias. Tinham agora não já a marca da sensualidade ou das preocupações diárias, mas a solenidade que lhes emprestava a coroa que haviam transportado desde Finsbury Pavement até o túmulo. Tinham jurado bandeira. O tráfego respeitava isso; os caminhões se detinham.

Impossível acompanhá-los, pensou Peter Walsh, enquanto eles subiam Whitehall e, sempre marchando, o deixavam para trás, deixavam todos para trás, com o seu passo decidido, como se uma única vontade lhes movesse uniformemente as pernas e os braços, como se a vida, com a sua variedade, com a sua inconstância, houvesse sido dominada pela disciplina e depositada, cadáver rígido de olhos fixos, entre coroas e monumentos. Tinha-se de respeitar aquilo; podia-se rir; mas tinha-se de respeitar, pensou ele. Lá vão eles, pensou Peter

Walsh, detendo-se no fio da calçada; e todas as glorificadas estátuas, Nelson, Gordon, Havelock, as escuras, espetaculares imagens dos grandes soldados, olhavam direito para a frente, como se também houvessem feito a mesma renúncia (Peter Walsh sentiu que ele também fizera a grande renúncia), calcado as mesmas tentações e atingido por fim a impassibilidade marmórea. Mas essa impassibilidade Peter Walsh não a desejava em absoluto para si mesmo, embora pudesse respeitá-la nos outros. Embora pudesse respeitá-la naqueles rapazes. Esses ainda não conhecem as perturbações da carne, pensou, enquanto os rapazes de uniforme desapareciam em direção do Strand; ainda não conhecem o que eu passei, pensou ele, atravessando a rua e parando junto à estátua de Gordon — de Gordon, a quem venerava quando menino; Gordon, de pé e solitário, com uma perna na frente e os braços cruzados —, pobre Gordon, pensou.

E, como ninguém soubesse que ele estava em Londres, exceto Clarissa, e a terra, depois da travessia, ainda lhe parecesse uma ilha, dominou-o o sentimento estranho de encontrar-se sozinho, vivo, desconhecido, às 11h30, em Trafalgar Square. Que é isso? Onde estou? E por que, afinal de contas, fazer uma coisa dessa?, pensou, parecendo-lhe o divórcio um completo desatino. E seu espírito estendeu-se raso como um pântano, e três grandes emoções o dominaram: a de compreender; uma vasta filantropia; e finalmente, como resultado das outras, uma irreprimível, esquisita alegria; como se, dentro do seu cérebro, uma estranha mão corresse cortinas, escancarasse janelas e portas, e ele, sem nada ter com isso, se visse à entrada de intermináveis avenidas, por onde poderia vagabundear, se lhe aprouvesse. Fazia anos que não se sentia tão jovem.

Tinha escapado! estava completamente livre — como acontece em todos os despojamentos, quando o espírito, como uma chama desabrigada, inclina-se, curva-se e parece que já vai espraiar-se fora do seu âmbito. Há anos que não me sinto tão jovem!, pensava Peter, deixando (apenas por algumas horas, naturalmente) de ser exatamente o que era, sentindo-se como um menino que corre porta afora e que vê, enquanto vai fugindo, a sua velha ama a chamá-lo. Mas como é sedutora!, pensou, pois, atravessando Trafalgar Square na direção do Haymarket, vinha uma jovem que, enquanto passava pela estátua de Gordon, parecia, segundo pensou Peter Walsh (sensível como era), ir-se libertando de todas as suas máscaras, até converter-se na verdadeira mulher com quem sempre sonhara; jovem, mas majestosa; alegre, mas discreta; morena, mas encantadora.

Endireitando-se, e manuseando furtivamente o canivete, seguiu atrás dela, daquela mulher, aquela instigação, que parecia, mesmo de costas, irradiar qualquer coisa que os unia, que o distinguia, como se o rumor do tráfego, com as mãos em concha, houvesse pronunciado o seu nome, não Peter, mas o nome particular com que ele se chamava em pensamento. "Tu", dizia ela; apenas "tu"; dizia-o, com as suas luvas brancas e os seus ombros. E a longa e leve capa que o vento agitou quando ela passava ante a loja de Dent, em Cockspur Street, inflou-se com uma envolvente bondade, uma sentida ternura, como de braços que se abrissem para acolher o cansado...

Não é casada; e é jovem; muito jovem, pensou Peter, e o cravo vermelho com que a vira atravessar Trafalgar Square ainda ardia em seus olhos como um lábio rubro. Ela esperava no fio da calçada. Tinha um ar de dignidade. Não era mundana, como Clarissa; nem rica, como Clarissa. Seria respeitável?, indagou consigo, vendo-a pôr-se novamente em marcha. Deve ser fina de espírito e aguda de língua, pensou (pois a gente bem pode inventar, permitir-se uma pequena diversão), mas de uma finura discreta, travessa; não ruidosa.

Pôs-se em marcha; atravessou a rua; ele a seguiu. Não queria absolutamente importuná-la. Contudo, se ela se detivesse, lhe diria: "Não quer tomar um gelado?" Assim lhe diria, e ela, com toda a simplicidade: "Pois não."

Mas certas pessoas se interpuseram entre ambos na rua, estorvando-o, escondendo-a. Continuou a perseguição; ela mudou de rumo. Havia um colorido nas faces dela; zombaria em seus olhos. Era um incansável aventureiro, verdadeiramente audaz, temerário (desembarcado na noite passada da Índia), um pirata romântico, alheio a todas aquelas malditas conveniências, roupões amarelos, cachimbos, caniços de pescar, expostos nas vitrinas; e à respeitabilidade, e às recepções, e àqueles velhos peralvilhos, com vivos brancos na jaqueta. Ele era um pirata. E lá se ia ela, Piccadilly afora, subindo a Regent Street, na frente dele; lá se ia com a sua capa, as suas luvas, com o seu movimento de ombros em sincronização com as franjas, fitas e boás das vitrinas, para patentear o refinamento e bizarria que se projetavam das vitrinas para a rua, como a luz de uma lâmpada se propaga pela noite até os limites da treva.

Sorridente, e deliciosa, atravessara Oxford Street e Great Portland Street, tomando por uma das pequenas ruas transversais; e agora, agora o grande momento se aproximava: ela diminuiu o passo, abriu a bolsa, e, com um olhar na sua direção, mas não para ele, um olhar de despedida, liquidou a situação, afastando-o triunfalmente, para sempre; e retirou a chave, abriu a porta, desapareceu! A voz de Clarissa! "Lembra-te da minha festa! Lembra-te da minha festa!" lhe ressoava nos ouvidos. A casa era uma dessas vulgares casas vermelhas, com floreiras suspensas, gosto duvidoso. Tudo acabado.

Bem, diverti-me; sempre foi alguma coisa, pensou, olhando para os oscilantes vasos de pálidos gerânios. Um prazer desfeito em pó, pois era meio inventado, como muito bem o sabia; inventada, aquela aventura com a moça; fabricada, como se fabrica a melhor parte da vida, pensou — como a gente se fabrica a si mesmo; a vida; como se inventa uma deliciosa diversão, e qualquer coisa mais. Era esquisito, e inteiramente verdade; tudo o que não se podia compartilhar... esvaía-se em pó.

Voltou; desandou o caminho, pensando encontrar um lugar onde sentar-se até que fosse tempo de ir ver os senhores Hooper e Grateley, em Lincoln's Inn. Aonde iria? Não importa. Para lá, então, para o Regent's Park; seus sapatos, na calçada, batiam: "não importa, não importa"; pois era cedo ainda; muito cedo.

Uma esplêndida manhã, também. Como o bater de um perfeito coração, a vida pulsava fortemente pelas ruas. Nem hesitações, nem paradas. Solene, perfeito, exato, pontual, silencioso, no devido instante, o auto parou à porta. A moça, meias de seda, plumas, um ar lânguido, mas não particularmente sedutora para ele (que acabava de ter a sua emoção), desceu do auto. Mordomos admiráveis, cães fulvos, vestíbulos de losangos pretos e brancos e cortinas brancas ao vento, tudo isto viu Peter pela porta aberta; viu e agradou-lhe. Um esplêndido acabamento, em seu gênero, essa Londres; a época; civilização. Membro de respeitável família anglo-indiana, que, pelo menos durante três gerações, administrara os negócios de um continente (é estranho, pensou, que eu sinta isso tudo, desgostando-me, como me desgosta, a Índia, o Império e o exército), havia momentos em que a civilização, mesmo daquele gênero, lhe parecia tão cara como uma posse pessoal; momentos em que se orgulhava da Inglaterra; dos cães fulvos; de moças como aquela. Ridículo talvez, mas assim era, pensou. E os doutores e homens de negócios, e as mulheres modernas, todos a caminho dos seus afazeres, pontuais, alertas, fortes, pareciam-lhe perfeitamente admiráveis, bons camaradas, a quem se podia confiar a vida, que nos ajudariam até o fim. Afinal, com uma coisa ou outra, o espetáculo era bem tolerável; e ele iria sentar-se à sombra e fumar.

Aqui estava o Regent's Park. Sim. Quando menino, andava pelo Regent's Park... Esquisito, pensou, como começam a ocorrer-me recordações da infância — consequência de ter visto Clarissa, talvez; pois as mulheres vivem muito mais no passado do que nós, pensou. Apegam-se aos lugares; e seus pais... as mulheres sempre se orgulham de seus pais. Bourton era um lindo lugar, era mesmo um lindo lugar; mas eu nunca pude entender-me com o velho, pensou. Houvera até uma cena, certa noite — a propósito de quê, não podia lembrar-se. Política, provavelmente.

Sim, lembrava-se do Regent's Park; a alameda reta; o pequeno quiosque, à esquerda, onde se vendiam balões de cor; uma absurda estátua, em qualquer parte, com uma inscrição. Procurou um assento vazio. Não desejava ser incomodado (pois estava um pouco sonolento) por pessoas que lhe perguntassem as horas. Uma ama grisalha, com o bebê adormecido no carrinho... foi o melhor que pôde encontrar, sentou-se na ponta do banco onde se achava a ama.

É uma encantadora menina, pensou, lembrando-se subitamente de Elizabeth, quando entrara no salão e fora postar-se ao lado da mãe. Muito crescida; já uma mulher; não propriamente bonita; simpática; e não pode ter mais de 18 anos. Não se dá muito bem com Clarissa, "Aqui está a minha Elizabeth" — ora essa, por que não "Aqui está Elizabeth", simplesmente? Trata, como a maioria das mães, de forçar a situação. Leva muito longe a sua atitude, pensou. Exagera.

O fumo do bom charuto penetrou-lhe friamente a garganta; ele o expeliu, em anéis que afrontaram bravamente o ar, por um momento; azuis, circulares — tratarei de falar a sós com Elizabeth hoje de noite, pensou —, começaram depois a ondear, a esvair-se; que esquisitas formas vão tomando, pensou. De súbito fechou os olhos, ergueu a mão com grande esforço, e lançou longe a ponta do charuto. Um grande sopro atravessou-lhe a mente, varrendo ramos trêmulos, vozes de crianças, o rumor dos passos, a gente que passava, o tráfego, que crescia e decrescia. Tombou entre as plumas e as penas do sono, afundou-se, sumiu-se.

A ama de cor de cinza reencetou seu crochê, enquanto Peter Walsh, a seu lado, no banco morno, começava a roncar. Com seu vestido gris, movendo as mãos infatigável, mas tranquilamente, ela parecia a guardiã do direito dos adormecidos, como uma dessas espectrais presenças que se erguem nos bosques crepusculares, feitas de céu e de folhagem. O passeante solitário, devassador de sendas, perturbador de moitas e devastador dos grandes ramos, erguendo de súbito os olhos, avista a gigantesca figura ao fim do seu caminho.

Ateu convicto, talvez, assalta-o de surpresa um momentâneo, extraordinário êxtase. Nada existe fora de nós além de estados de espírito, pensa ele; um desejo de escape, de alívio, de alguma coisa alheia a esses miseráveis pigmeus, a esses desleais, feios, covardes humanos. Mas, se pode concebê-la, é que de certo modo ela existe, pensa ele, e, avançando, com os olhos no céu e na folhagem, logo lhes empresta uma forma feminina; vê, pasmado, quão grave se torna, com que majestade, ao sombrio mover das folhas; derrama caridade, compreensão, absolvição, e, subitamente alarmado, confunde a piedade do seu gesto com uma dança endemoniada.

Tais as visões que oferecem ao passeante solitário grandes cornucópias cheias de frutas, ou sussurram a seus ouvidos como sereias no mar verde, ou jogam-se em seu rosto como ramos de rosas, ou vêm à tona como pálidas faces que o pescador tenta abraçar através das ondas.

Tais as visões que flutuam sem cessar ante as coisas reais, que as cercam, que as escondem; que às vezes se assenhoreiam do passeante solitário e lhe tiram o sentido da terra, o desejo de voltar, e lhe dão, em troca, uma paz completa, como se (assim pensa ele, enquanto se adentra na floresta) todo aquele tumultuar de vida fosse a própria simplicidade; e miríades de coisas fossem uma única; e aquela figura, feita de céu e folhagem, se houvesse erguido do conturbado mar (ele está velho, já passou dos cinquenta agora) como uma forma brotada das espumas, para propinar, com as suas mãos dadivosas, a compaixão, a compreensão, a absolvição. Ah, pensa, não voltar mais para a luz da lâmpada; para o meu gabinete; não terminar meu livro; não esvaziar o cachimbo; não tocar a campainha para que Mrs. Turner venha varrer; mas caminhar direito para essa grande figura que, com um meneio de cabeça, me erguerá nos seus galhardetes e me deixará esfazer-me no não ser, com o resto das coisas.

Tais são as visões. O passeante solitário sai logo da floresta; e eis que ali junto ao portal, possivelmente a vigiar à sua volta, abrigando os olhos com a mão erguida, e de avental branco ao vento, está uma mulher idosa que parece (tão incoercível é essa condição) buscar, pelo deserto, algum filho perdido; um cavaleiro derrotado; como a simbolizar a mãe cujos filhos morreram nas batalhas do mundo. E assim, quando o passeante solitário avança pela rua aldeã onde as mulheres bordam e os homens cavam o jardim, a tarde parece fatal; os rostos parados; como se algum augusto destino, por eles conhecido e esperado sem medo, estivesse prestes a sumi-los no completo aniquilamento.

Na casa, entre as coisas habituais, o aparador, a mesa, o rebordo da janela com os seus gerânios, de súbito, o vulto da dona da casa, inclinando-se para tirar os pratos, suaviza-se na luz, adorável símbolo que só a recordação do frio contato humano impede de abraçar. Ela toma a marmelada, guarda-a.

— Não quer mais?

Mas a quem responderá o viajante solitário?

No Regent's Park, a velha ama fazia crochê junto ao bebê adormecido. Peter Walsh roncava. Despertou subitamente, dizendo consigo: "A morte da alma."

— Senhor, senhor! — disse em voz alta, espreguiçando-se e abrindo os olhos. — A morte da alma. — As palavras estavam ligadas a alguma cena, a alguma sala, a qualquer coisa do passado com que estivera a sonhar. E tudo se esclareceu: a cena, a sala, o passado com que sonhara.

Fora em Bourton, naquele verão, nos primeiros anos de 90, quando estava tão apaixonadamente enamorado de Clarissa. Muita gente se encontrava ali, rindo e conversando, após o chá, em redor da mesa, e a sala enchia-se de uma luz amarelada e do fumo dos cigarros. Falava-se de um homem que casara com a criada, um dos vizinhos, cujo nome Peter esquecera. Casara com a criada e a levara de visita a Bourton, terrível visita! Ela estava absurdamente vestida; "como um papagaio", dissera Clarissa, arremedando-a; e falava sem parar... E imitava-a. Foi então que alguém disse — Sally Seton — se não a julgariam de outro modo, sabendo que tivera um filho antes do casamento... (Dizer tal coisa, naquela época, entre rapazes e moças, era muito forte.) Peter ainda via Clarissa enrubescendo, empertigando-se toda e declarando:

— Oh! Nunca mais poderei falar com ela! — Depois do que todos os convivas ficaram constrangidos. Muito desagradável aquilo.

Não a havia criticado por escandalizar-se, pois naquela época era assim que se criavam as moças, ela não sabia nada do mundo; mas aborrecera-o o jeito de Clarissa: suscetível; dura; arrogante; puritana. "A morte da alma." Dissera aquilo instintivamente, rotulando o momento, como costumava — a morte da alma.

Todos se moveram, perturbados; pareceram submeter-se, enquanto ela falava, e depois ergueram-se, desapontados. Viu Sally Seton, como uma criança apanhada em falta, inclinar-se para diante, ruborizada, desejosa de falar, mas sem atrever-se, pois Clarissa intimidava as pessoas. (Era a melhor amiga de Clarissa, uma criatura atraente, bela, morena, com reputação de grande audácia para a época, e ele costumava dar-lhe charutos, que ela fumava no quarto; ou fora noiva de alguém, ou brigara com a família; e o velho Parry detestava igualmente a Sally e a ele, Peter, o que era um grande elo entre ambos.) Clarissa, ainda com um ar de dignidade ofendida, deu qualquer desculpa e dirigiu-se para fora, sozinha. Quando abriu a porta, entrou o grande cachorro ovelheiro. Ela o acolheu com grandes mimos. Era como se dissesse a Peter, que compreendeu que tudo lhe era dirigido: "Sei que me achaste absurda a respeito dessa mulher, mas repara que criatura extraordinariamente afetuosa eu sou; vê como quero ao meu Rob!"

Sempre haviam tido aquele estranho poder de comunicar-se sem palavras. Ela sabia instintivamente que Peter a criticava. Tinha, pois, de fazer alguma coisa completamente óbvia, para defender-se, como aquela cena com o cachorro... mas ele nunca se deixava levar, sabia ver através de Clarissa. Não dizia nada, certamente; sentava-se, amuado. Era assim que começavam muitas vezes as suas brigas.

Clarissa fechou a porta. E logo ele sentiu-se extremamente deprimido. Tudo parecia inútil: continuar amando; continuar brigando; continuar reconciliando-se. Saiu a vaguear sozinho, pelos telheiros e estábulos, olhando os cavalos. (O local era modesto; os Parrys nunca haviam sido ricos, mas sempre tiveram tratadores — Clarissa gostava de equitação — e um velho cocheiro — como se chamava? — e uma velha ama, a velha Moody, a velha Goody, ou coisa parecida, a quem se visitava numa pequena peça cheia de fotografias e de gaiolas de passarinhos.)

Foi uma noite horrível! Ele se tornou cada vez mais sombrio, não por causa daquilo, apenas; por causa de tudo. E não podia vê-la; não podia explicar-se com ela; não podia esclarecer nada. Sempre havia gente... e ela continuava como se nada houvesse acontecido. Esse era o seu lado diabólico — aquela frieza, aquela dureza, algo de muito profundo que ele de novo sentira naquela manhã, ao falar-lhe; aquela impenetrabilidade. Mas Deus sabia como ele a amava. Tinha ela o estranho poder de vibrar os nervos da gente, como se fossem cordas, sim.

Ele chegara tarde à mesa, com a estúpida ideia de fazer notar a sua ausência, e sentara-se perto da velha Miss Parry, a tia Helena, irmã de Mr. Parry, e que a presidia. Ali estava, com o seu branco xale de *cashmere*, a cabeça contra a janela; uma admirável velha, muito boa para com ele, Peter, que lhe havia conseguido algumas flores raras, pois era uma grande amadora de botânica e fazia excursões com umas grossas botas e uma negra caixa de estanho a tiracolo. Sentou-se junto dela, e não podia falar. Tudo parecia fugir-lhe ante os olhos: sentou-se apenas, pondo-se a comer. Na metade da refeição, olhou pela primeira vez para Clarissa. Falava com um jovem que estava à sua direita. Ele teve uma súbita revelação. "Vai casar-se com este homem", disse consigo mesmo. Nem sequer lhe sabia o nome.

Pois fora naquela tarde, exatamente naquela tarde, que Dalloway chegara; e Clarissa o chamava "Wickham"; fora o começo de tudo. Alguém o trouxera; e Clarissa compreendera mal o seu nome. Apresentara-o a todos como Wickham. Afinal ele disse: O meu nome é Dalloway! — Essa a primeira visão que ele tivera de Richard — um rapaz comum, um tanto rude, sentado numa preguiçosa, e protestando: "O meu nome é Dalloway!" Sally não perdeu tal coisa; e depois, sempre que se referia a ele, chamava-lhe "o meu nome é Dalloway!".

Naquele tempo, ele, Peter, era sujeito a revelações. Essa de que Clarissa se casaria com Dalloway fora, no momento, ofuscante, aniquiladora. Havia uma espécie de — como dizer? —, uma espécie de tranquilidade na maneira de o tratar; algo de maternal; de suave. Falavam sobre política. Durante todo o jantar, tentara ouvir o que diziam.

Lembrava-se de que, depois, ficara junto à cadeira da velha Miss Parry, no salão. Clarissa entrou, com as suas perfeitas maneiras de verdadeira dona de casa, e quis apresentá-lo a alguém; falava como se nada houvesse entre ambos, o que o enfureceu. Mas, ao mesmo tempo, admirava-a por isso. Admirava-lhe a coragem, o instinto social; o seu poder de dominar a situação. — A perfeita dona de casa — dissera-lhe, com o que ela se melindrou. Mas era isso mesmo o que ele queria. Faria qualquer coisa para magoá-la, depois de tê-la visto com Dalloway. De modo que ela o deixou. E veio-lhe a sensação de que todos se haviam reunido para conspirar contra ele, rindo e falando às suas costas. Ali ficou, junto à cadeira de Miss Parry, como talhado em madeira, a falar de flores silvestres. Nunca, nunca sofrera tão infernalmente! Havia esquecido até a intenção de escutar; afinal despertou; viu Miss Parry a fitá-lo, meio desapontada, meio irritada. Esteve a ponto de dizer-lhe que não podia escutar porque se achava no inferno! Começavam a sair da sala. Ouviu-os falar de abrigos; de que estava frio no lago, e assim por diante. Iam remar no lago, ao luar — uma das loucas ideias de Sally. Ei-la agora descrevendo-lhes a lua. E todos se foram. Deixaram-no.

— Não quer ir com eles? — indagou tia Helena (pobre velha! — tinha adivinhado). Ele volveu a cabeça, e ali estava Clarissa de novo. Viera buscá-lo. Sentiu-se comovido com a sua generosidade, com a sua bondade.

— Vem — disse ela. — Estão esperando.

Nunca se sentira tão feliz em toda a vida! Sem uma palavra, haviam-se reconciliado. Caminharam juntos até o lago. Teve vinte minutos de completa felicidade. A voz de Clarissa, o seu riso, o seu vestido (algo de flutuante, de branco, de escarlate), a sua animação, o seu espírito de aventura; fez todos desembarcarem e explorar a ilha; espantou uma galinha; riu; cantou. E, durante todo esse tempo, sabia-o perfeitamente, Dalloway se estava enamorando dela; ela se estava enamorando de Dalloway; mas isso parecia que não importava. Nada importava. Sentaram-se na relva e conversaram — ele e Clarissa. Seus espíritos se compreendiam sem o mínimo esforço. E depois, num segundo, tudo terminou. "Vai casar-se com esse homem", disse ele consigo, ao voltarem para o bote, sombriamente, mas sem ressentimento algum; pois era óbvio. Dalloway casaria com Clarissa.

Dalloway pôs-se a remar. Não dizia nada. Mas, quando o viram saltar na sua bicicleta para correr vinte milhas pelos bosques e agitar a mão antes de desaparecer na baixada, algo lhe fez sentir, instintivamente, tremendamente, fortemente, aquilo tudo; a noite; o romance; Clarissa. Dalloway a merecia.

Quanto a ele, Peter, era absurdo. O que exigia de Clarissa (agora bem o compreendia) era absurdo. Pedia coisas impossíveis. Fazia terríveis cenas. Ela ainda o teria aceito, talvez, se ele se houvesse mostrado menos absurdo. Sally pensava o mesmo. Escreveu-lhe longas cartas durante todo aquele verão, contando como tinham falado dele; como tinham falado dele; como ela o havia elogiado, como Clarissa chorara. Fora um extraordinário verão — cheio de cartas, de cenas, de telegramas —, uma chegada a Bourton de manhã cedo, antes de os criados se levantarem; embaraçosos diálogos com o velho Mr. Parry, nas refeições matinais; a tia Helena, imponente, mas bondosa; Sally levando-o para conversarem na horta; Clarissa, na cama, com dor de cabeça.

A cena final, a terrível cena que, pensava ele, havia influído mais do que tudo em toda a sua vida (poderia ser exagero, mas ainda agora pensava o mesmo), ocorreu às três da tarde, num dia muito quente. Um nada a provocara: Sally, na mesa, referira-se a Dalloway, chamando-lhe "o meu nome é Dalloway"; Clarissa ergueu-se de súbito, muito vermelha, como costumava, e disse asperamente: — Basta dessas brincadeiras sem graça. — Foi só; mas, para ele, era como se Clarissa houvesse dito: "Contigo, eu apenas me divirto; mas estou comprometida com Richard Dalloway." Assim o compreendera ele. Não dormiu durante várias noites. "De qualquer modo, é preciso acabar com isso", disse consigo. Mandou-lhe um bilhete por intermédio de Sally, pedindo-lhe que o fosse encontrar junto à fonte, às três horas. "Aconteceu uma coisa muito grave", garatujou no fim.

A fonte achava-se afastada da casa, em meio a um bosquete. Ali chegou ela, antes da hora, e permaneceram com a fonte de permeio, a calha (estava quebrada) incessantemente a gotejar. Como as imagens se gravam na mente! O verde vivo do musgo, por exemplo.

Ela não se movia. — Dize-me a verdade, dize-me a verdade — insistia ele. Era como se a cabeça lhe fosse rebentar. Clarissa parecia contraída, petrificada. Não se movia. — Dize-me a verdade — repetiu ele, quando de súbito assomou a cabeça do velho Breitkopf, que trazia o *Times*; olhou-os; bocejou e seguiu adiante. Nenhum dos dois se moveu. — Dize-me a verdade — repetiu ele. Tal como se estivesse a bater contra algo fisicamente duro; ela não cedia. Era como ferro, como sílex, rígida, até a medula. E quando ela disse: — É inútil. Isto é o fim — depois de haver ele falado por horas, parecia-lhe, com as lágrimas a correr-lhe pelo rosto — foi como se o houvesse esbofeteado. Deu a volta, deixou-o, retirou-se.

— Clarissa! — gritou. — Clarissa! — Mas Clarissa não se voltava. Tudo acabado. Ele partira naquela noite. Não tornara a vê-la.

Horrível, exclamou consigo, horrível!

Mas o sol ainda aquecia. A gente ainda sobrepairava a essas coisas. A vida ainda tinha um meio de adicionar um dia a outro dia. E ainda, pensou, bocejando e começando a notar o mundo exterior (o Regent's Park tinha mudado muito pouco desde a sua infância, exceto quanto aos esquilos), ainda havia compensações... — senão quando a pequena Elise Mitchell, que tinha estado a juntar pedrinhas para a coleção que fazia com o mano, sobre a lareira do quarto das crianças, pôs um punhado delas nos joelhos da ama e, ao retirar-se correndo, tombou de encontro às pernas de uma senhora. Peter Walsh riu com gosto.

Lucrezia Warren Smith dizia consigo: "É cruel, isto; por que devo sofrer?", perguntava-se, enquanto descia a avenida. "Não, não posso suportar mais isto", dizia, depois de haver deixado Septimus, que não era já Septimus, a dizer coisas duras, injustas, cruéis, a falar consigo mesmo, a falar com um morto, ali naquele banco; foi quando a criança chocou-se contra as suas pernas, caiu, e começou a chorar.

Até era uma distração. Ergueu-a, limpou-lhe a saia, beijou-a.

Mas quanto a ela, nada fizera de mal; tinha amado Septimus; fora feliz; vivera numa bela casa, onde as suas irmãs ainda fabricavam chapéus. Por que devia sofrer?

A menina correu para a ama, que, observava Rezia, lhe ralhava, consolava-a, afastava o crochê para a pôr no colo, enquanto o bondoso senhor, para consolá-la, lhe mostrava o relógio, que se abria de um golpe... mas por que é que ela, Rezia, devia estar assim exposta? Por que não ficara em Milão? Por que aquela tortura? Por quê?

Levemente nublados pelas lágrimas, a avenida, a ama, o homem de gris, o carrinho lhe oscilavam ante os olhos. Ser torturada por aquele maligno verdugo, tal era o seu destino. Mas por quê? Era como um pássaro abrigado sob uma leve folha, que pisca ao sol quando a folha se move; e estremece ao estalido de um galho seco. Estava exposta; cercada pelas enormes árvores; pelas vastas nuvens de um mundo indiferente, exposta; torturada; e por que devia sofrer? Por quê?

Franziu as sobrancelhas, bateu com o pé. Tinha de voltar agora para junto de Septimus, pois estava na hora de irem consultar *sir* William Bradshaw. Tinha de voltar e lho dizer, voltar para o banco verde debaixo da árvore, onde estava sentado, falando a sós, ou com o morto, com esse Evans, a quem ela vira uma única vez, na loja. Parecia um homem bom e tranquilo; um grande amigo de Septimus, e tinha sido morto na guerra. Todos têm amigos que foram mortos na guerra. Todos renunciam a alguma coisa quando se casam. Ela renunciara à sua casa. Tinha vindo morar ali, naquela horrível cidade. Mas Septimus dera para pensar em coisas horríveis, como ela própria o poderia fazer, se o tentasse. Tornava-se cada vez mais estranho. Dizia que havia gente falando por detrás das paredes do quarto. Mrs. Filmer achava isso muito esquisito. Ele também via coisas... tinha visto a cabeça de uma velha no meio de uma folhagem. Contudo, podia ser feliz, quando queria. Tinham ido a Humpton Court na imperial de um ônibus e se haviam sentido perfeitamente felizes. Todas as pequeninas flores vermelhas e amarelas emergiam da relva, dissera ele, e falara e conversara e rira, inventando histórias. De súbito ele disse, quando estavam junto ao rio: "Agora vamos matar-nos", e olhou para a água com aquele olhar que ela já lhe vira antes, quando um trem passava, ou um ônibus — um olhar como se alguma coisa o fascinasse; e sentiu que ele se afastava dela e tomou-o pelo braço. Mas, ao voltar para casa, estava perfeitamente tranquilo... perfeitamente razoável. Quis discutir com ela sobre a necessidade de se matarem; explicou como a gente era má; as mentiras que inventavam os transeuntes e que ele via. Conhecia todos os seus pensamentos, disse; conhecia todas as coisas. Conhecia o sentido do mundo, disse.

Quando chegaram, mal podia caminhar. Estendeu-se no sofá e pediu que lhe segurasse a mão, para impedi-lo de cair, gritava, nas chamas! e nas paredes via caras que riam dele, que lhe chamavam coisas horríveis, e dedos que o apontavam, em redor do ombro. No entanto, estavam completamente a sós. Mas ele começou a falar em voz alta, respondendo a alguém, discutindo, rindo, chorando, cada vez mais excitado, e fazia-lhe escrever coisas. Umas perfeitas tolices; sobre Miss Isabel Pole. Não podia mais suportar aquilo. Tinha de voltar.

Estava junto dele agora e via-o fixar o céu, murmurar, juntar as mãos. E no entanto o dr. Holmes havia dito que não era nada. Que havia acontecido, então? Por que, quando sentou a seu lado, estremeceu, olhou-a carrancudo, ergueu-se, apontou para a sua mão, tomou-lhe a mão, contemplou-a, horrorizado?

Seria por que tirara a aliança de casamento? "Emagreci tanto", disse-lhe; "Guardei-a na bolsa", explicou.

Ele soltou-lhe a mão. O casamento estava desfeito, pensou com agonia, com alívio. Cortadas as amarras; ele sabia; era livre, pois estava decretado que ele, Septimus, o senhor dos homens, deveria ser livre; sozinho (já que sua esposa retirara a aliança; já que o havia deixado), ele Septimus, estava sozinho, chamado muito antes que o resto dos homens para ouvir a verdade, para aprender o segredo que, afinal, depois de todo o trabalho da civilização — gregos, romanos, Shakespeare, Darwin e agora ele próprio —, ia ser totalmente revelado... — A quem? — perguntou em voz alta. — Ao primeiro-ministro — responderam as vozes que cochichavam sobre a sua cabeça. O supremo segredo devia ser comunicado ao Gabinete: primeiro, que as árvores vivem; segundo, que não há crime; terceiro, amor, amor universal, murmurou, arquejante, trêmulo, emitindo penosamente essas profundas verdades que demandavam, tão ocultas eram, tão difíceis, um imenso esforço para formularem-se, mas que iam transformar para sempre a face do mundo.

Não há crime; amor, repetia, afanando-se em busca de papel e lápis, quando um *terrier* escocês veio farejar-lhe as calças, o que o fez saltar, transido de medo. O cachorro se estava transformando em homem! Não podia suportar aquilo! Era horrível, terrível, ver um cachorro transformar-se em homem! Afinal o cachorro afastou-se a trote.

Deus era infinitamente misericordioso, infinitamente bom. Poupava-o, perdoava-lhe a sua franqueza. Mas qual era a explicação científica? (Pois devemos ser científicos, antes de tudo.) Como podia ele ver através dos corpos, ver no futuro, ver como os cachorros se convertiam em homens? Era provavelmente a onda de calor, que influía num cérebro sensibilizado pelos dons da evolução. Cientificamente falando, a carne fundia-se no todo. Seu corpo macerado só conservava as fibras nervosas. Estava estendido como uma rede sobre uma rocha.

Reclinou-se no encosto, exausto, mas cheio de ânimo. Jazia em repouso, esperando, antes que recomeçasse a interpretar, com esforço, com agonia, aquela mensagem para os homens. Jazia muito alto, sobre o dorso do mundo. A terra vibrava debaixo dele. Flores vermelhas cresciam-lhe através da carne; as folhas rígidas murmuravam junto à sua cabeça. Ali em cima, na rocha, começou a ouvir-se música. É uma buzina de auto, lá embaixo, na rua, disse ele; mas ali em cima repercutia de rocha em rocha, dividia-se, entrechocava-se, erguendo-se em lisas colunas de sons (a música visível era outra descoberta), e tornava-se um cântico de alegria, uma antífona que espiralava da flauta de um jovem pastor (é um velho mendigo que toca diante de um café, murmurou) e que, quando o jovem estacava, se elevava borbulhando, e, quando ele subia mais alto, se convertia num esquisito lamento sobre o rumor do tráfego. Essa elegia do pastor é executada em meio ao tráfego, pensou Septimus. Mas agora ele se retira para as neves, e rosas pendem-lhe em redor... as grandes rosas vermelhas que florescem nas paredes de meu quarto, lembrou. Parou a música. — Ganhou esmola — raciocinou em voz alta —, e foi para o café mais próximo.

Mas ele próprio permanecia no alto da sua rocha, como um marinheiro náufrago. Inclinei-me à borda do barco e caí, pensou. Mergulhei no mar. Estive morto, e, no entanto, estou agora vivo, mas deixem-me descansar, suplicou (estava falando sozinho outra vez — era horrível, horrível); e, tal como, antes de despertar, as vozes dos pássaros e o rumor das rodas se confundem e dialogam numa estranha harmonia, e se tornam cada vez mais fortes, e o adormecido sente que vai abordando às margens da vida, assim se sentia ele aproximar-se da vida, pois o sol era mais quente, os gritos, mais fortes, e alguma coisa tremenda ia acontecer.

Bastava-lhe apenas abrir os olhos; mas havia neles um peso; um medo. Endireitou-se; fez um esforço; olhou; viu o Regent's Park. Longas faixas de sol lhe acariciavam os pés. As árvores abanavam, agitavam-se. Acolhemos, parecia dizer o mundo; aceitamos; criamos. Beleza, parecia dizer o mundo. E, como que a prová-lo (cientificamente), para onde quer que ele olhasse, as casas, as grades, os antílopes estendendo o pescoço sobre a cerca, a beleza brotava instantaneamente. Observar uma folha tremendo ao sopro do ar era uma esquisita alegria. Muito alto no céu, as andorinhas juntavam-se, apartavam-se, dirigiam-se para um e outro lado, faziam círculos, sempre em perfeito acordo, como que presas por elásticos; e os voos alçavam-se e abatiam-se; o sol tocava ora essa folha, ora aquela, a brincar, confundindo-as no seu suave ouro, por pura benevolência; e de vez em quando alguma harmonia (podia ser uma buzina de auto) ressoava divinamente contra as hastes da relva... tudo aquilo, assim tranquilo e razoável, constituído de coisas ordinárias, era a verdade; beleza, esta era a verdade. A beleza estava em toda parte.

— Está na hora — disse Rezia.

A palavra "hora" rebentou sua casca; derramou seus tesouros sobre ele; e de seus lábios tombaram, como escamas, como limalhas, sem que ele nada fizesse para isso, duras, brancas, imortais palavras, que voaram, colocando-se por si mesmas no seu devido lugar em uma ode ao Tempo; uma imortal ode ao Tempo. Cantou. Evans respondia por detrás da árvore. Os mortos estavam na Tessália, Evans cantava, entre as orquídeas. Ali tinham esperado que a guerra terminasse, e agora os mortos, agora o próprio Evans...

— Por amor de Deus, não se aproximem! — gritou Septimus. Pois não podia fitar os mortos.

Mas os ramos se afastavam. Um homem de gris vinha vindo na sua direção. Era Evans! Mas não estava enlameado; não tinha ferimentos; não mudara coisa alguma. — Devo dizer ao mundo inteiro — gritou Septimus, erguendo a mão (enquanto o morto de gris se aproximava), erguendo a mão como uma colossal figura que houvesse lamentado o destino dos homens, durante séculos, no deserto, sozinho, com as mãos na fronte, sulcos de desespero na face, e que, agora, na orla do deserto, vê uma luz que aumenta, uma luz que bate a figura de ferro negro (e Septimus se erguera a meio), e, com legiões de homens prostrados às suas costas, ele, o carpidor gigantesco, recebe por um momento na face toda a...

— Sou tão desgraçada, Septimus! — dizia Rezia, tentando fazê-lo sentar.

Os milhões lamentavam-se; durante séculos haviam sofrido. Ele ia voltar-se, ia dizer-lhes dentro em poucos instantes, dentre em poucos instantes mais, a libertação, a surpreendente revelação...

— As horas, Septimus — repetia Rezia. — Que horas são?

Falava, agitava-se, aquele homem ia notar. Já estava olhando para eles.

— Vou dizer-te a hora — disse Septimus, devagar, sonolentamente, sorrindo com ar misterioso para o morto de gris. Enquanto ele se sentava, a sorrir, o quarto de hora bateu — um quarto para as doze.

O que é ser jovem!, pensou Peter Walsh, ao passar por eles. Estão fazendo uma terrível cena — a pobre moça parecia completamente desesperada — em plena manhã. Que se passará?, perguntou-se. Que lhe estará dizendo o jovem de sobretudo, para a pôr em tal estado? Em que dificuldades não se haveriam metido, para estarem tão desesperados numa manhã tão linda? Ao voltar à Inglaterra depois de cinco anos, as coisas, pelo menos no princípio, eram como se a gente nunca as tivesse visto antes; amantes brigando debaixo de uma árvore; a vida familiar dos parques. Nunca Londres lhe parecera tão encantadora; a suavidade das distâncias; a riqueza; a verdade; a civilização, depois da Índia, pensou, caminhando sobre a relva.

Aquela sensibilidade fora a sua desgraça, pensou. Ainda na sua idade tinha, como um rapaz ou uma rapariga, aquelas alternativas: dias bons, dias maus, sem nenhuma razão suficiente, felicidade ante uma cara bonita, abatimento ante uma feia. Depois da Índia, é natural, a gente se enamora de cada mulher que encontra. Tinham agora uma frescura! Até as mais pobres se vestiam melhor, por certo, do que há cinco anos; e, a seu ver, nunca as modas haviam assentado tão bem; as longas capas negras; a esbeltez; a elegância; e depois o delicioso e aparentemente universal costume de pintar-se. Cada mulher, mesmo a mais respeitável, tinha rosas em redomas; lábios feitos a cinzel; bucles de manequim; havia intenção, arte, por tudo; indubitavelmente, algo havia mudado. Que pensariam os jovens daquilo?, perguntava-se Peter Walsh.

Aqueles cinco anos — de 1918 a 1923 — haviam constituído, suspeitava, alguma coisa de muito importante. A gente parecia diversa. Os jornais também. Agora, por exemplo, num dos mais respeitáveis semanários, alguém escrevia abertamente sobre aparelhos sanitários. Coisa que não se podia fazer dez anos antes — escrever abertamente sobre isso num respeitável semanário. E depois, isso de tomar um batom, ou uma esponja, e compor-se em público... A bordo vinha uma porção de rapazes e moças; dentre estas recordava-se particularmente de Betty e Bertie, que o faziam abertamente; a velha mãe que as vigiava, fazendo crochê, completamente impassível. A moça detinha-se e empoava o nariz em frente de qualquer pessoa. E nada de compromissos; divertiam-se, simplesmente; nenhum sentimento profundo. Difícil mulher essa Betty Não Sei o Quê, mas de boa espécie. Daria uma excelente esposa aos trinta — pois casaria quando lhe aprouvesse; casaria com um ricaço e habitaria um casarão nos arredores de Manchester.

Mas quem é que fizera isso?, perguntava-se Peter Walsh, dobrando a avenida. Quem é que se havia casado com um ricaço e habitava um casarão nos arredores de Manchester? Alguém que ainda há pouco lhe escrevera uma longa e efusiva carta, falando de "hidrângeas azuis". Vendo hidrângeas azuis, havia pensado nele e nos velhos dias — Sally Seton, naturalmente! Era Sally Seton — a última pessoa no mundo de quem se esperaria que fosse casar com um ricaço e habitar um casarão nos arredores de Manchester, a selvagem, a ousada, a romântica Sally!

Mas de todo aquele antigo grupo de amigos de Clarissa — os Whitbreads, os Kindersleys, os Cunninghams, os Kinloch-Jones — Sally era provavelmente a melhor. Tratava sempre de encarar as coisas sem subterfúgios. Soube ver quem era Hugh Whitbread — o admirável Hugh — quando Clarissa e os demais estavam todos caídos por ele.

— Os Whitbreads? — ainda a ouvia dizer. — Quem são os Whitbreads? Vendedores de carvão. Respeitáveis comerciantes.

A Hugh, detestava-o por alguma razão. Só pensava na sua própria aparência, dizia ela. Devia ter nascido duque. Teria por certo casado com uma das princesas reais. E sem dúvida Hugh tinha, dentre todos os seres humanos, o mais extraordinário, o mais natural, o mais sublime respeito pela aristocracia britânica. Até Clarissa tinha de confessá-lo. Oh, mas era tão bom, tão pouco egoísta, deixava de caçar para agradar à sua velha mãe... lembrava-se dos aniversários das tias, e assim por diante.

Sally, justiça lhe seja feita, via claro no assunto. Uma das coisas que melhor recordava era uma discussão ocorrida num sábado de manhã, em Bourton, acerca dos direitos das mulheres (essa questão antediluviana), quando Sally, perdendo a paciência, disse, encolerizada, a Hugh, que ele representava tudo o que havia de mais detestável na classe média inglesa. E que o considerava responsável pela sorte "dessas pobres raparigas de Piccadilly". Hugh, o perfeito *gentleman*, pobre Hugh!... nunca um homem pareceu tão horrorizado. Fizera-o de propósito, disse ela depois (pois costumavam ir ambos para a horta, trocar impressões). "Ele não lê nada, não pensa nada, não sente nada", ouvia-a dizer com aquela voz enfática, muito mais impressionante do que ela supunha. Os moços de cavalariça tinham mais vida do que Hugh, dizia Sally. Um perfeito exemplar do padrão formado pela escola pública, dizia. Só a Inglaterra poderia tê-lo produzido. Estava realmente despeitada, por alguma razão; guardava-lhe algum rancor. Alguma coisa (ele não mais se lembrava o quê) havia acontecido no salão de fumar. Tê-la-ia ofendido... beijara-a? Incrível! Ninguém acreditaria em nada contra Hugh, naturalmente. Como?! Beijar Sally no salão de fumar! Se se tratasse de alguma Honourable Edith, ou Lady Violet, talvez; mas não aquela miserável da Sally, sem nada de seu, e com um pai, ou uma mãe, a jogar em Monte Carlo. E, dentre todos os que ele tinha conhecido, Hugh era o mais esnobe, o mais obsequioso — não, não adulava propriamente. Era muito orgulhoso para isso. Um mordomo de primeira, era essa a comparação óbvia; alguém que segue atrás, carregando valises; de confiança para passar telegramas — indispensável para uma dona de casa. E tinha achado o que lhe servia — casara com a sua Honourable Evelyn; arranjara o seu biscate na corte, de fiscal das adegas reais, ou lustrador das imperiais fivelas, e pavoneava-se de calções curtos e punhos de renda. Como a vida é implacável! Um biscatezinho na corte!

Desposara aquela dama, a Honourable Evelyn, e moravam por ali mesmo, assim pensava ele (olhando as suntuosas residências que circundavam o parque), pois almoçara ali uma vez, em certa casa que tinha, como tudo o que pertencia a Hugh, alguma coisa que nenhuma outra casa poderia ter: acaso armários para roupa branca. Tinha de ir visitá-los; sempre se levava uma porção de tempo a admirar o que ali havia: armários de roupa branca, fronhas, antigos móveis de carvalho, quadros que Hugh conseguira por uma ninharia. Mas Mrs. Hugh algumas vezes fazia das suas. Era uma dessas mulherzinhas de cara de fuinha que admiram os homens robustos... Quase insignificante. Mas de repente dizia algo inesperado, agudo. Conservava acaso restos do grande estilo. O carvão era demasiado forte para ela: espessava a atmosfera. E assim viviam, com seus armários de roupa branca e seus quadros de velhos mestres, e suas fronhas adornadas, com uma renda de cinco a dez mil libras por ano, ao passo que ele, que era dois anos mais velho do que Hugh, precisava solicitar um emprego.

Aos 53 anos, tinha de pedir aos amigos que o pusessem nalguma secretaria, nalgum empreguinho de explicador de latim, ou às ordens de algum mandarim num escritório, algo que lhe desse quinhentas libras por ano; pois, se desposasse Daisy, mesmo contando com a pensão, não poderiam viver com menos. Whitbread talvez lhe conseguisse alguma coisa; ou Dalloway. Com Dalloway não tinha constrangimento. Era um excelente homem; um pouco limitado, um pouco espesso; sim, mas um excelente homem. No que quer que se metesse, fazia-o da mesma maneira positiva; sem um toque de imaginação, sem uma faísca de brilho, mas com a inexplicável delicadeza característica do seu tipo. Deveria era ter sido um *gentleman* campesino; estava a desperdiçar-se na política. Ao ar livre, com cavalos e cães, estava no seu elemento: como se portara bem, por exemplo, quando o grande ovelheiro de Clarissa quase perdeu a perna numa armadilha; Clarissa desmaiou e Dalloway teve de fazer tudo; vendou, encanou; disse a Clarissa que não fosse boba. Por isso é que ela o amava, decerto; era disso que necessitava. "Agora, querida, não sejas boba. Segura isto. Traze aquilo", e falava ao mesmo tempo com o cachorro, como se se tratasse de um ser humano.

Mas como podia ela tragar todas as suas digressões sobre poesia? Como podia deixá-lo falar em público sobre Shakespeare? Com toda a seriedade e solenidade, Richard Dalloway punha-se de pé nas patas traseiras e dizia que nenhum homem decente devia ler os sonetos de

Shakespeare, pois era o mesmo que escutar pelo buraco da fechadura (de resto, não aprovava relações de tal classe). Nenhum homem decente deve deixar que a mulher visite a irmã da falecida esposa. Incrível! A única coisa a fazer era empanturrá-lo com amêndoas açucaradas, pois isso se passava à mesa. Mas Clarissa bebia tudo aquilo; parecia-lhe prova de honestidade, de independência; sabe lá Deus se não o considerava o espírito mais original que já encontrara em sua vida!

Esse foi um dos vínculos entre Sally e ele, Peter. Havia um quintal por onde costumavam passear, um recinto murado, com roseiras e couves-flores gigantes; recordava Sally apanhando uma rosa, detendo-se com uma exclamação ante a beleza das alfaces ao luar (extraordinário como lhe ocorriam tão vivas essas coisas em que não havia pensado durante anos), enquanto lhe implorava, meio por brincadeira, naturalmente, que raptasse Clarissa, para livrá-la dos Hughs e dos Dalloways e de todos os outros "perfeitos *gentlemen*", que "sufocariam a sua alma" (ela escrevia resmas de poesias naquela época) e a converteriam numa simples dama, incentivando apenas o seu mundanismo. Mas cumpria ser justo com Clarissa. De maneira alguma ela desposaria Hugh. Tinha perfeita noção do que queria. Suas emoções ficavam todas à superfície. No íntimo, era bastante perspicaz — compreendia melhor os caracteres do que Sally, por exemplo —, e, com tudo isso, era essencialmente feminina; com esse extraordinário dom, peculiar às mulheres, de fazer-se num mundo próprio, onde quer que se encontrasse. Entrava numa sala; parava, como tantas vezes a vira, no umbral, com uma porção de gente em derredor. Mas, dentre o grupo, era só de Clarissa que a gente se lembrava. Não que fosse impressionante; bonita, não era; nem tinha nada de original; nunca dizia coisas dignas de nota; mas estava ali; e isso era tudo.

Não, não! Não estava mais enamorado de Clarissa! Apenas sentia, depois de vê-la naquela manhã, com as suas tesouras e costuras, preparando-se para a festa, que lhe era impossível deixar de pensar nela; a sua imagem voltava-lhe incessantemente, como um viajante adormecido que caísse de vez em quando sobre o seu ombro, com os solavancos do trem; o que sem dúvida não era estar enamorado; pensava nela, analisava-a, tentava, após trinta anos, decifrá-la de novo. O mais óbvio que se poderia dizer dela é que era mundana; preocupava-se demasiado com a posição, a sociedade, os êxitos de salão — o que era verdade, num sentido; ela própria o reconhecia (sempre se podia fazer com que confessasse as coisas; era leal). O que detestava, diria, eram os rabugentos, os antiquados, como ele próprio, provavelmente; achava que ninguém tinha o direito de vaguear de mãos nos bolsos, mas fazer alguma coisa, ser alguma coisa; e aquelas altas personagens, aquelas duquesas, aquelas velhas condessas encanecidas que se encontravam no salão dos Dalloways, inenarravelmente remotas para que lhe pudessem significar qualquer coisa, eram, para Clarissa, algo de verdadeiramente real. Lady Bexborough, dissera ela certa vez, sabia conservar-se erguida (assim a própria Clarissa; não se abandonava nunca, em todos os sentidos do termo, era direita como um dardo, um pouco rígida até). Dizia que havia nelas uma espécie de coragem, que cada vez mais respeitava, à medida que envelhecia. Em tudo isso havia muito de Dalloway, naturalmente; muito do espírito das classes governantes — bem público, reformas tarifárias, Império Britânico —, que se apoderara dela, como acontece. Embora duas vezes mais inteligente que o marido, via as coisas pelos olhos deste — uma das tragédias da vida conjugal. Com um espírito bastante pessoal, estava sempre a citar Richard Dalloway, como se a gente não pudesse saber o que Richard pensava, lendo o *Morning Post* de manhã! Aquelas recepções, por exemplo, eram todas por causa dele, ou da ideia que ela formava a seu respeito (para fazer-lhe justiça, Richard se sentiria melhor numa granja em Norfolk). Fazia do seu salão uma espécie de assembleia; para isso ela possuía um verdadeiro gênio. Muitas vezes a vira apoderar-se de algum jovem bisonho, sacudi-lo, despertá-lo; lançá-lo. Verdade que muita gente aborrecida a cercava, como era natural. Mas surgiram alguns inesperados estranhos; às vezes um artista; às vezes um escritor, ave rara naquele ambiente. E, por detrás de tudo, havia a infindável malha das visitas, dos cartões, das gentilezas, remessa de flores, de pequenos mimos; fulana vai à França? pois é mandar-lhe uma almofada; um verdadeiro desperdício de energias; oh! toda aquela interminável faina das mulheres do seu mundo; mas Clarissa a desempenhava espontaneamente, por instinto.

Coisa estranha, Clarissa era um dos espíritos mais céticos que ele havia encontrado, e com certeza (esta era uma teoria que aplicava a Clarissa, tão transparente em certos sentidos, tão imperscrutável em outros), com certeza ela dizia consigo: como somos uma espécie condenada, prisioneira num barco que naufraga (suas leituras favoritas, quando moça, eram Huxley e Tyndall, tão afeiçoados a essas metáforas náuticas), como tudo é uma farsa de mau gosto, desempenhemos, afinal de contas, nosso papel; mitiguemos as penas dos nossos companheiros de prisão (Huxley de novo); decoremos o calabouço com flores e almofadas; sejamos o mais corretos possível. Esses rufiões, os deuses, nem sempre teriam a melhor parte; pois a sua ideia era que os deuses nunca perdem ocasião de ferir, contrariar e arruinar as vidas humanas, e que ficavam seriamente desapontados quando ela, apesar de tudo, se conduzia como uma grande dama. Tal fase teve início logo após a morte de Sylvia, essa horrível tragédia. Ver a própria irmã vitimada pela queda de uma árvore (tudo por culpa de Justin Parry, tudo por seu descuido) ante os seus próprios olhos, uma moça igualmente na flor da idade, a mais bem-dotada das duas, dizia sempre Clarissa, era mesmo para amargar o espírito de uma criatura. Mais tarde já não seria tão positiva, talvez; pensava que não havia deuses; que não tinha culpa de coisa alguma; e assim fora evoluindo para essa religião dos ateus, de fazer o bem pelo próprio bem.

E aproveitava a vida, imensamente. Que isso estava na sua natureza (embora, só Deus o sabia, tivesse ela algumas reservas; depois de tantos anos, sentia que só lhe era possível traçar um simples esboço de Clarissa). Em todo caso, não havia amargura nela; nada desse sentido da virtude moral, tão repulsivo em excelentes mulheres. Tudo, virtualmente, a divertia. Se se andava com ela pelo Hyde Park, bastava-lhe, para isso, um canteiro de tulipas, uma criança num carrinho, algum absurdo drama que imaginava de momento. (Provavelmente teria falado com aquele casal, se os julgasse infelizes.) Tinha um senso do cômico realmente precioso, mas precisava de gente, sempre de gente, para exercitá-lo, com o inevitável resultado de que perdia o tempo em almoços, em jantares, naquelas suas recepções, falando de tolices, dizendo coisas que nada significavam, embotando o fio do seu espírito, perdendo o discernimento. Via-se na obrigação de sentar-se à cabeceira da mesa e esforçar-se para atender a algum velho tonto que poderia ser útil a Dalloway — ambos conheciam os mais terríveis caceteadores da Europa —, ou então chegava Elizabeth, e tudo tinha de ser para *ela*. Da última vez em que a vira, achava-se ela no ginásio; era pálida e tinha uns olhos muito abertos; silenciosa e calma criatura, sem nada da sua mãe; estava num período inconsistente, em que parecia aceitar tudo e deixava Clarissa tratá-la como bem lhe parecesse, dizendo depois, como uma menina de quatro anos: "E agora, posso ir?" E lá se ia jogar hóquei, explicava Clarissa, com aquele ar entre divertido e orgulhoso, que o próprio Dalloway parecia comunicar-lhe.

Agora Elizabeth tinha sido "apresentada", provavelmente; considerava-o uma múmia, ria dos amigos de sua mãe. Mas que se lhe havia de fazer? A compensação de a gente envelhecer, pensava Peter Walsh, retirando-se do Regent's Park, com o chapéu na mão, era simplesmente esta: que as paixões permanecem tão fortes como antes, mas adquire-se — afinal! — o poder que dá o supremo sabor à existência: o poder de nos apoderarmos da experiência e volteá-la, lentamente, em plena luz.

Uma terrível confissão (pôs novamente o chapéu), mas a verdade é que agora, aos 53 anos, quase que não se precisa dos outros. A vida em si, cada momento da vida, cada gota sua, aqui, neste instante, agora, ao sol, era suficiente. Demasiado, até. Uma vida inteira, agora que está adquirido o poder, era demasiado curta para se lhe gozar todo o sabor; para extrair-lhe cada grama de prazer, cada sombra de sentido; uma e outra coisa muito mais consistentes que antes, muito menos pessoais. Impossível que ele pudesse sofrer de novo como Clarissa o fizera sofrer. Passava horas e dias sem pensar em Daisy.

Será que estaria amando, então? Mas onde a solução, a tortura, a extraordinária paixão daqueles dias? Era uma coisa completamente diversa — uma coisa muito mais agradável —, pois a verdade era que agora *ela* estava enamorada dele. Fora talvez por isso que, quando o navio zarpou, sentira um extraordinário alívio, e o que mais desejara era estar sozinho, e aborrecera-lhe achar na cabina todas as atenções dela — cigarros, cadernetas, uma manta de viagem. Todos, se fossem sinceros, diriam o mesmo: não se precisa dos outros depois dos cinquenta; não se precisa andar dizendo às mulheres que são lindas; eis o que a maioria dos cinquentões deviam confessar, pensou Peter, se fossem sinceros.

Mas e aqueles incríveis acessos de emoção — a explosão de lágrimas daquela manhã —, que significava tudo aquilo? Que pensaria dele Clarissa? Que era um tolo, provavelmente, e não pela primeira vez. No fundo, o que havia eram ciúmes — os ciúmes, que sobrevivem às demais paixões dos homens, pensou Peter Walsh, segurando o canivete e estirando o braço. Havia-se encontrado com o major Orde, dizia Daisy na sua última carta; dizia-o de propósito, bem o sabia; dizia-o para lhe provocar ciúmes; via-a franzir a testa enquanto escrevia, imaginando o que poderia dizer para feri-lo; mas isso não fazia diferença; ele ficava furioso! Tudo isso de vir à Inglaterra e consultar advogados não era tanto para casar-se com ela como para impedi-la de casar com outro. Era isso o que o torturava, isso que o dominara quando vira Clarissa tão tranquila, tão fria, tão atenta ao seu vestido, ou ao que quer que fosse; e quando considerara como teria cuidado dele, e a que o havia reduzido — a ser um velho tolo, lamuriento e choramingas. Mas as mulheres, pensou, fechando o canivete, não sabem o que é paixão. Não sabem o que significa isso para os homens. Clarissa era fria como gelo. E sentara a seu lado no sofá, abandonara-lhe a mão, beijara-o na face... Ele já estava no cordão da calçada.

Um som o interrompeu; um frágil e trêmulo som, uma voz incerta e sem direção, sem vigor, sem princípio nem fim, fluindo débil e aguda, sem nenhum significado humano:

ii an fa un sô
fuu suii tu in uu...

voz sem idade, sem nexo, a voz de uma antiga fonte jorrando da terra; que brotava exatamente defronte à estação do metrô do Regent's Park, de uma trêmula e longa forma, semelhante a um cano, a uma bomba enferrujada, a uma árvore ventada e para sempre desnuda de folhas, que deixa o vento lhe correr os galhos, cantando

ii an fa un sô
fuu suii tu in uu...

e oscila e estraleja e chora na brisa eterna.

Do fundo das idades — quando o calçamento era relva, era pântano através da idade das grandes presas e dos mamutes, da idade das auroras silenciosas, aquela mulher acabada — pois vestia uma saia —, com a mão direita estendida e a esquerda junto ao corpo, estava cantando de amor, amor que vinha de um milhão de anos, cantava, amor que perdura, e milhões de anos fazia que o seu amante, morto naqueles séculos, cantarolava, havia passado com ela, em maio; mas, no decurso das idades, longas como dias de verão, e apenas avivadas de ásteres vermelhos, recordava, ele se fora embora; a enorme segadeira da morte assolara aquelas tremendas colinas, e quando ela afinal pousara a cabeça branca e imensamente velha sobre a terra, agora uma triste geleira, suplicara aos deuses que deixassem a seu lado um ramo de urzes purpúreas, ali naquele seu alto cemitério, que acariciavam os últimos raios do último sol; pois então o espetáculo do mundo haveria terminado.

Enquanto a antiga canção borbulhava defronte ao metrô do Regent's Park, a terra ainda parecia verde e florida; ainda, embora fluindo de tão rude boca, mero buraco na terra, puro lodo, obstruído de raízes e ervas emaranhadas, ainda a murmurejante canção abria caminho através das raízes nodosas do tempo infinito, dos esqueletos, dos tesouros, espraiava-se em arroios sobre o calçamento, e ao longo de Marylebone Road, e para as bandas de Euston, fertilizando, deixando um rastro úmido.

E ainda recordando que uma vez, nalgum primevo mês de maio, havia ela passeado com o seu amante, aquela bomba enferrujada, aquela velha decrépita, com uma das mãos estendida para a esmola, a outra unida ao corpo, ainda ali continuará, durante dez milhões de anos, recordando que uma vez passeara, em maio, por onde agora só havia mar, passeara não importava com quem: um homem, sim, um homem que a havia amado. Mas a passagem dos séculos empanava a claridade daquele antigo dia de maio; as folhas de brilhantes pétalas estavam brancas de geada; e ele não mais via, quando lhe implorava (como o fazia agora claramente): "Olha bem para mim com esses teus doces olhos", não mais via olhos castanhos, negros bigodes, ou curtida face, mas uma vaga, uma sombria forma, para a qual, com a frescura de pássaro da velhice extrema, ainda gorjeava "dá-me essa mão e deixa-me apertá-la" (Peter Walsh não pôde deixar de dar uma moeda à pobre criatura, ao tomar o táxi), "e se alguém nos vê, que importa?", perguntava ela; e sua mão fechou-se, e ela sorriu, embolsando o xelim, e todos os olhos curiosos pareceram apagar-se, e as gerações que passavam — o pavimento estava coberto de afanosos pequenos-burgueses — desapareciam, como folhas atropeladas, molhadas e convertidas em barro por aquele eterno manancial:

ii an fa un sô
fuu suii tu in uu...

— Pobre velha! — disse Rezia Warren Smith, esperando para atravessar.

Oh! A pobre infeliz!

E se chovesse à noite? E se um padre, ou alguém que tivesse conhecido a pobre em melhores dias, ali passasse por acaso e a visse na sarjeta? E onde dormiria ela à noite?

Suavemente, quase alegremente, o invencível fio sonoro se desenrolava no ar, como o fumo da chaminé de um *cottage* se entrelaça nas faias claras, para emergir num penacho azul, dentre as folhas mais altas. "E se alguém nos vê, que importa?"

Desde que era tão infeliz, fazia agora semanas e semanas, Rezia emprestava significações às coisas que ocorriam, e às vezes até sentia vontade de fazer parar os transeuntes, quando lhe pareciam bondosos, amáveis, apenas para lhes dizer: "Sou tão infeliz!"; e agora aquela velha a cantar na rua: "Se alguém nos vê, que importa?", lhe deu de súbito a certeza de que tudo sairia direito. Dirigiam-se à casa de *sir* William Bradshaw; achou que o seu nome soava bem, curaria Septimus, com toda a certeza. E passava um caminhão de cervejaria, e os cavalos tordilhos tinham felpas de palha na cola; e ali estavam uns cartazes... Que coisa mais estúpida, ser infeliz!

Mr. e Mrs. Septimus Warren Smith atravessaram a rua; e haveria, afinal de contas, alguma coisa que chamasse atenção sobre eles, alguma coisa que fizesse um transeunte suspeitar de que ali seguia o portador da maior mensagem do mundo e que era, de resto, o homem mais feliz do mundo, e o mais digno de compaixão? Talvez caminhassem mais devagar que os outros e houvesse algo de hesitante, de arrastado, no passo do homem, mas nada mais natural que um empregado, que durante anos não estivera um só dia de semana em West End, olhasse para o céu, para uma coisa e outra, como se Portland Place fosse um salão onde ele houvesse entrado na ausência da família, um salão com os seus candelabros envoltos em lonas, e a zeladora, deixando as faixas de luz poeirenta alcançarem as poltronas vazias, erguesse uma ponta das longas cortinas e explicasse aos visitantes que maravilhoso lugar era aquele; que maravilhoso, mas, ao mesmo tempo, pensava ele, que estranho.

Por seu aspecto, seria um empregado, mas de categoria; pois usava sapatos marrons; tinha as mãos finas; assim, também, o perfil, de nariz afilado, um inteligente e sensível perfil, não os lábios, que eram frouxos; e os olhos, meramente olhos, castanhos, grandes; em suma, um tipo-limite, sem extremos; poderia terminar com uma casa em Purley e um auto, ou continuar toda a vida alugando apartamentos em ruas afastadas; um desses homens semieducados, autodidatas, cuja cultura provém de livros de aluguel, lidos depois do trabalho cotidiano, a conselho de autores famosos consultados por carta.

Quanto às outras experiências, as que a gente adquire a sós, no quarto, no escritório, ou andando pelos campos e arredores de Londres, ele as tivera; deixara a casa em menino, por causa da sua mãe; esta não se mostrava sincera; porque descera ele para o chá, pela quinquagésima vez, de mãos sujas; porque não via nenhum futuro para um poeta em Stroud; e assim, tomando como confidente a sua irmãzinha, deixando um absurdo bilhete em casa, desses que os grandes homens escreveram e o mundo lê mais tarde, quando se torna famosa a história das suas lutas.

Londres tragara muitos milhões de jovens chamados Smith; não acha nada de fantástico em nomes como Septimus, com que os pais pensaram distingui-lo. Morando em Euston Road, sofrera ali experiência sobre experiência, o suficiente para mudar, em dois anos, o inocente oval de um rosto rosado numa face magra, contraída, hostil. Mas, de tudo isso, que poderia dizer o mais atento dos amigos, senão o que diz o jardineiro, quando abre pela manhã a porta da estufa e encontra uma nova flor na sua planta? "Floresceu"; floresceu da vaidade, da ambição, do idealismo, da paixão, da solitude, da coragem, da preguiça, as habituais sementes que, confundidas todas (em um quarto de Euston Road), tornaram-no tímido e balbuciante, insuflaram-lhe a ânsia do aperfeiçoamento, e fizeram-no enamorar-se de Miss Isabel Pole, que dava aulas sobre Shakespeare, em Waterloo Road.

Não seria ele como Keats?, indagou consigo, e refletiu sobre a maneira de fazê-lo apreciar Antônio e Cleópatra e o resto; emprestou-lhe livros; escreveu-lhe rascunhos de cartas, e acendeu nele uma dessas flamas que só ardem uma vez na vida, sem calor, uma flama dourada que se projetava, infinitamente etérea e imponderável, sobre Miss Pole; sobre Antônio e Cleópatra, e sobre Waterloo Road. Achava-a linda, julgava-a infinitamente sábia; sonhava com ela, escrevia-lhe poemas que, sem tomar conhecimento do assunto, ela corrigia a tinta vermelha, e uma vez, por uma tarde de verão, vira-a numa praça, de vestido verde. "Floresceu", teria dito o jardineiro, abrindo a porta; isto é, se tivesse ido vê-lo alguma noite, naquele quarto encontrá-lo-ia escrevendo, escrevendo e rasgando os seus escritos; terminando uma obra-prima às três da madrugada, saindo após a vaguear pelas ruas, e a visitar igrejas e a jejuar num dia, a embriagar-se no outro, e devorando Shakespeare, Darwin, *A história da civilização* e Bernard Shaw.

Alguma coisa se estava preparando, sabia-o Mr. Brewer, gerente da firma Sibleys & Arrowsmiths, Valores, Imóveis, Vendas e Locação, alguma coisa se estava preparando, pensava, paternal como era com os seus subordinados e tendo em muito boa conta as aptidões de Smith, a quem profetizara que, de dez a 15 anos mais tarde, seria seu sucessor na poltrona de couro da peça do fundo, sob a claraboia, com os fichários em torno, "mas cuidasse da saúde", acentuava Mr. Brewer, pois aí é que estava o perigo: achava-o com um ar doentio; aconselhava-lhe futebol, convidava-o para jantar e estava tratando de conseguir-lhe um aumento, quando aconteceu algo que destruiu muitos dos projetos de Mr. Brewer, levou-lhe os melhores empregados e, além disso, tão rapaces e insidiosos eram os dedos da guerra europeia, aplastrou uma reprodução de Ceres, abriu um buraco no canteiro de gerânios e estragou completamente os nervos da cozinheira de Mr. Brewer, na sua casa de Muswell Hill.

Septimus foi um dos primeiros voluntários. Partiu para a França a salvar uma Inglaterra que consistia quase inteiramente das peças de Shakespeare e de Miss Isabel Pole passeando de verde numa praça. Nas trincheiras, operou-se instantaneamente a mudança que Mr. Brewer desejava, ao aconselhar-lhe o futebol; Septimus desenvolveu sua virilidade; foi promovido; despertou a atenção e o afeto de seu superior, Evans. Era o caso de dois cachorros brincando junto ao fogo; um sacode um pedaço de papel, rosna, procura morder, de vez em quando, a orelha do mais velho; o outro, sonolento, olhando o fogo, ergue uma pata e rosna benevolamente. Tinham de estar juntos, partilhar de tudo, lutar, discutir. Mas quando Evans (Rezia, que o vira uma vez, dizia-o um "homem quieto", um homem decidido, ruivo, calado em presença de mulheres), quando Evans foi morto, pouco antes do armistício, na Itália, Septimus, longe de demonstrar emoção e reconhecer que era o fim de uma amizade, congratulou-se por sentir tão pouco e ser tão razoável. A guerra o havia educado. Era sublime, aquilo. Passara por tudo, amizade, guerra, morte, fora promovido, ainda não tinha trinta anos e ia sobreviver. Estava tudo direito. As últimas bombas não haviam acertado nele. Vira-as explodir com indiferença. Quando veio a paz, estava em Milão, alojado numa estalagem, onde havia um pátio, flores em bacias, e as filhas do proprietário, que faziam chapéus, com a mais moça das quais, Lucrezia, comprometeu-se uma tarde em que o pânico se apoderou dele... porque não podia sentir nada.

Pois agora que estava tudo acabado, assinado o armistício e enterrados os mortos, vinham-lhe, especialmente ao entardecer, aqueles súbitos acessos de medo. Não podia sentir. Quando abria a porta da sala onde as italianinhas estavam fabricando chapéus, podia vê-las; podia ouvi-las; enfiavam, num arame, contas coloridas que havia num recipiente; moldavam entretelas; a mesa estava atulhada de plumas, lantejoulas, sedas, fitas; as tesouras batiam na mesa; mas alguma coisa lhe faltava; não sentia nada. No entanto, as tesouras que tiniam, as moças que riam, os chapéus que se iam aprontando eram para ele uma proteção; encontrava-se em segurança; tinha um refúgio. Mas não podia ficar sentado ali toda a noite. Às vezes despertava de manhã cedo. A cama estava caindo; ele também caía. Oh! as tesouras e a luz da lâmpada e as formas de chapéus! Pediu Lucrezia em casamento, a mais jovem das duas, a alegre, a frívola, a dos dedinhos de artista, que ela mostrava, dizendo: "Tudo está aqui!" Sedas, plumas, o que eles não faziam viver!

— O mais importante é o chapéu — dizia ela, quando saíam juntos a passear. Examinava todos os chapéus que passavam; e as capas, e os vestidos, e a maneira como os usavam as mulheres. Estigmatizava as malvestidas, as sobrecarregadas, não violentamente, mas com impacientes movimentos das mãos, como os de um pintor que rechaça alguma evidente impostura; e depois, generosa mas sempre criticamente, aprovava uma empregadinha que arranjava os seus retalhos com elegância, ou louvava, integralmente, com entusiástica e profissional competência, a uma dama francesa que descia de sua carruagem: chinchila, *soirée*, pérolas.

— Que lindo! — murmurava, dando uma cotovelada em Septimus, para que olhasse. Mas a beleza estava por detrás de um vidro. Nem ao menos o paladar (Rezia adorava gelados, chocolates, doces) tinha encantos para ele. Deixava a sua taça pousada na mesinha de mármore. Olhava a gente que passava; pareciam felizes, parando no meio da rua, gritando, rindo, discutindo por qualquer coisa. Mas ele não sentia gosto, não sentia coisa alguma. No café, entre as mesas e os garçons loquazes, o terrível medo o dominava: ele não podia sentir. Raciocinar, podia; podia ler Dante, por exemplo, com toda a facilidade ("Septimus, deixa o livro", dizia Rezia, fechando-lhe gentilmente o "Inferno"); podia fazer contas; o cérebro estava perfeito; se não podia sentir, a culpa devia ser do mundo, então.

— Os ingleses são tão silenciosos — dizia Rezia. Gostava disso, dizia. Respeitava esses ingleses, e desejava ver Londres; e os cavalos ingleses, e os vestidos de confecção, e lembrava-se de ter ouvido como eram maravilhosas as lojas, a uma tia que casara e residira em Soho.

Bem podia ser, pensava Septimus, olhando a Inglaterra da janelinha do trem, quando deixava Newhaven, bem podia ser que o próprio mundo não tivesse sentido.

No escritório, promoveram-no para um posto de considerável responsabilidade. Estavam orgulhosos dele; tinha sido condecorado. "O senhor cumpriu com o seu dever; temos a obrigação de...", começou Mr. Brewer; e não pôde terminar, tal era a sua emoção. Alugaram um admirável apartamento em Tottenham Court Road.

Então abriu Shakespeare de novo. O juvenil pendor de intoxicar-se com palavras — Antônio e Cleópatra — havia enfraquecido. Como Shakespeare desprezava a humanidade, o vestir-se, o ter filhos, a sordidez da boca e do ventre! Eis o que se revelava agora a Septimus: a mensagem oculta sob a beleza das palavras. O secreto sinal que, disfarçadamente, uma geração passa a outra não é mais que desprezo, ódio, desespero. Dante, a mesma coisa. Ésquilo (traduzido), a mesma coisa. Ali estava Rezia sentada à mesa, modelando chapéus. Fazia chapéus para as amigas de Mrs. Filmer; durante horas e horas. Estava pálida, misteriosa, como um lírio mergulhado na água, pensou.

— Os ingleses são tão sérios... — dizia ela, enlaçando Septimus, com a face contra a sua.

O amor entre homem e mulher era repulsivo para Shakespeare. Isso da cópula lhe parecia uma imundície antes do fim. Mas, dizia Rezia, ela devia ter filhos. Fazia cinco anos que estavam casados.

Foram juntos à Torre; ao Victoria and Albert Museum; estiveram em meio à multidão, quando o rei abria o Parlamento. E havia as lojas, chapelarias, casas de modas, as malas de couro nas vitrinas, que ela se detinha para admirar. Mas precisava ter um filho.

Precisava ter um filho como Septimus, dizia. Mas ninguém podia ser como Septimus; tão amável; tão sério; tão inteligente. Não poderia, ela também, ler Shakespeare? Era Shakespeare um autor difícil?, perguntava.

Não se podem trazer crianças a um mundo como este. Não se pode perpetuar o sofrimento, ou aumentar a espécie desses animais sensuais, que não têm emoções perduráveis, mas unicamente caprichos e vaidade, que os impelem ora numa, ora noutra direção.

Ele a via cortar, modelar, como a gente observa um pássaro que saltita e revoa pela grama, sem atrever-se a mover um dedo. Pois a verdade (que ela o ignore), a verdade é que os seres humanos não têm bondade, nem fé, nem caridade, senão o necessário para aumentar o prazer do momento. Caçam em matilhas. Suas matilhas percorrem o deserto e dispersam-se, ladrando, pelos ermos. Abandonam os que tombam. Estão caiados, disfarçados. Ali estava, por exemplo, Brewer, no escritório, com os seus bigodes untados, seu alfinete de coral, os seus vivos brancos no casaco, as suas ternas emoções — todo frieza e viscosidade por dentro, os seus gerânios destruídos na guerra; os nervos da sua cozinheira abalados; ou então Amélia Não Sei de Quê — uma insidiosa, escarninha, obscena harpia no fundo; e os Toms e Berties, suando grossas gotas de vício sob os peitilhos engomados. Eles nunca o viram quando os retratava nus no bloco de apontamentos, em todo o seu grotesco. Na rua, caminhões atroavam a seu lado; a grosseria bradava nos cartazes; e havia homens soterrados nas minas; mulheres queimadas vivas; e, uma vez, o espetáculo daqueles miseráveis loucos em desfile, para diversão do populacho (que ria alto), aqueles loucos que passavam por ele, em Tottenham Court Road, numa lenta andadura, oscilando a cabeça, mostrando os dentes, cada qual a ostentar, meio se desculpando, embora triunfalmente, o seu mal sem esperança. Será que *ele* também ia ficar louco?

Ao chá, Rezia contou-lhe que a filha de Mrs. Filmer estava esperando um bebê. Ela não queria envelhecer sem ter filhos! Sentia-se tão só, tão infeliz! Chorou pela primeira vez desde que se haviam casado. Ouvia-lhe os soluços de longe; ouvia-os perfeitamente, distintamente; comparava-os a um êmbolo batendo. Mas não sentia nada.

Sua mulher estava chorando, e ele não sentia nada; somente, a cada um daqueles profundos, abafados, desesperados soluços, descia ele mais um passo no abismo.

Afinal, com um melodramático gesto que fazia automaticamente e com inteira consciência da sua insinceridade, Septimus pendeu a cabeça entre as mãos. Estava rendido agora; tinham de socorrê-lo. Era preciso chamar gente. Desmaiou.

Não houve nada que o reanimasse. Rezia o pôs na cama. Mandou chamar um médico, o médico de Mrs. Filmer, dr. Holmes. O dr. Holmes examinou-o. Não, não tinha nada de importância, assegurou o dr. Holmes. Oh, que alívio! Que bom, que excelente homem!, pensou Rezia. Quando ele se sentia assim, ia ao *music hall*, disse o dr. Holmes. Ou fazia um dia de férias com a sua mulher e iam jogar golfe. Por que não tentar dois comprimidos de brometo, dissolvê-los num copo de água, ao deitar-se? Estas antigas casas de Bloomsbury, disse o dr. Holmes, batendo na parede, possuem muitas vezes lindos painéis, que os proprietários cometem a loucura de empapelar. Ainda o outro dia, visitando um paciente, o dr. Fulano, em Bedford Square...

De modo que não havia mesmo desculpa; não tinha absolutamente nada, exceto o pecado pelo qual a natureza humana o condenava à morte, o pecado de não sentir. Não se havia importado quando Evans fora morto; isto era o pior; mas todos os outros crimes erguiam a cabeça, agitavam o indicador, escarneciam, desde manhã cedo, aos pés da cama, do corpo que jazia prostrado e cônscio da sua degradação; casara com Rezia sem amor, mentira-lhe; seduzira-a; conspurcara Miss Isabel Pole, e estava tão marcado pelo vício que as mulheres estremeciam quando o encontravam na rua. Morte, essa era a sentença da natureza humana para um miserável assim!

O dr. Holmes voltou. Alto, a pele fresca, simpático, a sacudir a poeira dos sapatos, a mirar-se no espelho, afastou tudo com um gesto — dores de cabeça, insônias, terrores, pesadelos — sintomas nervosos e nada mais, dizia ele. Ele, dr. Holmes, quando via que diminuíra meio quilo, pedia à mulher outro prato de mingau de aveia na primeira refeição (Rezia devia aprender a fazê-lo). Mas, continuava, a saúde depende, em grande parte, da nossa própria vontade. Trate de interessar-se por alguma coisa; procure alguma distração. Abriu Shakespeare — Antônio e Cleópatra; deixou Shakespeare de lado. Alguma distração, repetiu; pois não devia ele próprio a sua excelente saúde (e trabalhava tão rijo como qualquer outro em Londres) ao fato de que sempre descansava de seus pacientes, ocupando-se de móveis antigos? E, com a sua licença, que lindo pente usava Mrs. Warren Smith!

Quando o amaldiçoado voltou, Septimus recusou-se a recebê-lo. Deveras?, disse o dr. Holmes com um sorriso condescendente. E na verdade teve de dar àquela encantadora mulherzinha, Mrs. Smith, um amistoso empurrão, para que o deixasse entrar no quarto do marido.

— Com que então estamos com uma crise? — disse amavelmente, sentando-se ao lado do enfermo. Tinha seriamente falado em matar-se à sua mulher, ainda uma menina, uma estrangeira, não era? Pois não seria dar-lhe uma ideia muito esquisita dos áridos ingleses? Acaso não tem a gente deveres para com a esposa? Não seria melhor fazer alguma coisa do que ficar ali deitado, na cama? Pois ele, dr. Holmes, contava quarenta anos de experiência; e Septimus podia confiar na sua palavra de como não tinha absolutamente nada. E na próxima visita, o dr. Holmes esperava encontrar Smith já levantado e aquela encantadora senhora, a sua esposa, perfeitamente tranquilizada a seu respeito.

Em suma, a natureza humana estava no seu encalço, aquela repelente besta de focinho ensanguentado. Holmes estava no seu encalço. Holmes vinha regularmente todos os dias. Tropece alguém, escreveu Septimus nas costas de um postal, e a natureza humana o perseguirá! Holmes o perseguiria. A única salvação era escapar-se, sem que Holmes o soubesse; para qualquer parte... longe do dr. Holmes.

Mas Rezia não podia compreendê-lo. Era um homem tão bom, o dr. Holmes! Interessava-se tanto por Septimus! Queria apenas ajudá-lo, dizia ela. Tinha quatro filhinhos e a convidara para tomar chá, contou a Septimus.

Estava, pois, abandonado. Todos lhe bradavam: mata-te, mata-te, para salvação nossa. Mas por que devia matar-se por eles? Comer era agradável; o sol aquecia; e isso de matar-se, como é que se fazia? Com uma faca, terrivelmente, entre golfadas de sangue? Aspirando gás? Estava demasiado fraco; mal podia erguer a mão. De resto, agora que estava completamente só, condenado, abandonado, como estão sozinhos os que vão morrer, sentia uma liberdade que nunca podem conhecer os que estão ligados ao que quer que seja. Holmes vencera, sem dúvida; a besta de focinho ensanguentado vencera, na verdade. Mas nem o próprio Holmes poderia alcançar aquele último remanescente extraviado nos confins do mundo, aquele proscrito que contempla atrás de si as regiões ocupadas, e que jazia, como um marinheiro afogado, à beira do mundo.

Foi naquele momento (Rezia saíra a compras) que sucedeu a grande revelação. Uma voz falou detrás do biombo. Evans lhe falava. Os mortos estavam com ele.

— Evans, Evans! — bradou.

Mr. Smith estava falando sozinho, gritou Agnes, a criada, a Mrs. Filmer, que se achava na cozinha. "Evans, Evans!", dizia Mr. Smith, quando ela entrava com a bandeja. Ela dera um salto, sim. E correra escada abaixo.

E Rezia chegou, com flores, atravessou a peça, colocou as rosas num vaso, sobre o qual o sol bateu diretamente, e pôs-se a rir e a saltar pelo quarto.

Comprara as rosas, disse Rezia, de um pobre homem, na rua. Mas estavam quase mortas, dizia, enquanto arranjava as rosas.

De modo que havia um homem lá fora; Evans, provavelmente; e as rosas, que Rezia dizia estarem meio mortas, tinham sido colhidas por ele nos campos da Grécia. — Comunicação é saúde; comunicação é felicidade. Comunicação... — murmurava ele.

— Que estás dizendo, Septimus? — perguntou Rezia, louca de terror, pois ele estava a falar sozinho.

Mandou Agnes correndo chamar o dr. Holmes. O marido, dizia, estava louco. Mal a conhecia.

— Besta! Fera! — gritou Septimus, ao ver a natureza humana, isto é, o dr. Holmes, entrar no quarto.

— De que se trata agora? — indagou o dr. Holmes, da maneira mais amável do mundo. — Dizendo tolices para assustar a sua mulher? — Mas ele lhe daria alguma coisa para fazê-lo dormir. Como tinham recursos, disse, olhando ironicamente o quarto, podiam, em todo caso, ir a Harley Street; se é que não tinham confiança nele, acrescentou o dr. Holmes, já não tão amável desta vez.

Eram precisamente 12 horas; 12 pelo Big Ben; cujo sonido foi sendo arrastado para o norte de Londres; mesclando-se com o de outros relógios, confundindo-se, etereamente, com as nuvens e espirais de fumo, e indo afinal morrer além, entre as gaivotas — 12 horas quando Clarissa Dalloway estendia o vestido verde sobre a cama e os Warren Smith desciam Harley Street. Às 12; a hora da consulta. Com certeza, pensou Rezia, aquela era a casa de *sir* William Bradshaw, com o auto gris parado à porta. Os pesados círculos dissolviam-se no ar.

Sim, era o auto de *sir* William Bradshaw; baixo, pesado, gris, com simples iniciais entrelaçadas no painel, como se as pompas da heráldica fossem inadequadas a seu dono, gênio benéfico, sacerdote da ciência; e, como o auto era gris, combinando com a sua sóbria suavidade, amontoavam-se ali peles cinzentas, mantas cor de prata, a fim de que a senhora não sentisse frio enquanto esperava. Pois seguidamente *sir* William corria sessenta milhas ou mais, estrada afora, para visitar os ricos, os atribulados que podiam pagar os altos honorários que ele devidamente cobrava por seus serviços.

Esperava-o uma hora ou mais, reclinada, com as mantas sobre os joelhos, pensando às vezes no enfermo, e às vezes, escusavelmente, no muro de ouro que se erguia minuto por minuto enquanto esperava; que se erguia entre o casal e todos os trabalhos e ansiedades (ela os suportara corajosamente; tinham tido as suas lutas), até que se sentia embalada sobre um calmo oceano, onde apenas sopravam perfumosos ventos; respeitada, admirada, invejada, com quase nada que desejar, embora lamentasse sua gordura; grandes ceias todas as quintas aos colegas do marido; ocasionalmente, a inauguração de uma quermesse; cumprimentos à realeza; muito pouco tempo, ai, com o marido, cujo trabalho crescia e crescia; um filho brilhando em Eton; desejaria também uma filha; ocupações, em todo caso, não lhe faltavam: a saúde do filho; a convalescença dos epilépticos, e fotografias; de modo que, se havia uma igreja em construção, ou uma igreja em ruínas, dava uma gorjeta ao sacristão, conseguia a chave e, enquanto esperava, tirava fotografias, que mal se distinguiam das obtidas por profissionais.

Sir William também já não era moço. Trabalhara duro; conquistara a sua posição por mérito próprio (era filho de um lojista); amava a sua profissão; fazia boa figura nas cerimônias e falava bem — o que tudo lhe dera, na época em que o enobreceram, um ar pesado e cansado (tão contínuo era o deslizar dos pacientes, tão poderosas as responsabilidades e privilégios da profissão), fadiga essa que, a par de seus cabelos grisalhos, aumentava a extraordinária distinção da sua pessoa e lhe dava a fama (da máxima importância para quem se ocupa de moléstias nervosas) não apenas de brilhante hab ilidade e quase infalível precisão de diagnóstico, mas de simpatia, tato; compreensão da alma humana. Pôde ver, logo que entraram no consultório (os Warren Smiths acabavam de ser chamados); teve imediata certeza quando avistou o homem; era um caso de extrema gravidade. Um caso de completo esgotamento — completo esgotamento físico e nervoso, com todos os sintomas em avançado grau (confirmou-o em dois ou três minutos, enquanto anotava, numa ficha cor-de-rosa, as respostas que davam às suas interrogações discretamente murmuradas).

Há quantas semanas o vinha tratando o dr. Holmes?

Seis semanas.

Receitara um pouco de brometo? Disse que não era nada? Ah, sim. (Esses clínicos gerais!, pensou *sir* William. Passava a metade do tempo a desfazer as suas cincadas. Algumas eram irreparáveis.)

— O senhor distinguiu-se na guerra?

O paciente pronunciou a palavra "guerra" interrogativamente.

Estava atribuindo significados de caráter simbólico às palavras. Um sério sintoma para anotar na ficha.

— A guerra? — perguntou o paciente. A guerra europeia — aquela miserável choldra de colegiais e pólvora? Se havia ele servido com distinção? Na verdade, esquecera. Até na guerra havia fracassado.

— Sim, distinguiu-se muito — assegurou Rezia ao doutor. — Foi promovido.

— E têm a melhor opinião a seu respeito no escritório, não é? — murmurou *sir* William, lançando um olhar à carta, tão generosamente adjetivada, de Mr. Brewer. — De modo que o senhor não tem nada que o aborreça, nenhum aperto financeiro, nada?

Ele tinha era cometido um tremendo crime e fora condenado à morte pela natureza humana.

— Eu... eu... — começou ele — cometi um crime...

— Ele nunca fez nada de mal — assegurou Rezia ao doutor. Se Mr. Smith quisesse esperar um pouco, disse *sir* William, ele iria falar com Mrs. Smith na sala próxima. Que o seu marido estava muito doente, disse *sir* William a Rezia. Não havia ameaçado matar-se?

Oh, sim, exclamou Rezia. Mas ele falava sem pensar, acrescentou. Naturalmente que não o faria. Era uma simples questão de repouso; um longo repouso na cama. Havia uma bela casa de saúde no campo, onde o seu marido seria perfeitamente tratado. Longe dela?, indagou Rezia. Infelizmente, sim, as pessoas de quem mais gostamos não servem para nós quando estamos doentes. *Sir* William nunca falava de "loucura"; sempre dizia que isso era não ter senso da medida. Mas o marido não gostava de médicos... Recusar-se-ia a ir para lá. Brevemente, brandamente, *sir* William explicou-lhe o caso. Ele havia ameaçado matar-se. Não havia alternativa. Era uma questão de lei. Deveria ficar de cama em uma bela casa no campo. As enfermeiras eram admiráveis. *Sir* William o visitaria uma vez por semana. Se Mrs. Warren Smith estava absolutamente certa de que não havia mais nada a perguntar — ele nunca apressava os pacientes —, voltariam para junto do marido. Não, ela não tinha mais nada para perguntar — pelo menos a *sir* William.

Voltaram, pois, para o mais exaltado dos homens; o criminoso que afrontava os seus juízes; a vítima exposta nas alturas; o fugitivo; o marinheiro afogado; o poeta da ode imortal; o Senhor que passara da vida à morte; voltaram para Septimus Warren Smith, que, sentado na cadeira de braços sob a claraboia, fitava uma fotografia de Lady Bradshaw em vestido de corte e murmurava mensagens sobre a beleza.

— Conversamos um pouco — disse *sir* William.

— Ele diz que tu estás muito, muito doente — choramingou Rezia.

— Estivemos combinando a sua ida para uma casa de campo — disse *sir* William.

— Uma das casas de Holmes? — escarneceu Septimus.

O homem provocava uma impressão desagradável. Pois havia em *sir* William, cujo pai fora comerciante, um inato respeito pelas boas maneiras e o bem-vestir, de modo que o desalinho sempre o irritava; e depois, mais profundamente, havia em *sir* William, que nunca tivera tempo para ler, um rancor muito bem oculto contra os intelectuais que vinham a seu consultório e pretendiam que os médicos não eram homens cultivados, exatamente os médicos, cuja profissão é um constante exercício das mais altas faculdades.

— Uma das *minhas* casas, Mr. Warren Smith — disse ele —, onde nós o ensinaremos a repousar.

Mas havia outra coisa.

Tinha absoluta certeza de que Mr. Warren, quando estava bem, era o último homem no mundo que se lembraria de assustar a sua esposa. Mas tinha falado em matar-se...

— Todos nós — acrescentou *sir* William — temos os nossos momentos de depressão.

Quando se cai, repetia Septimus a si mesmo, a natureza humana lança-se sobre a gente. Holmes e Bradshaw lançam-se sobre a gente. Eles percorrem o deserto. Voam, bradando, na solidão. E vem o potro de tortura e o torno. A natureza humana é implacável.

— Ele não tem acessos, às vezes? — perguntou *sir* William a Rezia, com lápis erguido sobre a ficha cor-de-rosa.

Mas isso era assunto pessoal, assunto seu, protestou Septimus.

— Ninguém vive só para si mesmo — disse *sir* William, relanceando um olhar ao retrato da esposa em vestido de corte.

— E o senhor tem uma brilhante carreira diante de si — continuou *sir* William. Tinha a carta de Mr. Brewer sobre a mesa. — Uma carreira excepcionalmente brilhante.

Mas... e se confessasse? Se revelasse tudo? Será que então o largariam, seus torturadores?

— Eu... eu... — balbuciou.

Mas qual era o seu crime? Não podia lembrar-se.

— Diga... — encorajou-o *sir* William. (Mas já ia ficando tarde.)

Amor, árvores, não havia crime... qual era mesmo a sua mensagem? Não podia lembrar-se.

— Eu... eu... — balbuciava Septimus.

— Tente pensar o menos possível em si mesmo — disse *sir* William bondosamente. Com efeito, nada se podia tirar dali.

Havia mais alguma coisa que desejassem perguntar-lhe? Ele, *sir* William, ia tomar as providências (murmurou para Rezia) e lhe comunicaria tudo aquela tarde, entre as cinco e as seis.

— Contem comigo — disse, e despediu-os. Nunca, nunca havia Rezia sentido tal agonia na vida! Tinha pedido auxílio e fora abandonada. Ele lhes havia falhado! *Sir* William Bradshaw não era um bom homem.

— Só a manutenção desse auto deve custar-lhe um bom dinheiro — disse Septimus, quando saíram à rua.

E agarrou-se a seu braço. Tinham sido abandonados.

Que mais queria, afinal?

Sir William concedia três quartos de hora a cada um dos seus pacientes; e nessa ciência exigente que lida com aquilo de que nada se sabe, em suma — o sistema nervoso, o cérebro humano —, se um médico perde o senso da medida, então está fracassado como médico. Saúde é o que se deve ter; e saúde é medida; de modo que, quando um homem nos entra no consultório e diz que é Cristo (uma ilusão comum) e que tem uma mensagem, como a maioria deles, e ameaça, como geralmente fazem, com o suicídio, tem-se de invocar a medida; prescrever repouso na cama; repouso na solidão; silêncio e repouso; repouso sem amigos, sem livros, sem mensagens; seis meses de repouso; até que um homem que nos chega com cinquenta quilos saia pesando oitenta.

Medida, divina medida, deusa de *sir* William, que *sir* William adquirira visitando hospitais, pescando salmão, engendrando um filho, em Harley Street, por intermédio de Lady Bradshaw, que também pescava salmão e tirava fotografias que mal se distinguiam das obtidas por profissionais. Com a sua adoração pela medida, *sir* William não só prosperava pessoalmente, como fazia prosperar a Inglaterra, isolando-lhe os lunáticos, proibindo-lhes procriarem, incriminando o desespero, impedindo os incapazes de propagarem as suas ideias até que estes também compartilhassem do seu senso da medida — o seu, se eram homens, o de Lady Bradshaw, se eram mulheres (ela bordava, fazia trabalhos de agulha, passava quatro noites por semana em casa com o filho), de modo que não apenas os colegas o respeitavam, e temiam-no os subordinados, mas os amigos e a parentela de seus pacientes lhe dedicavam a mais viva gratidão, por insistir em que aqueles proféticos Cristos e Cristesas, que anunciavam o fim do mundo, ou o advento de Deus, tomassem leite na cama, como *sir* William prescrevia; *sir* William, com os seus trinta anos de experiência desses casos, o seu infalível instinto: isto é loucura, isto é senso; o seu senso da medida.

Mas a Medida tem uma irmã, menos sorridente, mais formidável, uma deusa agora mesmo empenhada — no sol e areias da Índia, na lama e pântanos da África, nas cercanias de Londres, em toda parte, enfim, onde o clima ou o Diabo tentam o homem a abandonar a verdadeira fé, que é a dela própria —, agora mesmo empenhada, sim, em derrubar altares, despedaçar ídolos e erigir no lugar deles o seu austero porte. Conversão é o seu nome, e regala-se na vontade dos débeis, pois ama convencer, impor-se, e adora as próprias feições estampadas na face do populacho. Em Hyde Park Corner, predica, sobre um barril; veste-se de branco e vai penitencialmente disfarçada de fraternidade, por fábricas e parlamentos; oferece auxílio, mas deseja poder; afasta brutalmente do caminho o dissidente ou o insatisfeito; outorga a sua bênção àqueles que, erguendo a cabeça, recebem submissamente, dos olhos dela, a luz dos próprios olhos. Essa potestade também (Rezia Warren Smith adivinhou-o) tinha sua morada no coração de *sir* William, embora oculta, como quase sempre, sob algum plausível disfarce, algum venerável nome: amor, dever, sacrifício. Como não deveria ele trabalhar! que de esforços para obter fundos, propagar reformas, fundar instituições. Mas a Conversão, deusa importuna, ama o sangue mais que a pedra, e regala-se mais refinadamente na vontade humana. Por exemplo, Lady Bradshaw. Quinze anos antes havia-se submetido. Nada que se notasse, afinal; nenhuma cena, nenhum ruído; apenas o moroso afundamento, o lento naufrágio da sua vontade na dele. Doce era o seu sorriso, atenta a sua submissão; as ceias em Harley Street, de oito ou nove pratos, e que reuniam de dez a 15 colegas, eram tranquilas e urbanas.

Somente, enquanto a noite avançava, um levíssimo enfado, ou constrangimento talvez, um gesto nervoso, embaraço, desassossego ou confusão indicavam — coisa penosa de crer — que a pobre senhora mentia. Em outros tempos, há muito, ela pescara salmão livremente; agora, pronta a atender à sede de domínio, de poder, que ardia untuosamente nos olhos do marido, ela diminuía-se, continha-se, recolhia-se, apagava-se, apenas aparecia; de modo que, sem que se soubesse ao certo o que tornava desagradável o serão e punha um peso na cabeça (o que bem se podia atribuir à conversação profissional ou à fadiga de um grande médico, cuja vida, dizia Lady Bradshaw, "não era sua, mas de seus pacientes"), os convidados, quando o relógio batia as dez, respiravam com delícia o ar de Harley Street; alívio este que, no entanto, era vedado aos pacientes de Bradshaw.

Ali no salão cinzento, com os quadros nas paredes e os móveis luxuosos, junto à claraboia lateral, inteiravam-se eles da magnitude das suas transgressões; afundados nas poltronas, viam-no fazer, em benefício deles, um curioso exercício com os braços, que ele distendia e contraía bruscamente para os quadris, como prova (se o paciente era rebelde) de que *sir* William era dono de suas ações, e o paciente, não. Alguns entregavam-se debilmente; soluçavam; submetiam-se; outros, inspirados sabe Deus por que intemperante loucura, diziam-lhe na cara que ele não passava de um maldito impostor, e até punham em dúvida, da maneira mais sacrílega, a razão da própria vida. Para que viver?, indagavam. *Sir* William replicava que a vida era boa. Era verdade que Lady Bradshaw pompeava sobre a lareira, com as suas plumas de avestruz, e os emolumentos de *sir* William atingiam a 12 mil libras anuais. Mas conosco, protestavam, a vida não tivera tais bondades. Ele aquiescia. Faltava-lhes o senso da medida. E se, depois de tudo, não houvesse Deus? Ele dava de ombros. Mas, em suma, viver, ou não viver, não é um assunto particular? Não, aqui é que eles estavam muito e muito enganados. *Sir* William tinha um amigo em Surrey em cuja casa lhes ensinariam o que *sir* William francamente admitia ser uma difícil arte: o senso da medida. Havia, de resto, a afeição da família; a honra; a coragem; e uma brilhante carreira. De tudo isso era *sir* William um resoluto paladino. Se isso falhasse, a polícia e o bem público o ajudariam, observava tranquilamente, a velar lá em Surrey para que esses impulsos antissociais, nascidos, antes de tudo, de um sangue viciado, ficassem sob o devido controle. E então saía do seu esconderijo e subia ao trono aquela deusa cuja volúpia consiste em esmagar a oposição e estampar indelevelmente a sua própria imagem nos santuários alheios. Desnudo, indefeso, o exausto, o sem amigos recebia a marca da vontade de *sir* William. Este abatia-se sobre a presa, devorava-a. Aprisionava os outros. Era essa mescla de decisão e humanidade que angariava para *sir* William a maior gratidão dos parentes de suas vítimas.

Mas Rezia Warren Smith, ao voltar por Harley Street, dizia, chorando, que aquele homem não lhe agradava.

Cortando e repartindo, dividindo e subdividindo, os relógios de Harley Street iam roendo o dia de junho, aconselhavam a submissão, exaltavam a autoridade e louvavam em coro as supremas vantagens do senso da medida, até que o monte do tempo de tal forma diminuiu, que um relógio comercial, na fachada de uma loja de Oxford Street, anunciou, cordial e fraternalmente, como se fosse um prazer para a Rigley & Lowndes dar a informação grátis, que já era uma e meia.

Erguendo o olhar, via-se que cada letra dos seus nomes representava uma das horas; subconscientemente, ficava-se grato a Rigley & Lowndes, por darem uma hora ratificada por Greenwich; e essa gratidão (assim ruminava Hugh Whitbread, flanando defronte à vitrina da loja) naturalmente se materializava mais tarde na aquisição de meias ou sapatos no estabelecimento de Rigley & Lowndes. Assim ruminava ele. Tal era o seu hábito. Não aprofundava muito. Roçava superfícies; línguas mortas, línguas vivas, vida em Constantinopla, Paris, Roma; equitação, caça, tênis... Diziam os maliciosos que ele agora montava guarda no Palácio de Buckingham, não se sabia a quê, de meias de seda e calções curtos. Mas fazia-o às maravilhas. Mantivera-se à tona da alta sociedade inglesa durante 55 anos. Conhecera primeiros-ministros. Reconhecia-se que suas amizades eram profundas. E, se era certo que não tomara parte em nenhum dos movimentos da época, nem desempenhara nenhuma função importante, tinha a seu crédito algumas pequenas reformas; o melhoramento dos asilos públicos, por exemplo; a proteção das corujas em Norfolk; as criadas também tinham motivos para lhe serem gratas; e o seu nome, subscrevendo cartas ao *Times* em que solicitava fundos, em que fazia apelos ao público para proteger algo, para evitar ou reparar depredações, para diminuir o fumo, para eliminar a imoralidade dos parques, era coisa que impunha respeito.

E que magnífica figura fazia ele, parado ali um momento (enquanto se desvanecia a vibração da meia hora) para olhar criticamente, magistralmente, as meias e os sapatos; impecável, substancial, como se olhasse o mundo de uma eminência; e vestido à perfeição; mas cumpria as obrigações que comporta a aparência, a saúde, a riqueza, e observava meticulosamente, ainda quando não absolutamente necessárias, certas pequenas cortesias, certas antiquadas cerimônias, que emprestavam a suas maneiras um especial valor, algo digno de imitação, algo que não se podia esquecer, pois nunca, por exemplo, almoçava com Lady Bruton, a quem conhecia há vinte anos, sem que lhe oferecesse, com a mão estendida, um ramalhete de cravos, e nunca esquecendo de perguntar a Miss Brush, secretária de Lady Bruton, pelo seu irmão da África do Sul, o que, por algum motivo, tanto a comovia, que ela, carecente de quaisquer atributos do encanto feminino, lhe respondia: "Vai muito bem na África do Sul, obrigada", quando na verdade fazia seis anos que ele ia muito mal em Portsmouth.

Lady Bruton, da sua parte, preferia Richard Dalloway, que chegara ao mesmo tempo. Haviam-se encontrado ambos à entrada.

Lady Bruton preferia Richard Dalloway naturalmente. Era feito de material muito mais fino. Mas não deixava que criticassem o seu pobre querido Hugh. Não podia esquecer a sua bondade: fora realmente muito bom... não se lembrava em que ocasião. Mas mostrara-se muito bom mesmo... De resto, a diferença entre um homem e outro nunca é muito grande. Nunca compreendera a razão de dissecar as pessoas, como fazia Clarissa Dalloway, desmontando-as e recompondo-as depois; coisa que não tem sentido depois que a gente completou 62 anos. Tomou os cravos de Hugh, com o seu sorriso anguloso e severo. Não viria mais ninguém, disse. Pretextara aquela reunião para que a ajudassem numa dificuldade...

— Mas primeiro vamos almoçar — acrescentou.

E começou então, pelas portas de mola, um silencioso ir e vir de criadas de avental e touca branca, não propriamente serviçais das necessidades domésticas, mas iniciadas de um mistério ou ilusionismo, praticado pelas donas de casa de Mayfar, da uma e meia às duas, quando, a um gesto, cessa o tráfego, e vem para o primeiro plano essa profunda ilusão do alimento... que não se paga; e a mesa cobre-se de cristais e prata, de guardanapinhos, de bandejas com frutas vermelhas; camadas de molho ocultam o peixe; nas caçarolas, tornam-se os frangos cada vez mais tenros; colorido, selvagem, arde o fogo; e, com o vinho e o café (que não se paga), erguem-se jucundas visões ante os olhos cismarentos; olhos gentilmente pensativos; olhos a que a vida se afigura cheia de harmonia e mistério; olhos agora acesos para observar afavelmente a beleza dos cravos vermelhos que Lady Bruton (de gestos sempre angulosos) colocara junto do prato, até que Hugh Whitbread, sentindo-se em paz com todo o universo e ao mesmo tempo perfeitamente seguro de si, disse, depondo o garfo:

— Não ficariam encantadores sobre as suas rendas?

Miss Brush ficou muito escandalizada com tal familiaridade. Achou-o mal-educado. O que fez rir a Lady Bruton.

Lady Bruton ergueu os cravos, segurando-os com certa rigidez, na mesma atitude com que o general, no quadro, às suas costas, segurava um rolo de papel, e assim quedou, imóvel, absorta. Que era ela do general? Neta? Bisneta? *Sir* Boderick, *sir* Miles, *sir* Talbot... qual deles? Notável como naquela família persistia a parecença nas mulheres. Ela própria poderia ter sido um general de dragões. E Richard teria servido prazerosamente sob o seu comando; tinha-lhe o maior respeito; encarava romanticamente essas emproadas velhas de alta linhagem, e gostaria de trazer, com o seu bom humor, alguns jovens distorcidos para almoçarem com ela; como se um tipo como o seu pudesse pertencer a uma raça de amáveis bebedores de chá! Conhecia a propriedade de Lady Bruton. Conhecia a sua gente. Havia lá um parreiral, ainda fértil, sob o qual havia sentado Lovelace ou Herrick; ela nunca lera um verso, mas essa era a lenda. Melhor esperar um pouco para lhes expor o assunto que a preocupava (um apelo ao público, e, se fosse viável, em que termos fazê-lo etc.), melhor esperar para depois do café, pensou Lady Bruton; e deixou de novo os cravos junto ao prato.

— Como vai Clarissa? — perguntou bruscamente.

Clarissa sempre dizia que Lady Bruton não gostava dela. Na verdade, Lady Bruton tinha a reputação de interessar-se mais por política do que pelas pessoas; de falar como um homem; de se haver metido numa notória intriga dos anos 80, que agora se começava a mencionar nas memórias. Por certo que havia uma alcova no seu salão, e uma mesa nessa alcova, e, sobre a mesa, uma fotografia do general *sir* Talbot Moore, que ali escrevera (numa noite dos anos 80), em presença de Lady Bruton, com seu conhecimento, talvez a conselho seu, um telegrama que ordenava o avanço das tropas britânicas, num momento decisivo. (Ela conservava a pena e contava a história.) Assim pois, quando dizia repentinamente: "Como está Clarissa?", dificilmente os maridos podiam persuadir as esposas, e eles próprios secretamente duvidavam disso, apesar do seu devotamento, de que ela se interessasse verdadeiramente por mulheres que muitas vezes prejudicam a carreira dos maridos, impedindo-os de aceitarem postos no exterior, e que tinham de ser levadas para a praia, em pleno período de sessões, para convalescer de uma influenza. Todavia, a sua pergunta "Como está Clarissa?" era infalivelmente interpretada como um sinal de simpatia, quase sempre silenciosa, cujas exteriorizações (meia dúzia de palavras, talvez, em toda uma vida) significavam o reconhecimento de certa camaradagem feminina que, detrás daqueles almoços com homens, unia, singularmente, Lady Bruton e Mrs. Dalloway, as quais raramente se encontravam, e, quando isso acontecia, mostravam-se indiferentes e até hostis.

— Encontrei Clarissa no parque esta manhã — disse Hugh Whitbread, mergulhando na caçarola, ansioso por pagar a si mesmo esse pequeno tributo, já que lhe bastava chegar a Londres para encontrar logo a todo mundo; mas glutão, um dos homens mais glutões que ela havia conhecido, pensava Milly Brush, que observava os homens com inflexível retidão e era capaz de eterna abnegação para com o seu próprio sexo em particular, pois era desajeitada, malfeita, angulosa e sem nenhum encanto feminino.

— Sabem quem está na cidade? — disse Lady Bruton, lembrando-se de súbito. — O nosso velho amigo Peter Walsh.

Todos sorriram. Peter Walsh! E Mr. Dalloway está realmente satisfeito, pensou Milly Brush; e Mr. Whitbread só pensa no seu frango.

Peter Walsh! Os três, Lady Bruton, Hugh Whitbread e Richard Dalloway, recordavam a mesma coisa: que Peter se enamorara loucamente; que fora recusado; partira para a Índia; dera para trás; metera-se em embrulhadas; e Richard Dalloway dedicava grande afeto ao seu velho amigo. Milly Brush via tudo isso; viu tornar-se mais profundo o castanho dos seus olhos; viu que ele hesitava; que ele refletia; e tudo isso a deixou interessada, como Mr. Dalloway lhe interessava sempre, em saber o que estaria ele pensando acerca de Peter Walsh...

Que Peter Walsh estivera apaixonado por Clarissa; e que ele, Richard, após o almoço, iria diretamente ter com ela; e lhe diria, nesses próprios termos, que a amava. Sim, havia de dizer-lhe isso mesmo.

Milly Brush já estivera uma vez a ponto de enamorar-se daqueles silêncios; e Mr. Dalloway era sempre tão digno; tão cavalheiro, também. Agora que havia ela completado quarenta anos, bastava Lady Bruton esboçar um gesto, ou volver a cabeça um pouco bruscamente, e Milly Brush captava o sinal, por mais absorta que estivesse naquelas reflexões de espírito desencarnado, de alma incorrupta a que a vida não podia enganar, pois não lhe pusera o mínimo atrativo: nem cabelos, nem sorriso, nem lábios, nem face, nem nariz que fossem apresentáveis; nada, absolutamente; bastava Lady Bruton esboçar um gesto, e Perkins recebia ordem de apressar o café.

— Sim; Peter Walsh voltou — disse Lady Bruton. O que era vagamente lisonjeiro para todos eles. Tinha voltado, sim; batido, fracassado, para as tranquilas ribas onde se achavam. Mas ajudá-lo, refletiam, era impossível; havia alguma falha no caráter de Peter. Hugh Whitbread disse que se podia, naturalmente, recomendar seu nome a fulano. Franziu lugubremente as sobrancelhas ao pensamento das cartas que escreveria aos chefes de gabinete, acerca do "meu velho amigo Peter Walsh" etc. Mais isso não levaria a nada, a nada de perdurável, devido ao seu caráter.

— Alguma questão de saias... — disse Lady Bruton. Todos haviam adivinhado que era *isso* o que havia no fundo.

— Em todo caso — disse Lady Bruton, ansiosa por mudar de assunto —, o próprio Peter nos contará toda a história.

(O café estava demorando.)

— O endereço? — murmurou Hugh Whitbread; e correu logo uma onda pela cinzenta correnteza do serviço que circundava Lady Bruton, dia após dia, recolhendo tudo, interceptando obstáculos, envolvendo-a num fino tecido que amortecia choques, mitigava interferências, e estendia por toda a casa uma fina rede onde as coisas eram apanhadas e retiradas facilmente, instantaneamente, pela grisalha Perkins, que há trinta anos acompanhava Lady Bruton, e agora escrevia o endereço; estendeu-o a Mr. Whitbread, que tirou do bolso a carteira, ergueu as sobrancelhas e, mergulhando-o entre documentos da máxima importância, disse que pediria a Evelyn que o convidasse para almoçar.

(Estava esperando que Mr. Whitbread terminasse, para trazer o café.)

Hugh é muito vagaroso, pensava Lady Bruton. Estava engordando, observou. Richard, esse sempre se mantinha em forma. Ela já estava ficando impaciente; todo o seu espírito tendia, positivo, irrevocável, dominador, depois de haver varrido aqueles insignificantes obstáculos (Peter Walsh e os seus assuntos), para o tema que lhe absorvia a atenção, e não simplesmente a atenção, mas aquela fibra que era o sustentáculo da sua alma, aquela parte essencial da sua individualidade, sem a qual Millicent Bruton não seria Millicent Bruton; aquele projeto de emigração de jovens de ambos os sexos, pertencentes a famílias respeitáveis, para os instalar no Canadá, com perspectivas de prosperidade. Exagerava. Tinha talvez perdido o senso da medida. Para os outros, a emigração não era evidentemente a solução óbvia, o sublime achado. Não era para eles (não era para Hugh, nem para Richard, nem mesmo para a abnegada Miss Brush) a adequada válvula de escape desse egotismo que uma mulher forte e marcial, próspera, bem-nascida, de impulsos diretos, de sentimentos positivos e escassa introspecção (sincera e simples — por que não é toda a gente sincera e simples?, indagava consigo) sente erguer-se em seu íntimo, uma vez passada a juventude, e que deve incidir sobre algum objeto: pode ser a emigração, pode ser a emancipação; mas, qualquer que seja esse objeto, em redor do qual a alma segrega diariamente a sua essência, acaba inevitavelmente por se tornar algo de prismático, de brilhante, metade espelho, metade pedra preciosa: ora cuidadosamente oculto para evitar zombarias, ora orgulhosamente exibido. A emigração se havia convertido, em suma, em grande parte de Lady Bruton.

Mas tinha de escrever. E uma carta ao *Times*, costumava dizer a Miss Brush, custava-lhe mais do que organizar uma expedição à África do Sul (coisa que ela havia feito durante a guerra). Após uma manhã de luta, iniciando, rasgando, começando a eterna carta, sentia, como em nenhuma outra ocasião, a futilidade da sua condição feminina, e evocava gratamente a Hugh Whitbread, que possuía — ninguém o poderia duvidar — a arte de escrever ao *Times*.

A uma criatura constituída tão diversamente do seu modo de ser, com tal domínio da linguagem, hábil em redigir as coisas ao gosto dos diretores de jornais, não se lhe poderia considerar um simples glutão. Lady Bruton muita vez suspendia o juízo acerca dos homens, em consideração ao misterioso acordo em que eles, e não as mulheres, parecem encontrar-se com as leis do universo; sabem como encarar as coisas; sabem como dizê-las; de modo que, se Richard a aconselhasse, e Hugh escrevesse por ela, estava certa de fazer alguma coisa às direitas. Deixou, pois, que Hugh terminasse o seu *soufflé*; perguntou pela pobre Evelyn; esperou que acendessem os cigarros, e então disse:

— Milly, queres ir buscar os papéis?

E Miss Brush foi, voltou; pôs os papéis sobre a mesa; e Hugh tirou do bolso a caneta-tinteiro; aquela caneta que tinha vinte anos de serviço, disse ele, destorcendo-a. Estava ainda perfeita; tinha-a mostrado aos fabricantes; não havia razão, diziam eles, para que não funcionasse sempre; o que honrava a Hugh e aos sentimentos que a sua pena expressava (sentiu Richard Dalloway), enquanto Hugh começava cuidadosamente a escrever maiúsculas adornadas, à margem, reduzindo maravilhosamente os borrões de Lady Bruton ao sentido e à gramática, de um modo que o diretor do *Times*, sentiu Lady Bruton, vendo a maravilhosa transformação, só poderia respeitar. Hugh era vagaroso. Hugh era tenaz. Richard dizia que era preciso arriscar-se. Hugh propunha modificações, em atenção aos sentimentos públicos, que, afirmou com certa acrimônia, ao ver que Richard estava rindo, "devem ser tomados em consideração", e leu em voz alta: "...como, por conseguinte, somos de opinião que os tempos estão maduros... a juventude supérflua da nossa crescente população... o que devemos aos mortos...", frases que Richard considerava vulgares e ocas, mas inofensivas, enquanto Hugh continuava expressando, por ordem alfabética, sentimentos de maior nobreza, sacudindo de vez em quando a cinza do casaco e recapitulando o que escrevera, até que finalmente leu o rascunho de uma carta que a Lady Bruton se afigurou uma verdadeira obra-prima. Poderia o seu próprio pensamento revestir-se de tanta eloquência?

Que o diretor do *Times* a publicasse, Hugh não garantia; mas ele iria encontrar-se com alguém na hora do lanche.

Depois do que, Lady Bruton, que raramente fazia algo de gracioso, apertou os cravos de Hugh contra o peito e, estendendo as mãos, chamou-lhe "Meu primeiro-ministro!". Que poderia ela fazer sem o concurso de ambos? Ergueram-se. E Richard Dalloway aproximou-se, como de costume, para olhar o retrato do general, pois tencionava escrever, quando dispusesse de lazeres, uma história da família de Lady Bruton.

E Millicent Bruton estava muito orgulhosa da sua família. Mas eles podem esperar, podem esperar, disse ela, olhando o retrato; queria dizer que a sua família, de militares, de administradores, de almirantes, tinha sido de gente de ação, que havia cumprido com o seu dever; e o primeiro dever de Richard era para com a sua pátria, mas isso era muito bonito, disse ela; e todos os papéis estavam prontos para Richard, em Aldmixton, quando chegasse a oportunidade; referia-se ao governo trabalhista. "Ah, as notícias da Índia!", exclamou.

Depois, quando já se achava no hall, apanhando as luvas amarelas da bandeja colocada sobre a mesa de malaquita, e Hugh oferecia a Miss

Brush, com desnecessária cortesia, algum convite ou outro favor, que ela, enrubescendo, desprezava do fundo do coração, Richard voltou-se para Lady Bruton, com o chapéu na mão, e disse:

— Nós a veremos em nossa festa de hoje? — diante do que Lady Bruton reassumiu a imponência que a elaboração da carta havia quebrado um pouco. Sim, poderia ir; ou não poderia... Essa Clarissa era uma energia maravilhosa. As festas aterrorizavam a Lady Bruton. Com certeza era porque estava envelhecendo. Assim se expressou no umbral da porta; formosa; muito direita; enquanto o seu pequinês se espreguiçava atrás dela e Miss Brush desaparecia no fundo, com as mãos cheias de papéis.

E Lady Bruton subiu gravemente, majestosamente, para o quarto, e deitou-se, com um braço estendido, no sofá. Suspirava, ressonava, não porque estivesse adormecida, mas sonolenta e pesada, sonolenta e pesada; como um campo de trevo ao sol, naquele ardente dia de junho, com abelhas e borboletas amarelas a lhe voejarem por cima. Sempre evocava aqueles campos de Devonshire, cujos arroios havia saltado com Patty, seu pônei, com Mortimer e Tom, seus irmãos. E havia os cães; havia os ratos; e o pai e a mãe sobre a relva, debaixo das árvores, com as coisas para o chá em redor, e as dálias, as malvas, as gramíneas; e eles, os diabretes, sempre prontos para alguma travessura... deslizando furtivamente pelo bosque, para que não os vissem voltar de alguma escapada. O que não diria a velha criada quando visse o estado do seu vestido!

Ah!... lembrou-se: estava numa quarta-feira, em Brook Street. Aqueles bons camaradas, Richard Dalloway, Hugh Whitbread, andavam lá fora, naquele dia tórrido, pelas ruas cujo rumor lhe chegava até o sofá. Tinha poder, posição, fortuna. Vivera no primeiro plano da sua época. Tivera bons amigos; conhecera os homens mais notáveis do tempo. O rumor afluía até ela. E a sua mão, pousada no dorso do sofá, curvava-se sobre um imaginário bastão, como o haviam empunhado seus avós, com o qual parecia, sonolenta e pesada, comandar batalhões em marcha para o Canadá, e aqueles bons amigos que caminhavam agora por Londres, aquele território particular, aquele pedaço de alfombra, Mayfair.

E eles se iam afastando cada vez mais, e o delgado fio que os unia a ela (por havê-los convidado a almoçar) se ia estirando e adelgaçando à medida que atravessavam Londres; como se o corpo de nossos amigos ficasse ligado ao nosso, depois de um almoço em comum, por um delgado fio (sonhava ela) que se turba com os sons que marcam a hora ou o início do trabalho, como a teia da aranha solitária se curva ao peso das gotas de água... Adormeceu.

E Richard Dalloway e Hugh Whitbread hesitavam na esquina de Conduit Street, no mesmo momento em que Millicent Bruton, estendida no sofá, deixava romper-se o fio; ressonava. Ventos contrários sopravam na esquina. Olharam uma vitrina, não desejavam comprar nada, nem falar, mas despedir-se. Como, porém, ventos contrários sopravam na esquina, e sentiam no corpo duas forças a se chocarem em torvelinho, a manhã e a tarde, detiveram-se ambos um momento. Veio voando um anúncio pelo ar, suavemente, como uma pandorga, fez uma pausa, tombou, fremindo; agitou-se o véu de uma senhora. Palpitavam cortinas amarelas. Morria o tráfego matinal e alguns poucos autos trepidavam, impudicamente, nas ruas meio desertas. Em Norfolk, que Richard Dalloway vagamente evocava, uma brisa morna abatia as pétalas; confundia as águas; curvava a grama florida. Os segadores, que repousavam, atrás das sebes, da faina matinal, afastavam cortinas de folhas verdes; afastavam as trêmulas umbelíferas para ver o céu; o azul, o sólido, o ofuscante céu de verão.

Consciente embora de que olhava uma caneca Jaime I de prata, com duas asas, e de que Hugh olhava condescendentemente, com ares de conhecedor, um colar espanhol de que desejava indagar o preço, no caso de Evelyn se agradar dele, Richard sentia-se amodorrado; não podia nem pensar nem mover-se. A vida relegara aqueles despojos; vitrinas cheias de coisas coloridas; e ele ali, parado no letargo da velhice, empertigado na rigidez dos anos, parado e olhando. A Evelyn Whitbread poderia agradar aquele colar espanhol — sim, poderia. Poderia, bocejou. Hugh entrava na loja.

— Aqui está — disse Richard, acompanhando-o.

Deus sabia que ele não queria ir comprar colares com Hugh. Mas há marés no corpo. A manhã encontra-se com a tarde. Como uma frágil chalupa sobre ondas profundas, o avô de Lady Bruton, e sua memória e suas campanhas na América, oscilou, submergiu. Millicent Bruton também. E ela foi mais fundo. Nada importava a Richard a sorte da emigração, e se a carta seria ou não publicada. O colar ostentava-se entre os admiráveis dedos de Hugh. Que o dê a uma rapariga, se quer comprar joias... a qualquer rapariga, a uma rapariga da rua. E de súbito se revelou a Richard a insignificância daquela vida... comprar colares para Evelyn. Se ele, Richard, tivesse um filho, decerto lhe diria: trabalha, trabalha. Mas tinha a sua Elizabeth; adorava a sua Elizabeth.

— Desejaria avistar-me com Mr. Dubonnet — disse Hugh, no seu incisivo tom mundano. Sucedia que esse Dubonnet tinha as medidas do colo de Mrs. Whitbread, ou, mais estranho ainda, conhecia os seus gostos em matéria de joalheria espanhola e a extensão das suas posses nesse setor (o que Hugh não podia recordar). E tudo aquilo se afigurava a Richard uma coisa muito esquisita. Pois ele nunca dava presentes a Clarissa, exceto um bracelete, dois ou três anos antes, e que não havia sido um sucesso. Ela nunca o usara. Magoava-o pensar que ela nunca o usara. E como o fio da aranha solitária, que, depois de haver flutuado de um lado para outro, afinal se prende à ponta de uma folha, assim o pensamento de Richard, saindo do letargo, pousava agora em sua mulher, em Clarissa, a quem Peter Walsh amara tão apaixonadamente; e Richard tivera uma súbita visão dela durante o almoço; dela e de si próprio; da sua vida em comum; puxou a bandeja de joias antigas e tomando ora um broche, ora um anel, indagou: — Quanto custa? — mas não confiava no seu próprio gosto. Desejava abrir a porta do salão e entrar com alguma coisa; um presente para Clarissa. Mas que presente? Hugh aprumara-se de novo. Estava indescritivelmente solene. Realmente, depois de comprar ali durante 35 anos, não iria deixar-se atender por um simples empregado, que nada conhecia do assunto. Pois Dubonnet parece que havia saído e Hugh não compraria nada sem Mr. Dubonnet, ao que o jovem se ruborizava e assentia com corretas reverências. Tudo era perfeitamente correto. Mas o fato é que Richard seria incapaz de fazer aquilo, nem para salvar a própria vida! Era inconcebível como os outros pudessem suportar aquela maldita insolência. Hugh se estava tornando um intolerável asno, palavra! Richard Dalloway não poderia aguentar a sua companhia por mais uma hora. E, erguendo o chapéu em despedida, Richard dobrou a esquina de Conduit Street, ansioso, sim, muito ansioso por percorrer o fio de aranha que se estendia entre ele e Clarissa; iria direito a ela, em Westminster.

Mas desejava chegar com alguma coisa. Flores? Sim, flores, já que não confiava no seu gosto em matéria de joias; inúmeras flores, rosas, orquídeas, para celebrar o que era, afinal, um acontecimento; aquilo que sentira ao falarem de Peter Walsh durante o almoço; e nunca se referiam àquilo; durante anos não haviam falado naquilo; o que, pensou, apertando rosas vermelhas e brancas (um grande ramalhete envolto em papel de seda), é o maior erro do mundo. Chega um momento em que se torna impossível dizê-lo; fica-se demasiado tímido para dizê-lo, pensou, embolsando o troco e dirigindo-se, com o grande ramo aconchegado ao corpo, para Westminster, a fim de dizer, com aquelas mesmas palavras (pensasse ela o que quisesse a seu respeito), enquanto entregava as flores a Clarissa: "Eu te amo." Por que não? E na verdade era um milagre, quando se pensava na guerra, e em todos aqueles pobres camaradas, que tinham toda uma vida diante de si, e agora enterrados, e quase esquecidos; um milagre. Ia ele assim, através de Londres, para dizer a Clarissa, com aquelas mesmas palavras, que a amava. O que nunca se diz, pensou. Parte por preguiça; parte por timidez. E Clarissa... era difícil pensar nela; exceto por impulso, como ao almoço, quando a vira com nitidez perfeita; com toda a sua vida em comum. Deteve-se no cruzamento; e repetia — pois era um homem simples e austero, que distraía e caçava; um homem pertinaz que sustentara, seguindo os seus instintos, sustentara na Câmara dos Comuns a causa dos oprimidos; que preservara a sua simplicidade, tornando-se embora silencioso e um tanto rígido —, repetia que era um milagre haver-se casado com Clarissa; um milagre... toda a sua vida fora um milagre, pensou, enquanto hesitava em atravessar a rua. Mas sentiu ferver-lhe o sangue ao ver criaturas de cinco ou seis anos atravessarem Piccadilly sozinhas. A polícia devia ter detido o tráfego. Não alimentava ilusões sobre a polícia de Londres. Na verdade, andava colhendo provas da sua ineficiência; e os vendedores ambulantes, a quem não era permitido deter os carrinhos nas calçadas; e as prostitutas, meu Deus, que nunca tinham culpa alguma, nem tampouco os jovens, mas sim o nosso detestável sistema social etc.; isso o que considerava, o que a gente poderia vê-lo considerar, enquanto, grisalho, pensativo, determinado, leve, atravessava o parque para dizer à mulher que a amava.

Pois lho diria com essas mesmas palavras, quando entrasse na sala. É na verdade uma pena não dizer o que sentimos, pensava, atravessando o Green Park, e observando com prazer famílias inteiras, famílias pobres à sombra das árvores; bebês agitando as perninhas; mamando; sacos de papel pelo chão, que poderiam facilmente ser recolhidos (se alguém reclamasse) por algum daqueles gordos indivíduos de uniforme; pois achava que todos os parques, todas as praças deviam ser franqueados às crianças durante o verão (a relva do parque, fresca ou fanada, iluminava verdadeiramente as pobres mães de Westminster e seus irrequietos bebês, como se uma luz os estivesse focando). Mas que se poderia fazer por mulheres vagabundas como aquela pobre criatura ali, apoiada ao cotovelo, como se se houvesse arrojado ao chão, isenta de qualquer escrúpulo, para observar curiosamente, para pensar com toda a liberdade, considerar os porquês e os paraquês, impudente, de língua solta, zombeteira? Isso ele não sabia. Segurando as flores como uma arma, Richard Dalloway se aproximava dela; passou por ela; mas sempre houve tempo para uma centelha entre ambos... ela riu ao vê-lo, ele sorriu bem-humorado, pensando no problema da mulher vagabunda; mas nem por sombras pensaram em falar-se. E ele iria dizer a Clarissa que a amava, com essas mesmas palavras. Uma vez já estivera ciumento de Peter Walsh; ciumento dele e de Clarissa. Mas esta várias vezes lhe havia dito que fizera bem em não casar-se com Peter Walsh; o que, para quem conhecia Clarissa, era evidente: ela necessitava de apoio. Não que fosse fraca; mas necessitava de apoio.

Quanto àquele Palácio de Buckingham (dir-se-ia uma velha prima-dona que, toda de branco, enfrenta o público), não se lhe poderia negar certa dignidade, considerava ele, nem desprezar o que representa, afinal de contas, para milhões de pessoas (um pequeno grupo esperava ao portão para ver o rei), um símbolo, enfim, por absurdo que fosse; uma criança, com uma caixa de sarrafos, tê-lo-ia construído melhor, pensou; e o monumento da rainha Vitória (a qual recordava ter visto em Kensington, na sua carruagem, de óculos de chifre), com o seu branco pedestal, a sua opulenta maternidade; mas aprazia-lhe ser governado pela descendente de Horsa; aprazia-lhe a continuidade; e o sentimento de estar ligado às tradições. Tinha vivido uma grande época. Na verdade, a sua própria vida era um milagre; quanto a isto, não havia dúvida; ali estava ele, na primavera da vida, dirigindo-se à sua casa em Westminster para dizer a Clarissa que a amava. A felicidade é isso, pensou.

É isso, disse consigo, ao entrar em Dean's Yard. O Big Ben começava a ressoar, primeiro a advertência, musical; depois a hora; irrevocável. Os almoços fora fazem perder toda a tarde, pensou, aproximando-se da sua porta.

As batidas do Big Ben inundavam o salão de Clarissa, que estava sentada, aborrecida, à sua escrivaninha; mal-humorada; aborrecida. Era bem verdade que não convidara Ellie Henderson para a sua festa; mas fizera-o de propósito. E agora Mrs. Marsham escrevia: "Dissera a Ellie Henderson que pediria a Clarissa... Ellie tinha tanta vontade de ir..."

Mas por que deveria ela convidar todas as mulheres aborrecidas de Londres? Por que tinha Mrs. Marsham de interferir? E agora Elizabeth todo o tempo encerrada com Doris Kilman! Não podia conceber nada mais repugnante... Rezando a tal hora com aquela mulher! E o som do sino inundava a sala com a sua vaga melancolia, que se retirava e novamente alvoroçava-se para investir uma vez mais, quando ouviu, distraidamente, alguma coisa tateando, alguma coisa arranhando a porta. Quem seria, àquela hora? Três, meu Deus! Já três horas! Pois, com imponente decisão e dignidade, o relógio bateu três horas; e ela não ouviu mais nada; mas o trinco da porta girou e entrou Richard! Que surpresa! Entrou Richard, trazendo flores. Ela lhe havia faltado, uma vez em Constantinopla, e Lady Bruton, cujos almoços, ao que diziam, eram tão divertidos, não a tinha convidado. Ele trazia flores; rosas, rosas vermelhas e brancas. (Mas não conseguiu dizer que a amava; não com essas mesmas palavras.)

— Mas que lindo! — disse ela, tomando as flores. Compreendia; compreendia sem que ele falasse; a sua Clarissa. Colocou-as em vasos, sobre a lareira. — Que lindo! — disse. E fora divertido?, indagou. Lady Bruton perguntara por ela? Peter Walsh estava de volta. Mrs. Marsham tinha escrito. Devia convidar Ellie Henderson? Aquela mulher, a Kilman, estava lá em cima.

— Mas não podemos sentar uns cinco minutos? — disse Richard.

Tudo parecia tão vazio... As cadeiras, todas contra a parede. Que se passava? Ah, sim, a festa; não, não tinha esquecido a festa. Peter Walsh voltara. Oh, sim, estivera ali pela manhã. Tinha vindo tratar de um divórcio; enamorara-se de alguma mulher, lá na Índia. E não mudara coisa alguma. Ela estava ali, a compor o seu vestido...

— E pensava em Bourton — acrescentou.

— Hugh estava no almoço — disse Richard. Pois ela também o havia encontrado! Bem, Hugh estava ficando absolutamente intolerável. Comprando colares para Evelyn; cada vez mais gordo; um asno intolerável.

— E ocorreu-me que podia ter casado com ele — disse Clarissa, pensando em Peter, ali sentado, com a sua gravata-borboleta, com o seu canivete, que abria e fechava. — Tal e qual como antes, lembras-te?

Tinham falado a seu respeito durante o almoço, disse Richard. (Mas não conseguia dizer-lhe que a amava. Tomou-lhe a mão. A felicidade é isso, pensou ele.) Tinham redigido uma carta ao *Times*, para Millicent Bruton. Era só o que Hugh sabia fazer.

— E a nossa cara Miss Kilman? — perguntou ele. Clarissa achava as rosas um verdadeiro encanto; primeiro bem juntas, nos vasos, e agora afastadas, naturalmente, por conta própria.

— Kilman chegou logo depois do almoço — disse. — Elizabeth logo mudou. Trancaram-se as duas. Creio que estão rezando.

Meu Deus, ele não gostava daquilo; mas essas coisas passam, se não se lhes dá importância.

— De capa de borracha e um guarda-chuva — acrescentou Clarissa.

Ele não lhe dissera "Eu te amo", mas segurava-lhe a mão. A felicidade é isso, é isso, pensou.

— Mas por que devo convidar para as minhas festas todas as mulheres aborrecidas de Londres? — disse Clarissa. Pois se Mrs. Marsham desse uma festa, deveria *ela*, Clarissa, escolher-lhe os convidados?

— Pobre Ellie Henderson — disse Richard. Esquisito como aquelas festas preocupavam Clarissa.

Richard, porém, não tinha noção do arranjo de uma sala. Mas que ia dizer?

Se a torturavam tanto aquelas recepções, não lhe deveria permitir que as desse... Desejaria ela ter casado com Peter? Bem, mas tinha de ir andando...

Tinha de ir andando, disse ele, erguendo-se. Mas parou, como se fosse dizer alguma coisa; e ela indagava consigo qual a causa. Pois não estavam ali as rosas?

— Algum comitê? — perguntou, enquanto ele abria a porta.

— Os armênios — disse Richard. — Ou seriam os albaneses?...

Há uma dignidade nas pessoas; uma solidão; até entre marido e mulher, um abismo; mas que se devia respeitar, pensou Clarissa, vendo-o abrir a porta; pois não se podia renunciar a isso, ou denegá-lo a um marido, contra a vontade deste, sem perder a própria independência, o respeito próprio; algo que não tem preço, em suma.

Richard voltou com um travesseiro e uma coberta.

— Uma hora de completo repouso, após o almoço — disse ele. E retirou-se.

Era bem dele aquilo. Continuaria a dizer: "Uma hora de completo repouso, após o almoço", até o fim da vida, porque o médico certa vez o prescrevera. Era bem dele tomar ao pé da letra o que diziam os médicos; fazia parte da sua adorável, da sua divina simplicidade, que ninguém possuía no mesmo grau; que o tinha feito agir e decidir tudo, enquanto Peter e ela perdiam o tempo em brigas inúteis. Estava já a meio do caminho da Câmara dos Comuns, dos seus armênios, dos seus albaneses, depois de a ter acomodado no sofá, a olhar para as rosas. E as pessoas diriam: "Clarissa Dalloway é uma criatura estragada." Importavam-lhe muito mais as rosas que os armênios. Escorraçados da vida, trôpegos, mortos de frio, vítimas da crueldade e da injustiça (tantas e tantas vezes ouvira Richard repeti-lo) — não, não podia fazer nada pelas albanesas... ou seriam os armênios? Mas amava as suas rosas (não podia isso aliviar os armênios?) — a única flor que suportava cortada. Mas Richard já estava na Câmara dos Comuns; no seu comitê, depois de haver resolvido todas as dificuldades que a preocupavam. Mas não, não era verdade. Ele não compreendera as razões contra Ellie Henderson. Faria, naturalmente, a sua vontade; já que ele tinha trazido os travesseiros, repousaria... Mas... mas por que se sentia de súbito, por alguma causa que não podia atinar, desesperadamente infeliz? Como alguém que houvesse perdido uma pérola ou um diamante na relva e separa cuidadosamente as hastes, aqui, acolá, e busca em vão, cavando afinal até as raízes, assim examinou Clarissa uma coisa e outra; não, não era por Sally Seton haver dito que Richard nunca entraria no Gabinete, por ter um cérebro de segunda ordem (recordava-o agora); não, isso não lhe importava; nem por causa de Elizabeth e Doris Kilman; tudo isso eram fatos. O que havia era um sentimento, algum desagradável sentimento, experimentado talvez pela manhã; alguma coisa que Peter dissera, de mistura com certa predisposição sua, no quarto, ao tirar o chapéu; e também o que Richard dissera havia agravado aquilo... mas que dissera ele? Trouxera-lhe rosas. As suas recepções! Era aquilo! As suas recepções! Ambos a tinham criticado, tinham zombado injustamente dela, por causa das suas recepções. Era aquilo! Era aquilo!

Bem, como iria ela defender-se? Agora que sabia do que se tratava, sentia-se perfeitamente feliz. Pensavam, ou Peter pelo menos pensava, que ela gostava de impor-se; que gostava de ter pessoas famosas em torno de si; grandes nomes; uma simples esnobe, em suma. Bem, Peter podia pensar assim. Richard, esse, achava apenas uma loucura buscar excitações, quando ela bem sabia como isso lhe fazia mal ao coração. Uma infantilidade, achava ele. E ambos estavam muito enganados. O que ela amava era simplesmente a vida.

— É por isso que eu o faço — disse ela, falando alto, falando para a vida.

Desde que estava reclinada no sofá, enclausurada, protegida, a presença daquela coisa que sentia tão óbvia se tornara fisicamente viva, vestida dos sons da rua, banhada de sol, com uma cálida, sussurrante respiração que movia as cortinas. Mas, supondo que Peter lhe dissesse: "Sim, sim, mas e as tuas recepções... que sentido têm as tuas recepções?", só poderia dizer (e talvez ninguém o compreendesse): "São uma oferenda", o que parecia horrivelmente vago. Mas quem era Peter para dizer que a vida era uma plácida viagem? Peter, sempre enamorado, sempre enamorado de quem não devia. Que é o teu amor?, podia ela perguntar-lhe. E já sabia a resposta: que era a coisa mais importante do mundo, e nenhuma mulher talvez o compreendesse. Muito bem. Mas poderia algum homem compreender o que nada significava? Poderia compreender a vida? Não podia imaginar Peter ou Richard dando-se ao trabalho de oferecer uma recepção, sem motivo nenhum.

Mas aprofundando mais, indo ao âmago do que diziam os outros (e que fragmentários, que superficiais os seus juízos!), no fundo do seu próprio espírito, agora, que significava para ela essa coisa a que chamava a vida? Oh! era muito estranho. Era fulano, de South Kensington; algum outro, de Bayswater; e mais alguém, digamos, de Mayfair. E ela experimentava continuamente a sensação das suas existências; e achava isso um desperdício; uma pena; se ao menos se pudessem juntar... era o que tentava. E isso era uma oferenda; combinar, criar; mas oferenda a quem?

Uma oferenda pela própria oferenda, talvez. Em todo caso, era esse o seu dom. Não tinha nenhum outro, por mínimo que fosse; não podia nem pensar, nem escrever, nem ao menos tocar piano. Confundia os armênios com os turcos; amava o sucesso; abominava o desconforto; tinha necessidade de ser estimada; dizia uma porção de tolices; e ainda agora, se lhe perguntassem onde ficava o Equador, não saberia responder.

De qualquer modo, que um dia se siga ao outro; quarta, quinta, sexta, sábado; que a gente desperte de manhã; olhe para o céu; passeie pelo parque; encontre Hugh Whitbread; depois, subitamente, Peter; depois aquelas rosas, era o suficiente. Afinal de contas, que inacreditável era a morte! — que aquilo devesse terminar; e ninguém no mundo saberia o quanto ela havia amado aquilo tudo; quanto, a cada instante...

A porta abriu-se. Elizabeth sabia que a mãe estava descansando. Entrou silenciosamente. Permaneceu perfeitamente imóvel. Será que, cem anos antes, teria algum mogol naufragado nas costas de Norfolk (como dizia Mrs. Hilbrey), unindo-se então a alguma Dalloway? Pois os Dalloways, em geral, eram ruivos; tinham olhos azuis; Elizabeth, pelo contrário, era morena; tinha olhos chineses numa face pálida; um mistério oriental; era gentil, discreta, silenciosa. Quando criança, havia demonstrado um perfeito senso de humor; mas agora, aos 17 anos, Clarissa não podia compreender como se tornara tão séria; qual um jacinto no seu brilhante cálice, de botões apenas coloridos, um jacinto que não recebera sol.

Permanecia completamente imóvel e olhava para a mãe; mas a porta estava entreaberta, e por trás da porta se achava Miss Kilman. Clarissa o sabia; Miss Kilman com a sua capa de borracha ouvindo tudo o que elas dissessem.

Sim, Miss Kilman estava no patamar e vestia uma capa de borracha; mas tinha as suas razões. Primeiro, porque era barato; depois, porque já passara dos quarenta; e não se vestia, afinal de contas, para agradar. Era pobre, de resto; degradantemente pobre. Se assim não fosse, não teria aceitado empregos de gente como os Dalloways; de gente rica, que queria ser boa. Mr. Dalloway, justiça lhe seja feita, tinha-se mostrado bom. Mas não Mrs. Dalloway. Fora apenas condescendente. Provinha da mais inútil de todas as classes; a dos ricos com um verniz de cultura. Tinha coisas caras por toda parte; quadros, tapetes, uma infinidade de criados. Considerava-se com o maior direito ao que quer que os Dalloways fizessem por ela.

Fora ludibriada. Sim, o termo não era exagerado, pois não tinha uma moça direito a um pouco de felicidade? E nunca fora feliz, por ser tão desajeitada e tão pobre. E depois, exatamente quando ia ter a sua oportunidade na escola de Miss Dolby, veio a guerra; e ela nunca soubera mentir. Miss Dolby achava que se daria muito melhor com gente que compartilhasse da sua opinião acerca dos alemães. E ela tivera de retirar-se. Verdade que sua família era de origem alemã; escreviam "Kiehlman" no século XVIII; mas seu irmão fora morto na guerra. Haviam-na despedido porque ela não achava que os alemães fossem todos uns monstros; quando tinha amigos alemães, e os únicos anos felizes da sua vida havia-os passado na Alemanha! E, em todo caso, podia lecionar história. Era preciso aceitar o que se lhe oferecesse. Mr. Dalloway encontrara-a trabalhando para "Amigos". Permitira-lhe (e fora realmente uma generosidade da sua parte) que ensinasse história a Elizabeth. Também fizera um curso de aperfeiçoamento, ou coisa parecida. Depois Nosso Senhor descera até ela (e, ao dizer isto, sempre baixava a cabeça). Fazia dois anos e três meses que recebera a luz. Agora não invejava a mulheres como Clarissa Dalloway; tinha era pena delas.

Tinha-lhes pena e desprezava-as do fundo do coração, ali de pé no macio tapete, a olhar para a velha gravura da menina com um regalo. Com todo aquele luxo, que esperança poderia haver de um melhor estado de coisas? Em vez de ficar estirada num sofá ("Minha mãe está repousando", dissera Elizabeth), ela deveria estar numa fábrica; ou atrás de um balcão; Mrs. Dalloway e todas as outras damas distintas!

Amargurada e raivosa, Miss Kilman entrara numa igreja, fazia agora dois anos e três meses. Ouvira o sermão do rev. Edward Whittaker; cantavam os meninos de coro; vira apagarem-se as luzes solenes; e fosse a música ou as vozes (ela própria, quando sozinha, à noite, achava consolo no violino; mas o som era lastimável; não tinha ouvido), o certo é que os iracundos sentimentos que lhe fervilhavam no íntimo se haviam apaziguado quando sentara, e tinha chorado copiosamente, e fora visitar Mr. Whittaker na sua residência particular, em Kensington. Era a mão de Deus, disse-lhe ele. O Senhor lhe havia mostrado o caminho. De modo que agora, quando lhe vinham aqueles exaltados e penosos sentimentos, aquele ódio a Mrs. Dalloway, aquele rancor contra o mundo, ela pensava em Deus. Pensava em Mr. Whittaker. À cólera sucedia a calma. Um suave perfume lhe percorria as veias, seus lábios se entreabriam, e, temível, de pé, no patamar, com a sua capa de borracha, olhava agora com firme e sinistra severidade para Mrs. Dalloway, que saía do salão com a filha.

Elizabeth disse que havia esquecido as luvas. Era porque sua mãe e Miss Kilman se odiavam. Não podia vê-las juntas. Correu para cima, em busca das luvas.

Mas Miss Kilman não odiava Mrs. Dalloway. Voltando os grandes olhos cor de groselha para Clarissa, observando-lhe a face rósea, o delicado corpo, o seu ar de frescura e elegância, Miss Kilman sentiu: Tola! Simplória! Quem és tu, que não conheceste nem mágoas nem prazer; que desperdiçaste a tua vida em futilidades?! E veio-lhe um imperioso desejo de dominá-la; de desmascará-la. Se ao menos pudesse lançá-la por terra, isso a teria aliviado. Mas não era o corpo; era a alma e a sua irrisão que ela queria subjugar, fazer-lhe sentir o seu domínio. Se ao menos pudesse fazê-la chorar; aniquilá-la; humilhá-la, obrigá-la a cair de joelhos, chorando: "Sim, tens razão!" Mas isso era desejo de Deus, não de Miss Kilman. Devia ser uma vitória religiosa. Assim diziam os seus olhos ardentes, inflamados.

Clarissa estava verdadeiramente chocada. Uma cristã — aquela mulher! Aquela mulher que lhe havia roubado sua filha! Ela, em comunicação com invisíveis presenças!? Ela, feia, pesada, vulgar, sem bondade e sem graça, podia por acaso conhecer a significação da vida?!

— Vais levar Elizabeth a compras? — indagou Mrs. Dalloway.

Miss Kilman disse que sim. E permaneceram mudas. Miss Kilman não tinha o mínimo empenho em fazer-se agradável. Sempre havia ganhado a sua vida. Seu conhecimento da história moderna era invejável. Do seu amargo salário, punha sempre de parte alguma coisa, para ajudar as causas em que acreditava; ao passo que aquela mulher não fazia nada, não acreditava em coisa alguma; ela lhe educara a filha... mas ali vinha, quase sem fôlego, essa linda menina, Elizabeth.

Iam, pois, fazer compras. Era curioso, enquanto Miss Kilman permanecia ali (e permanecia com o poder e taciturnidade de algum monstro pré-histórico armado para as primitivas lutas), como, de segundo a segundo, a sua ideia cedia, e como o ódio (que era pelas ideias, não pelas pessoas) ia abrandando, e ela perdia a sua malignidade, aquele seu aspecto convertia-se, de segundo a segundo, na simples Miss Kilman, de capa de borracha, a quem Deus sabe se Clarissa não desejaria mesmo ajudar.

Ao esvair-se o monstro, Clarissa sorria. E foi sorrindo que lhes deu até logo.

Desceram juntas, Miss Kilman e Elizabeth.

Com um súbito impulso, uma violenta angústia, pois aquela mulher lhe tirava a sua filha, Clarissa inclinou-se sobre o balaústre e gritou: "Não te esqueças da festa! Não te esqueças da nossa festa hoje à noite!"

Mas Elizabeth já abria a porta da rua; passava um caminhão; ela não deu resposta.

Amor e religião!, pensou Clarissa, voltando ao salão, trêmula. Que coisas detestáveis, detestáveis! Pois agora que o corpo de Miss Kilman não estava ante os seus olhos, a sua ideia se apoderava dela. As coisas mais cruéis do mundo, pensou, vendo-as pesadas, rancorosas, dominantes, hipócritas, intrometidas, ciumentas, infinitamente cruéis e sem escrúpulos, ali, de capa de borracha, no patamar: o amor e a religião. Já tentara ela algum dia converter alguém? Não desejava que cada um fosse simplesmente ele próprio? E olhava, da janela, a velha senhora da casa em frente, que subia a escada. Que subisse, se assim o desejava; que se detivesse, que alcançasse o seu quarto, como Clarissa a vira fazer tantas vezes, que abrisse as cortinas, e desaparecesse novamente, ao fundo. De qualquer maneira, devia-se respeitar aquilo — aquela velha mulher olhando pela janela; inconsciente de que a observavam. Havia alguma coisa de solene naquilo. Mas o amor e a religião destruiriam, onde quer que estivesse, aquele santuário da alma. A odiosa Kilman o destruiria. E, só de ver aquela senhora à janela, dava-lhe vontade de chorar.

O amor também destruía. Tudo o que era belo, tudo o que era verdadeiro desaparecia. Peter Walsh, por exemplo. Era um homem encantador, inteligente, com ideias a respeito de tudo. Se a gente desejava, por exemplo, saber algo a respeito de Pope, ou Addison, ou simplesmente falar sobre pessoas e coisas, não havia ninguém como Peter. Fora Peter que a guiara; quem lhe emprestara livros. Mas as mulheres a quem ele amava? Vulgares, triviais, comuns. Peter, enamorado, vinha vê-la depois de tantos anos — e de que falava? De si mesmo. Horrível paixão!, pensou. Degradante paixão! pensou, lembrando-se de Kilman e de sua Elizabeth, que iam aos Army and Navy Stores.

O Big Ben bateu a meia hora.

Que extraordinário era, que estranho, que comovente mesmo, ver a velha senhora (há tantos anos que eram vizinhas!) retirar-se da janela, como se estivesse ligada àquele som, àquela corda. Formidável como era, tinha alguma relação com ela. Profundamente, em meio às coisas ordinárias, tomba o dedo, solenizando o momento. Ela era forçada por aquele som, imaginou Clarissa, a mover-se, a retirar-se... mas para onde? Clarissa procurou segui-la enquanto ela se voltava e desaparecia, e pôde ainda ver-lhe a touca branca a se mover no fundo do quarto. Para que credos e orações e capas de borracha? quando, pensou Clarissa, ali estava o milagre, ali estava o mistério: aquela velha senhora, a quem podia ver dirigindo-se da sua cômoda para o toucador. Ainda podia vê-la. E o supremo mistério, que Kilman ou Peter diriam ter resolvido, embora Clarissa não os julgasse capazes da mínima ideia em tal sentido, era simplesmente isto: aqui havia um quarto, ali outro. Acaso o resolveria a religião, ou o amor?

O amor... Mais eis que o outro relógio, o relógio que sempre batia dois minutos depois do Big Ben, entrou com as suas mangas cheias de bagatelas, que despejou no chão, como se ao Big Ben, tão solene, tão injusto, coubesse ditar a lei, com a sua majestade, ao passo que ele devia lembrar toda espécie de coisas insignificantes — Mrs. Marsham, Ellie Henderson, pratinhos para gelados —, toda espécie de pequeninas coisas, que inundaram a sala, saltando e dançando, ao despertarem com aquela solene pancada que batia em cheio, como uma barra de ouro no mar. Mrs. Marsham, Ellie Henderson, pratinhos para gelados. Devia telefonar o quanto antes.

Voluvelmente, turbulentamente, o relógio atrasado ressoou, entrando atrás do Big Ben, com as suas mangas cheias de bugigangas. Batido, quebrado pela investida dos carros, a brutalidade dos caminhões, o apressado avanço dos milhares de homens angulosos, de mulheres enfeitadas, os domos e frechas dos escritórios e hospitais, lançou o resto das mangas cheias de quinquilharias, que se derramaram como uma onda exausta sobre o corpo de Miss Kilman, ainda parada um momento na rua, para murmurar: "É a carne."

A carne é que ela devia controlar. Clarissa Dalloway a tinha insultado. Assim o esperava. Mas não triunfara; não dominara a carne. Como era feia, desajeitada, Clarissa Dalloway sorrira dela; e isso lhe havia reavivado as disposições carnais, pois dera-se conta da sua insignificância perante Clarissa. Nem poderia falar como ela o fizera. Mas por que desejava assemelhar-se-lhe? Por quê? Desprezava Mrs. Dalloway do fundo do coração. Não era séria. Não era boa. Sua vida era um tecido de vaidade e mentiras. Contudo, Doris Kilman fora vencida. Na verdade, quase rompera em pranto quando Clarissa Dalloway rira dela. "É a carne, é a carne", murmurou (pois costumava falar em voz alta), tentando dominar aquele forte e penoso sentimento, enquanto caminhava por Victoria Street. Orava a Deus. Não podia evitar a fealdade; não podia comprar lindos vestidos. Clarissa Dalloway tinha rido... Ela, no entanto, procuraria concentrar o espírito sobre outra coisa, antes de chegar à caixa do correio. Em todo caso, tinha a Elizabeth. Mas ia pensar em qualquer outra coisa; ia pensar na Rússia, antes de chegar à caixa.

Que lindo deve estar o campo!, disse ela, lutando, como lhe recomendara Mr. Whittaker, com aquele violento rancor contra o mundo, que a tinha desprezado, escarnecido, escorraçado, começando por infligir-lhe aquela indignidade: um corpo impossível de amar, cuja vista ninguém suportava. De qualquer modo que arranjasse o cabelo, a sua fronte sempre ficava como um ovo, nua, branca. Nenhum vestido lhe assentava. Podia comprar qualquer coisa. E, para uma mulher, naturalmente, isso significava não interessar nunca ao sexo oposto. Nunca seria a primeira para ninguém. Ultimamente lhe parecia, às vezes, que, excetuando Elizabeth, só vivia para o alimento; para o conforto; a ceia, o chá; a botija de água quente, à noite. Mas era preciso lutar; vencer, ter fé em Deus. Mr. Whittaker dissera que ela estava no mundo para um fim. Mas ninguém tinha conhecimento da sua agonia? Ele replicava, apontando o crucifixo, que Deus o sabia. Mas por que tinha ela de sofrer quando outras mulheres, como Clarissa Dalloway, escapavam a isso? O conhecimento vem atrás da dor, dissera Mr. Whittaker.

Tinha passado a caixa, e Elizabeth entrara na fresca seção dos cigarros dos Army and Navy Stores, enquanto ela ainda murmurava consigo o que dissera Mr. Whittaker acerca do conhecimento através da dor e da carne. "A carne", murmurou.

A que seção queria ir?, interrompeu-a Elizabeth.

— Saias — disse ela bruscamente, enveredando para o elevador.

Subiram. Elizabeth guiava-a por um lado e outro; guiava-a na sua abstração, como se ela fora uma criança grande, um couraçado ingovernável. Até que chegaram às saias; havia-as marrons, recatadas, frívolas, raiadas, fortes, vaporosas; e ela, na sua abstração, escolheu de maneira tão disparatada que a caixeira a julgou louca.

Elizabeth perguntava-se, enquanto faziam o pacote, em que estaria pensando Miss Kilman. Tinham de tomar chá, disse Miss Kilman, despertando. Foram tomar chá.

Elizabeth espantava-se da fome de Miss Kilman. Era, principalmente, o seu modo de comer, com intensidade, a olhar, repetidas vezes, para um prato de bolos, na mesa próxima; e igualmente quando uma senhora e um menino sentaram e o menino serviu-se de uma torta — que poderia isso importar a ela? Sim, a Miss Kilman isso importava muito. Pois estava desejando exatamente aquela torta — a rosada. O prazer de comer era talvez o único prazer completo que lhe restava, e até nisso era ludibriada!

Quando a gente é feliz, dissera ela a Elizabeth, tem uma reserva, de que lança mão, ao passo que ela era uma roda sem pneu (gostava de tais metáforas) sacudida a cada acidente; dissera-o depois da lição, de pé junto à lareira, com o seu pacote de livros, a sua "mochila", como lhe chamava, isso numa terça-feira de manhã, depois de terminada a lição. E também falava sobre a guerra. Afinal de contas, havia gente que não pensava que os ingleses estavam invariavelmente com a razão. Havia livros. *Meetings.* Outros pontos de vista. Não gostaria Elizabeth de ir com ela, ouvir fulano? (um velho de aspecto extraordinário). Depois Miss Kilman levara-a a uma igreja em Kensington, e haviam tomado chá com um pastor. Também lhe emprestara livros. Direito, medicina, política, todas as profissões estavam franqueadas às mulheres da sua geração. Quanto a ela própria, a sua carreira estava absolutamente arruinada, e era sua a culpa? Naturalmente que não, meu Deus, dizia Elizabeth.

E sua mãe podia vir dizer-lhe que chegara um cesto de Bourton e que, se Miss Kilman quisesse algumas flores... Ela era muito, muito boa com Miss Kilman, mas Miss Kilman aplastava as flores num molho e não dizia nada, e o que interessava a Miss Kilman aborrecia à sua mãe, e Miss Kilman e ela eram terríveis quando juntas; e Miss Kilman se formalizava toda e parecia muito rude, mas Miss Kilman era de uma inteligência incrível. Elizabeth nunca tinha pensado a respeito dos pobres. Viviam com tudo o que desejavam: sua mãe fazia a primeira refeição na cama todos os dias; Lucy lhe levava as coisas; e ela, Elizabeth, gostava das mulheres velhas, porque eram duquesas e descendiam de algum lorde. Mas Miss Kilman dissera (numa daquelas terças, depois da lição): "Meu avô tinha uma loja de tintas em Kensington." Miss Kilman era completamente diferente de todos os que conhecia; fazia-a sentir-se tão pequena...

Miss Kilman tomou outra taça de chá. Elizabeth, com o seu aspecto oriental, seu inescrutável mistério, sentava-se perfeitamente ereta; não, não desejava mais nada. Procurou as luvas — as suas luvas brancas. Estavam debaixo da mesa. Ah, mas não devia ir embora! Miss Kilman não podia deixá-la ir embora. Tão linda aquela juventude, e a quem ela tão genuinamente amava! E a grande mão de Miss Kilman abriu-se e fechou-se sobre a mesa.

Em todo caso, não deixava de ser cacete aquilo, sentia Elizabeth. E na verdade gostaria de ir embora.

— Mas eu ainda não terminei — disse Miss Kilman.

Naturalmente, então, Elizabeth esperaria. Mas aquilo ali estava muito abafado.

— Vais à festa hoje à noite? — indagou Miss Kilman. Elizabeth supunha que sim; sua mãe desejava que fosse. Não deveria deixar que as festas a absorvessem, disse Miss Kilman, apanhando o último pedaço de um doce de chocolate.

Não gostava muito de festas, disse Elizabeth. Miss Kilman abriu a boca, avançou o queixo, engoliu o último pedaço de doce, depois limpou os dedos e esvaziou o bule na sua taça.

Estava a ponto de despedaçar-se, sentia. Uma terrível agonia, aquela. Se pudesse agarrá-la, prendê-la, se pudesse fazê-la sua absolutamente e para sempre, e depois morrer! era tudo o que desejava. Mas ficar ali sentada, incapaz de pensar no que quer que fosse para dizer; ver Elizabeth voltar-se contra ela; sentir-se repulsiva até para ela... era demais; não podia suportá-lo. Seus grossos dedos se crisparam.

— Eu nunca vou a festas — disse Miss Kilman, para impedir que Elizabeth fosse embora. — Não me convidam para festas. — E, enquanto o dizia, reconhecia que tudo vinha do seu amor-próprio; bem que Mr. Whittaker prevenia; mas não o podia evitar. Sofrera tão horrivelmente. — E por que me haviam de convidar? — disse. — Sou feia, sou infeliz. — Reconheceu que estava dizendo idiotices. Mas era toda aquela gente que passava — gente com pacotes, que a desprezava — que a fizera dizer aquilo. E, no entanto, ela era Doris Kilman. Tinha o seu diploma. Uma mulher que abrira caminho no mundo. Seus conhecimentos da história moderna eram mais do que respeitáveis.

— Eu não tenho pena de mim — disse ela. — Tenho muito mais pena... — ia dizer "de tua mãe", mas não, não podia, não podia dizê-lo a Elizabeth. — Tenho muito mais pena é de outras pessoas.

Como um animal silencioso levado para junto de uma porta com um propósito ignorado e que espia uma oportunidade de escapar-se, Elizabeth Dalloway permanecia muda na sua cadeira. Iria Miss Kilman dizer alguma coisa mais?

— Não me esqueças completamente — disse Doris Kilman; sua voz tremia. Direito, para o fim do campo, o silencioso animal galopava aterrorizado.

A grande mão abriu-se e fechou-se.

Elizabeth voltou a cabeça. Veio a empregada. Tinha-se de pagar na caixa, disse Elizabeth, e afastou-se, arrancando-lhe, assim o sentiu Miss Kilman, arrancando-lhe as entranhas do corpo, estirando-se, enquanto atravessava a sala, e depois, numa torção final, inclinando polidamente a cabeça, despediu-se.

Tinha ido embora. Miss Kilman, sentada à mesa de mármore, entre os doces, sentiu uma, duas, três pontadas de dor. Tinha ido embora. Mrs. Dalloway triunfara. Elizabeth tinha ido embora. A beleza tinha ido embora; a juventude tinha ido embora.

E ela ali sentada. Depois ergueu-se, hesitando entre as mesinhas, sem direção, e alguém a alcançou, entregando-lhe o pacote da saia, e ela perdeu-se em meio de fardos endereçados para a Índia, foi parar na seção de especialidades para mães e bebês; perambulou entre todas as mercadorias do mundo perecíveis e duradouras, fiambres, drogas, flores, coisas para escritórios, cheiros vários, suaves ou fortes; viu-se a si mesma de corpo inteiro em um espelho, perdida, o chapéu de viés, a cara vermelha; afinal, saiu para a rua.

À sua frente erguia-se a torre da catedral de Westminster, a casa de Deus. Em meio ao tráfego, ali estava a casa de Deus. Bruscamente, com o seu pacote, encaminhou-se para aquele outro santuário, a abadia, onde sentou, com as mãos unidas ante o rosto, entre outros que ali tinham ido refugiar-se; os adoradores de toda espécie, despidos agora de categorias sociais, quase despidos de sexo, quando erguiam as mãos ante o rosto; mas que, ao retirá-las, viravam de novo pacatos ingleses e ingleses da classe média, alguns dos quais desejosos de apreciar os votos de cera.

Mas Miss Kilman continuava com as mãos no rosto. Ora se encontrava a sós, ora acompanhada. Novos fiéis chegavam da rua para substituir os que se iam, e, enquanto passavam e desfilavam ante o túmulo do Soldado Desconhecido, ela mantinha os olhos tapados, tentando, naquela dupla escuridão, pois a luz da abadia era muito débil, erguer-se acima das vaidades, dos desejos, das comodidades, e livrar-se de todo ódio e todo amor. Suas mãos se crispavam. Parecia lutar. Mas, para outros, Deus era acessível, e suave o caminho que levava a ele. Mr. Fletcher, aposentado do Tesouro, Mrs. Gorsham, viúva do famoso K.C., aproximavam-se dele simplesmente e, depois de haverem rezado, acomodavam-se no banco, gozavam a música (o órgão ressoava suavemente), e viam Miss Kilman, na extremidade da fila, rezando, rezando, e, como se achava ainda no umbral do seu mundo interior, consideravam-na com simpatia, como a uma alma que explorava o mesmo território; uma alma de imaterial substância; não uma mulher: uma alma.

No entanto, Mr. Fletcher tinha de retirar-se. Teve de passar por ela, e, como era limpo como um alfinete novo, não pôde deixar de penalizar-se um pouco com a desordem da pobre mulher, seus cabelos caídos; seu pacote no chão. Ela não o deixou passar imediatamente. Mas, enquanto ele se mantinha de pé, circunvagando o olhar pelos mármores brancos, os vitrais, os tesouros ali acumulados (pois era extremamente orgulhoso da abadia), impressionaram-no o tamanho, a robustez, a força daquela mulher que de vez em quando se movia sobre os joelhos (era tão difícil aproximar-se de Deus, apesar de todo o seu desejo), como haviam impressionado a Mrs. Dalloway (que não deixou de pensar nela toda a tarde), ao rev. Edward Whittaker, e também a Elizabeth.

E Elizabeth esperava um ônibus em Victoria Street. Era tão bom andar pelas ruas! Achou que talvez não fosse necessário voltar em seguida para casa. Era tão bom estar fora, ao ar livre! De modo que ia tomar um ônibus. E enquanto ali se achava, com seu vestido tão justo, tão elegante, já aquilo começava... já começavam a compará-la com os álamos, com a aurora, com os jacintos, com as gazelas, com a água das fontes e os lírios dos jardins; e isto lhe tornava um fardo a sua vida, pois preferia estar sozinha no campo, a fazer o que bem quisesse, mas comparavam-na a lírios e ela devia ir a festas, e Londres era tão aborrecida quando pensava estar sozinha no campo, com o seu pai e os cachorros...

Ônibus apontavam na esquina, detinham-se, partiam — vistosa caravana, luzente de vernizes rubros e amarelos. Mas qual deles tomaria? Não tinha preferência. Naturalmente, não forçaria a decisão. Era inclinada à passividade. Sim, faltava-lhe expressão, mas os seus olhos eram lindos, chineses, orientais, e, como sua mãe dizia, com tão belos ombros e mantendo-se tão direita, sempre atraía os olhares; e nos últimos tempos, principalmente à noite, quando se interessava por alguma coisa, pois nunca chegava a entusiasmar-se, era quase bela no seu porte sereno. Em que poderia pensar? Todos os homens se enamoravam dela, e isto na verdade a aborrecia terrivelmente. Pois já estava começando... Sua mãe podia vê-lo; os galanteios estavam começando. Que ela não se preocupasse com tais coisas — com vestidos, por exemplo — algumas vezes inquietava a Clarissa, mas talvez fosse o mesmo que incomodar-se com todas aquelas bonecas e porquinhos-da-índia... E agora aquela esquisita amizade com Miss Kilman. Bem, considerava Clarissa, lendo o *Barão de Marbot* às três da madrugada, porque não podia dormir, isto prova que ela tem coração. De súbito Elizabeth avançou e, com a maior desenvoltura, abordou o ônibus, na frente de todos. Escolheu um assento na imperial. A impetuosa máquina — um navio pirata — trepidou, partiu; ela teve de agarrar-se ao balaústre para não cair, pois aquilo era mesmo um navio pirata, com toda a sua brutalidade, a falta de escrúpulos, que avançava implacavelmente, fazia as mais perigosas curvas, colhia este passageiro, desprezava aquele, deslizava por entre o tráfego como uma enguia, e precipitava-se, insolentemente, com todas as velas pandas, em Whitehall. Tinha ela um pensamento para a pobre Miss Kilman, que a amava sem ciúme, e para quem havia sido uma gazela no vale, uma lua na clareira? Estava encantada de sentir-se livre. Tão delicioso o ar fresco! E estava tão abafado lá nos Army and Navy Stores! E agora parecia uma cavalgata, aquela corrida para Whitehall; e a cada movimento do ônibus, o belo corpo, no seu vestido laranja, respondia livremente, como um cavaleiro, como uma figura de proa, pois a brisa a desarranjava um pouco; o calor lhe dava às faces a palidez da madeira envernizada; e os seus belos olhos, sem outros olhos que contemplar, olhavam direito para a frente, vazios, brilhantes, com a incrível fixidez e inocência de uma escultura.

O que tornava Miss Kilman tão penosa de suportar é que falava sempre de seus sofrimentos. E tinha ela razão para isso? E se pertencer a comitês e dedicar-lhes horas e horas todos os dias auxiliava aos pobres, também seu pai fazia o mesmo (ela mal o via quando ele se achava em Londres), Deus sabe se o fazia... se era isso o que Miss Kilman entendia por ser cristã... mas era tão difícil sabê-lo! Oh, desejaria ir um pouco mais longe... Outro pêni até o Strand? Aqui está o outro pêni, então. Iria até o Strand.

Agradavam-lhe as pessoas doentes. E todas as profissões estavam franqueadas às mulheres da sua geração, dizia Miss Kilman. Poderia então formar-se em medicina. Poderia ter uma granja. Os animais adoecem seguidamente. Poderia adquirir centenas de acres e ter gente sob o seu domínio. Iria vê-los nas suas moradas. Ali estava Somerset House. Sim, poderia ser uma excelente granjeira. E essa ideia tão estranha, embora inspirada por Miss Kilman, fora quase que inteiramente devida a Somerset House. Era tão esplêndido, tão sério, aquele grande edifício cinzento! E ela gostava de sentir gente trabalhando. Gostava daquelas igrejas, como silhuetas de papel cinzento, marginando o Strand. Era muito diferente de Westminster, pensou, descendo em Chancery Lane. Tudo parecia ali tão grave; tão atarefado! Em suma, gostaria de ter uma profissão. Seria médica, granjeira, quem sabe se não iria para o Parlamento, se necessário, tudo por causa do Strand.

Os passos daquela gente atarefada nas suas atividades, as mãos colocando pedra sobre pedra, os espíritos eternamente ocupados, não com frases triviais (comparar as mulheres com álamos... divertido, sim, mas idiota), porém com os navios, os negócios, as leis, a administração, e, além disso, tudo tão majestoso (estava no Temple), tão alegre (o rio), tão piedoso (a igreja) — aquilo a decidiu irrevogavelmente, dissesse o que dissesse a sua mãe, a ser granjeira ou médica. Sentia-se, contudo, um pouco indolente.

Era muito melhor não dizer nada. Pareceria uma tolice. É o que às vezes acontece, quando a gente está sozinha: edifícios sem o nome do arquiteto, multidões que regressam ao centro tinham mais poder do que aquele simples pastor de Kensington, do que os livros que lhe emprestava Miss Kilman, para estimular o que jazia adormecido, impotente e tímido no chão de areia da consciência, para quebrar a superfície, como uma criança que subitamente distende os braços; era isso mesmo talvez, um suspiro, um espreguiçar de braços, um impulso, uma revelação, que produz os seus efeitos para sempre e depois remergulha no areal. Tinha de ir para casa. Tinha de vestir-se para o jantar. Mas que horas seriam? Onde haveria um relógio?

Olhou para Fleet Street. Caminhou, caminhou na direção de São Paulo, como alguém que entra na ponta dos pés e explora de noite, com uma vela, uma casa estranha, com medo de que o dono apareça de súbito à porta do quarto, indagando o que deseja; e ela não se atrevia a aventurar-se naquelas estranhas passagens, naquelas tentadoras ruas transversais, como ninguém se aventura, em casa alheia, a abrir uma porta que pode ser a do quarto, ou a da sala, ou a da despensa. Pois os Dalloways não frequentavam o Strand; era uma pioneira, uma aventureira, arriscando-se, explorando...

Nalguns sentidos, sua mãe o sabia, ela era muito pouco amadurecida, apegada às suas bonecas, a seus velhos sapatos; um perfeito bebê; o que não deixava de ser um encanto. Mas, estava visto, havia na família Dalloway a tradição do serviço público. Abadessas, diretoras, superintendentes, dignitárias, isso eram todas, sem maior brilho, na república das mulheres. Avançou um pouco mais na direção de São Paulo. Agradava-lhe a cordialidade, a fraternidade daquele tráfego. Parecia-lhe bom aquilo. O ruído era tremendo; de súbito ouviram-se trombetas (os desocupados!) explodindo, ecoando no bruaá; uma banda militar; como se todos estivessem em marcha; mas e se houvesse um moribundo?... se alguma mulher houvesse exalado o último suspiro, e a pessoa que a assistia, ao abrir a janela do quarto onde ela acabava de cumprir esse ato de suprema dignidade, quedasse a olhar para Fleet Street, aquela música marcial teria chegado triunfalmente a seus ouvidos, consoladora, indiferente.

Não tinha consciência aquela música. Não reconhecia a ventura nem a desgraça de ninguém, e por isso mesmo era consoladora, até para aqueles que haviam sondado os últimos vislumbres de consciência na face de um moribundo.

O esquecimento dos homens nos pode ferir, como nos pode corroer a sua ingratidão, mas aquela voz, brotando interminavelmente, anos em fora, carrega tudo o que pode; essa promessa; aquele carro; esta vida; aquela profissão; envolve-os e arrasta-os, como na torrente do degelo é arrastado e sumido um fragmento de osso, uma pétala azul, um tronco de carvalho.

Mas era mais tarde do que supunha. Sua mãe não gostaria de que ela andasse a flanar sozinha. Voltou, pois, ao Strand.

Uma lufada (apesar do calor, havia vento) distendeu uma leve gaze escura sobre o sol e sobre o Strand. As faces empalideceram; os ônibus perderam de súbito o brilho. Porque, embora as nuvens fossem montanhas de brancura, de que se poderiam tirar lascas com um machado, com suas vertentes de ouro, seus jardins suspensos, e tivessem todo o aspecto de moradas para a assembleia dos deuses por sobre o mundo, estavam sempre num perpétuo movimento. Trocavam sinais quando, como para seguir um plano previamente traçado, ora desabava um píncaro, ora todo um bloco, do tamanho de uma pirâmide, até então inalterável, avançava para o centro, ou gravemente conduzia a procissão para um novo ancoradouro. Embora parecessem fixas em seus postos, repousando em perfeita unanimidade, nada podia ser mais leve, mais livre, mais sensível do que aquelas superfícies de neve ou ouro; mudar, sumir, dispersar a solene assembleia era imediatamente possível; e, apesar da grave fixidez, da solidez e da força acumulada, ora mandavam luz à terra, ora mandavam sombra.

Tranquila, habilmente, Elizabeth Dalloway subiu no ônibus de Westminster.

A luz e a sombra, indo e vindo, avivando de amarelo as bananas, amortecendo de cinza as paredes, amortecendo de cinza o Strand, avivando de amarelo os ônibus, pareciam a Septimus Warren Smith, estendido no sofá do quarto, fazer-lhe misteriosos acenos e sinais, enquanto olhava o ouro fluido arder e fanar-se, com a assombrosa sensibilidade de uma criatura viva, por sobre as rosas do papel do forro. Fora, as árvores estendiam a sua folhagem, como redes no abismo do ar; o quarto estava cheio do fragor das águas, e através das vagas chegava o canto da passarada. Todas as potências derramavam-lhe na cabeça os seus tesouros, e a sua mão jazia no dorso do sofá, tal como a vira à tona das águas, ao banho, enquanto os cães, lá longe, estavam ladrando, ladrando. Nada mais temas, diz o coração no corpo; nada mais temas.

Não tinha medo. A cada momento a Natureza lhe dava a entender, com algum risonho aviso, como aquela mancha de ouro que percorria a parede — ali, ali, ali —, a sua intenção de revelar-lhe, agitando as plumas, sacudindo as tranças, lançando o manto de um modo ou outro, mas com beleza, sempre com beleza, ou ficando a seu lado para sussurrar entre as mãos em concha as palavras de Shakespeare... a intenção de revelar-lhe o seu oculto sentido.

Rezia, sentada à mesa, vigiava-o, enquanto terminava um chapéu; viu-o sorrir. Era, pois, feliz. Mas não suportava vê-lo sorrir daquele jeito. Aquilo não era casamento; não era próprio de um marido mostrar-se assim tão esquisito, sobressaltar-se, rir, ficar horas e horas silencioso, ou ordenar-lhe de repente que escrevesse. A gaveta da mesa estava cheia daqueles escritos; sobre a guerra; sobre Shakespeare; sobre grandes descobertas; sobre a inexistência da morte. Ultimamente excitara-se de súbito, sem motivo algum (e tanto o dr. Holmes como *sir* William Bradshaw diziam que a excitação era o que havia de pior para ele), e agitara as mãos, gritando que conhecia a verdade. Que conhecia tudo! Aquele homem, o amigo morto, Evans, tinha voltado, dizia. Estava cantando por detrás do biombo. Ela escrevia o que ele falava. Algumas coisas eram muito bonitas; outras, verdadeiras tolices. E sempre parava no meio e mudava de ideia; desejava acrescentar algo; ouvia algo novo; escutava com a mão no ouvido.

Mas ela não ouvia nada.

E uma vez surpreenderam a camareira, morta de riso, a ler um daqueles papéis. Foi horrível. Pois Septimus começara a bradar contra a crueldade humana, a queixar-se de como os homens se despedaçam mutuamente. Aquele que tomba, disse, os outros reduzem-no a pedaços. "Holmes nos persegue", dizia, e inventava histórias sobre Holmes;

Holmes comendo mingau de aveia; Holmes lendo Shakespeare... e sacudiu-se de riso ou furor, pois o dr. Holmes parecia encarnar para ele alguma coisa horrível. "Natureza Humana", era assim que o chamava. Depois vinham as visões. Afogara-se, costumava dizer, e jazia sobre um penhasco, sob o alarido das gaivotas. E, por sobre o encosto do sofá, contemplava, lá embaixo, o mar. Ou então ouvia música. Na verdade só havia um realejo na rua, ou pregão de algum vendedor ambulante. Mas ele exclamava: "Maravilhoso!", e as lágrimas lhe corriam pelas faces, e isto era o mais terrível de tudo, ver um homem como Septimus, que havia lutado, que era um bravo, chorar daquela maneira. E ele continuava a escutar, até que subitamente gritava que estava caindo, que estava caindo nas chamas! E tão vivamente o fazia que ela chegava a olhar, como se houvesse chamas mesmo. Mas nada havia. Estavam sozinhos no quarto. Era um sonho, dizia-lhe, e tranquilizava-o afinal, mas às vezes ficava também assustada. E suspirava, enquanto cosia.

O seu suspiro era terno e encantador, como o vento num bosque, ao crepúsculo. Ora pousava a tesoura, ora voltava-se para apanhar alguma coisa da mesa. Um leve movimento, um roçar de pano, uma batida denunciavam a sua presença junto à mesa em que cosia. Dentre as pálpebras entrecerradas, ele podia ver a sua confusa silhueta; o miúdo vulto escuro; a face e as mãos; seus movimentos em redor da mesa, quando tomava um carretel ou procurava alguma fita (pois era vezeira em extraviar as coisas). Estava fazendo um chapéu para a filha casada de Mrs. Filmer, que se chamava... Havia-lhe esquecido o nome.

— Como é o nome da filha casada de Mrs. Filmer? — perguntou ele.

— Mrs. Peter — disse Rezia. Tinha medo de que ficasse muito pequeno, acrescentou, erguendo o chapéu ante os olhos. Mrs. Peter era uma mulher imponente; mas Rezia não gostava dela. Só porque Mrs. Filmer se mostrava tão bondosa com ambos ("Deu-me uvas esta manhã") é que Rezia desejava fazer alguma coisa, para mostrar a sua gratidão. Ao entrar no quarto, na última noite, encontrara Mrs. Peter, que os julgava ausentes, tocando o gramofone.

— Deveras? — indagou Septimus. Ela estava tocando o gramofone? Sim, Rezia já lhe havia falado nisso; encontrara Mrs. Peter tocando o gramofone.

Começou, com toda a precaução, a abrir os olhos para ver se na verdade havia ali um gramofone. Mas as coisas reais... as coisas reais eram demasiado excitantes. Devia ter cuidado. Não queria ficar louco. Primeiro olhou para os figurinos, na prateleira inferior, e, depois, gradualmente, para o gramofone, com a sua trompa verde. Nada podia ser mais real. E depois, reunindo toda a coragem, olhou para o aparador, para a bandeja de bananas; para a gravura da rainha Vitória e do príncipe-consorte; para a lareira, com a jarra de rosas. Nenhuma daquelas coisas se movia. Tudo estava quieto; tudo era real.

— É uma mulherzinha linguaruda — disse Rezia.

— E que faz o marido? — indagou Septimus.

— Ah — disse Rezia, tentando lembrar-se. Parece que Mrs. Filmer dissera que viajava para alguma companhia. — Atualmente, ele se acha em Hull — disse ela.

"Atualmente!" Dissera-o com o seu sotaque italiano. Ela própria o dissera. Septimus levou as mãos aos olhos, de modo a ver-lhe somente um pedaço do rosto de cada vez; primeiro o queixo; depois o nariz; depois a fronte, pois tinha medo de que estivessem deformados ou houvesse neles alguma terrível marca. Mas não, ali estava ela, perfeitamente natural, cosendo, com os lábios apertados e a tranquila, melancólica expressão que têm as mulheres quando cosem. Mas não havia nada de terrível, assegurou-se, olhando-lhe uma segunda, uma terceira vez, o rosto, as mãos... que havia nela de temível ou repugnante sentada ali, à luz do dia, costurando? Mrs. Peter era linguaruda. Mr. Peter estava em Hull. Por que então encolerizar-se e profetizar? Por que voar, assim, expulso e torturado? Por que tremer e soluçar junto às nuvens? Por que descobrir verdades e enviar mensagens, quando Rezia estava sentada a prender alfinetes no peito do vestido e Mr. Peter se achava em Hull? Milagres, revelações, agonias, quedas no mar, no mar ou nas chamas, tudo se desvanecia agora, pois, enquanto via Rezia guarnecer o chapéu de palha de Mrs. Peter, sentia-se em uma colcha de flores.

— É muito pequeno para Mrs. Peter — disse Septimus.

Pela primeira vez, durante dias, estava falando como antes! Por certo que era pequeno — absurdamente pequeno, disse Rezia. Mas Mrs. Peter assim o escolhera.

Septimus lho tomou das mãos. Disse que era um chapéu de macaquinho de realejo.

Como a alegrara aquilo! Fazia semanas que não riam assim, troçando em particular, como marido e mulher, isto é, se Mrs. Filmer entrasse, ou Mrs. Peter, ou qualquer outra pessoa, não compreenderiam do que estavam rindo os dois.

— Aqui — disse ela, pregando uma rosa no lado do chapéu. Nunca se sentira tão feliz! Nunca, em toda a sua vida!

Mas assim ainda ia ficar mais ridícula, disse Septimus. Agora a pobre mulher ia parecer um leitão na feira. (Ninguém a fazia rir como Septimus.)

Que tinha ela no cesto de costura? Tinha fitas e contas, pompons, flores artificiais. Emborcou tudo na mesa. Ele começou a combinar cores disparatadas, pois, embora não tivesse jeito, nem mesmo para fazer um pacote, possuía um olho maravilhoso, e seguidamente acertava; algumas vezes fazia absurdos, estava visto, mas doutras vezes acertava maravilhosamente.

— Vai ficar com um chapéu magnífico! — murmurava ele, apanhando uma coisa e outra, enquanto Rezia, ajoelhada junto dele, olhava por cima do seu ombro. Agora estava pronto, isto é... o projeto; ela devia coser. Mas era preciso muito, muito cuidado, recomendou Septimus, para conservar tudo exatamente como ele havia ajustado.

Rezia começou a coser. Quando ela cose, pensou ele, faz um ruído como de chaleira na trempe; um cicio, um afanoso murmurinho, os dedinhos firmes picando, puxando a agulha rápida rebrilhando. Podia o sol ir e vir sobre as cornijas, sobre o forro de papel, mas ele esperaria, pensou, estirando as pernas, contemplando as suas meias enroladas nos tornozelos; esperaria naquele tépido local, naquele recesso de ar tranquilo, como os que a gente encontra às vezes na orla de um bosque, à tarde, quando, devido a uma depressão do terreno ou a uma especial disposição das árvores (pois devemos ser, antes de tudo, científicos), o calor como se espraia e o ar roça as faces como a asa de um pássaro.

— Pronto — disse Rezia, girando o chapéu de Mrs. Peter na ponta dos dedos. — Por enquanto, basta. Mais tarde, eu... — e a frase jorrava, corria, corria, como uma torneira satisfeita de estar aberta.

Admirável. Nunca fizera ele nada que se sentisse tão orgulhoso. Era tão real, tão substancial, o chapéu de Mrs. Peter.

— Olha, olha — dizia a Septimus.

Sim, ela sempre olharia com gosto aquele chapéu. Pois ele tinha voltado a si; ele tinha rido. Haviam estado a sós, os dois. Sempre gostaria daquele chapéu.

Septimus lhe disse que o experimentasse.

— Mas eu devo ficar tão esquisita com ele! — exclamou Rezia, correndo ao espelho e mirando de todos os lados. Mas logo tirou o chapéu, porque batiam à porta. *Sir* William Bradshaw? Já teria ele mandado chamar?

Não, era apenas a menina com o jornal da tarde.

Então aconteceu o que sempre acontecia, o que lhes acontecia todas as noites. A meninazinha chupava o dedo, à porta; Rezia ajoelhou-se junto dela; Rezia arrulhava, beijava-a; Rezia tirou um saco de bombons da gaveta. Pois sempre assim acontecia. Primeiro uma coisa, depois outra. Pois assim fazia ela, primeiro uma coisa, depois outra. Dançaram, pularam as duas, rodeando o salão. Apanhou o jornal. Surrey perdera, leu em voz alta. E havia uma onda de calor. Surrey perdeu, repetiu Rezia. E havia uma onda de calor, que fazia parte daquele seu brinquedo com a neta de Mrs. Filmer, ambas a rir, a tagarelar ao mesmo tempo, no seu brinquedo. Ele sentia-se muito cansado. Muito feliz. Desejaria dormir. Fechar os olhos. Mas logo que deixou de ver, o barulho do brinquedo se foi tornando indistinto, cada vez mais estranho, como de gente a procurar qualquer coisa e que, sem nada encontrar, se fosse afastando, afastando...

Ergueu-se, aterrorizado. Que via ele? A bandeja de bananas no aparador. Ninguém estava ali (Rezia tinha levado a menina para a mãe; eram horas de ir para a cama). Era isto; estava sozinho para sempre. Tal a sentença pronunciada em Milão, quando entrara na sala e as vira cortando tela com as tesouras; sozinho para sempre.

Estava sozinho, com a bandeja e as bananas. Sozinho, exposto naquela desolada altura, estendido... mas não numa colina, não num penhasco; no sofá de Mrs. Filmer. E quanto às visões, as faces, as vozes dos mortos, onde é que estavam? Havia um biombo à sua frente, com juncos negros e andorinhas azuis. Onde uma vez vira montanhas, onde vira faces, onde tinha visto a beleza, estava agora um biombo.

— Evans! — gritou. Não veio resposta. Algum rato guinchava, ou agitava-se uma cortina. Aquelas eram as vozes dos mortos. O biombo, o balde de carvão, o aparador, permaneciam com ele. Enfrentaria o biombo, e o balde de carvão e o aparador... mas Rezia irrompeu na sala, tagarelando.

Tinha chegado uma carta. Estavam modificados todos os projetos. Mrs. Filmer, afinal, não poderia ir a Brighton. Não havia tempo para avisar Mrs. Williams, e na verdade tudo aquilo era muito aborrecido...

só de olhar o chapéu... Mas quem sabe se ainda não poderia... mais um pequeno retoque... E sua voz morreu em uma alegre melodia.

— Maldição! — gritou ela (era um dos seus brinquedos, aquela praga); a agulha se havia quebrado. Chapéu, criança, Brighton, agulha. Ela animava tudo aquilo; primeiro uma coisa, depois outra, animava tudo, enquanto cosia.

Queria que ele dissesse: mudando a rosa, não melhoraria o chapéu? Sentou-se na ponta do sofá.

Estavam perfeitamente felizes agora, disse ela de repente, pousando o chapéu. Pois agora lhe poderia dizer tudo. Podia dizer-lhe o que quer que lhe viesse à cabeça. Fora essa, ou quase, a primeira impressão que lhe causara ao entrar aquela noite no café, com os seus amigos ingleses. Tinha entrado, um pouco tímido, olhando em redor, e o chapéu lhe caíra da mão quando o dependurava no cabide. Lembrava-se de tudo. Sabia que era inglês, embora não fosse um desses grandalhões que a sua irmã admirava, pois sempre fora delgado; mas tinha boa cor; e, com aquele grande nariz, aqueles olhos brilhantes, a sua maneira de sentar-se um pouco inclinado para a frente, fizera-a pensar, como muitas vezes lhe dissera, em um jovem falcão, na primeira vez em que o vira, quando estavam a jogar dominó e ele havia entrado... um jovem falcão; mas com ela sempre fora muito gentil.

Nunca o vira de mau humor ou embriagado, apenas triste, às vezes, durante aquela terrível guerra, mas mesmo assim, quando ela chegava, esquecia tudo. Qualquer coisa, qualquer coisa neste mundo, qualquer pequena dificuldade com seu trabalho, tudo o que lhe ocorresse dizer-lhe, ele logo compreendia. Nem com a própria família se dava o mesmo. Mais velho do que ela, e mais inteligente — tão sério que ele era, tentando fazer com que ela lesse Shakespeare antes mesmo que pudesse compreender uma história infantil em inglês —, e com muito mais inteligência, ele a auxiliaria. E ela também poderia auxiliá-lo.

Mas tratava-se agora daquele chapéu. E depois (já ia ficando tarde) ainda havia *sir* William Bradshaw.

Levou as mãos à cabeça, para que Septimus lhe dissesse se gostava ou não do chapéu, e enquanto permanecia sentada, esperando, de olhos baixos, ele podia seguir-lhe o pensamento, como a um pássaro sempre revoando de ramo em ramo, sempre pousando onde devia; podia seguir-lhe o pensamento, enquanto ela quedava, numa dessas posturas de abandono que tomava naturalmente, sorrindo-lhe quando ele dizia alguma coisa, como um pássaro esvoaçante que se firma afinal em um galho.

Mas ele se lembrava agora. Bradshaw dissera: "As pessoas de quem mais gostamos não nos servem quando estamos doentes." Bradshaw dissera que ele devia aprender a descansar, Bradshaw dissera que eles deviam separar-se.

"Deviam", "deviam", por que "deviam"? Que poder tinha Bradshaw sobre ele? — Que direito tem Bradshaw para dizer "deve" a mim? — indagou.

— É porque falavas em matar-te — disse Rezia. (Felizmente podia agora dizer qualquer coisa a Septimus.)

Com que então, estava em poder dos dois! Holmes e Bradshaw o perseguiam! O bruto de focinho ensanguentado estava a farejar os sítios mais secretos! Podia dizer "deve"! Onde estavam os papéis? as coisas que ele havia escrito?

Trouxe-lhe os papéis, as coisas que Septimus havia escrito, as coisas que ela havia escrito para ele. Espalhou-as no sofá. Olharam-nas juntos. Diagramas, desenhos, pequeninos homens e mulheres empunhando bastões; com asas — seriam asas? —, com asas nas costas; círculos traçados com moedas — sóis e estrelas; precipícios ziguezagueantes, com alpinistas subindo atados uns aos outros e que pareciam garfos e facas; paisagens marinhas, com risonhas caras a emergir do que talvez fossem ondas: o mapa do mundo. — Queima-os! — gritou ele. Agora os escritos; de como cantavam os mortos atrás dos rododendros; odes ao Tempo, conversações com Shakespeare; Evans, Evans, Evans... as suas mensagens dentre os mortos; não cortar árvores; falar com o primeiro-ministro. Amor universal: a significação do mundo. — Queima-os! — gritou.

Mas Rezia protegeu-os com as mãos. Alguns eram muito bonitos, pensava. Atá-los-ia (pois não tinha envelope) com uma fita de seda.

Mesmo que o levassem, disse, iria com ele. Ninguém poderia separá-los contra a vontade de ambos, disse ela.

Emparelhando as bordas, ergueu os papéis e atou o maço quase sem olhar, sentada bem perto dele, a seu lado, pensava Septimus, com todas as pétalas a cercá-la. Rezia era uma árvore em flor; e dentre seus ramos olhava a face de um legislador, ela, que havia alcançado um santuário onde não temia a ninguém; nem a Holmes; nem a Bradshaw; um milagre, um triunfo, o último e o maior. Imobilizado, ele a via subir a terrível escada, ladeada por Holmes e Bradshaw, homens que não pesavam menos de oitenta quilos, que mandavam as esposas à corte, homens que ganhavam dez mil libras por ano e falavam do senso da medida; que divergiam nos seus veredictos (pois Holmes dizia uma coisa e Bradshaw, outra), embora fossem juízes; que confundiam a visão e o aparador; que não viam nada claro, embora ditassem regras, embora as impusessem. De ambos, Rezia triunfava.

— Pronto! — disse ela. Os papéis estavam atados. Ninguém os levaria. Ia guardá-los.

E, disse ela, ninguém separaria aos dois. Sentou-se a seu lado, dando-lhe o nome daquele falcão, ou corvo, que, por maléfico e nocivo às colheitas, era exatamente como ele. Ninguém poderia separá-los, disse ela.

Depois ergueu-se para ir ao quarto guardar as suas coisas, mas, ouvindo vozes e supondo que fosse o dr. Holmes, correu a impedi-lo que subisse.

Septimus agora a ouvia falar com Holmes na escada.

— Mas, minha cara senhora, eu venho como amigo — dizia Holmes.

— Não, não lhe permitirei que veja meu marido — dizia ela.

Septimus imaginava-a com uma galinhazinha, de asas tufadas, a barrar-lhe a passagem. Mas Holmes insistia.

— Minha cara senhora, permita-me... — dizia Holmes, afastando-a (Holmes era um homem corpulento).

Holmes estava subindo a escada. Holmes ia entrar porta adentro. Holmes diria: "Com uma crise, hein?" Holmes o levaria embora. Mas não: nem Holmes; nem Bradshaw. Erguendo-se com certa dificuldade, trôpego até, fitou a reluzente faca de cortar pão, de Mrs. Filmer, com a palavra "pão" gravada no cabo... Ah, mas iria sujá-la. E o gás? Mas era demasiado tarde. Holmes se aproximava. Poderia utilizar as navalhas, mas Rezia, que sempre fazia das suas, as havia guardado. Restava a janela, uma daquelas grandes janelas do hotel de Bloomsbury; o aborrecido, importuno e melodramático gesto de abrir a janela e arremessar-se na rua. Era a ideia que os outros faziam da tragédia, não ele, nem Rezia (pois Rezia estava com ele). A Holmes e Bradshaw agradavam tais coisas. (Sentou-se no peitoril.) Mas esperaria até o último momento. Não desejava morrer. A vida era boa. O sol aquecia. Se não fossem os seres humanos... Um velho que descia a escada da casa fronteira estacou e ficou a olhar para ele. Holmes já estava na porta. — Isto é para você! — gritou-lhe Septimus, e arrojou-se com força, violentamente, sobre a cerca de Mrs. Filmer.

— O covarde! — gritou o dr. Holmes, precipitando-se. Rezia correu à janela, viu; compreendeu. O dr. Holmes e Mrs. Filmer esbarraram um contra o outro. Mrs. Filmer tirou o avental e, tapando os olhos de Rezia, levou-a para o quarto. Havia um grande movimento, acima e abaixo, nas escadas. O dr. Holmes entrou no quarto, branco como um lençol, trêmulo, com um copo na mão. Ela devia ter coragem e beber alguma coisa (que seria aquilo? Qualquer coisa adocicada...), pois o marido estava horrivelmente mutilado, não recuperaria a consciência e ela não deveria vê-lo, tinha de poupar-se, cuidar-se o mais possível, era preciso afrontar o interrogatório, a pobre senhora... Quem poderia ter previsto aquilo? Um súbito impulso, a ninguém cabia a mínima culpa (disse a Mrs. Filmer). Por que diabo fora ele fazer aquilo era coisa que o dr. Holmes não podia conceber.

Parecia a Rezia, à medida que ia bebendo a droga açucarada, que escancarava amplas janelas, que entrava nalgum jardim. Mas onde?

O relógio estava batendo: uma, duas, três; que sutil era o som! comparado com todos aqueles rumores e murmúrios; sutil, sensível como o próprio Septimus. Ela estava mergulhando no sono. Mas o relógio continuava batendo, quatro, cinco, seis, e Mrs. Filmer, sacudindo o avental (será que iriam trazer o corpo para ali?), parecia fazer parte do jardim; parecia uma bandeira. Vira uma vez uma bandeira arriar-se lentamente num mastro, quando estava com sua tia em Veneza. Os que morriam em combate eram assim saudados, e Septimus estivera na guerra. As recordações que lhe vinham eram quase todas felizes.

Pôs o chapéu e correu através de um trigal — onde seria? — até uma colina, nalguma parte à beira-mar; pois havia barcos, gaivotas, borboletas; sentaram-se sobre um rochedo. Estavam também sentados em Londres, e, num entressonho, chegava-lhe pela porta do quarto um rumor de chuva caindo, o estalido das ervas secas, a carícia do mar, abrigando a ambos numa sonora concha e murmurando qualquer coisa para ela, que jazia na margem, como uma florada a esparzir-se sobre um túmulo.

"Morreu", disse ela, sorrindo para a pobre velha que a velava, com os francos olhos azuis fixos na porta. (Não iam trazê-lo para ali, não era?) Mas Mrs. Filmer garantia: oh, não! Iriam levá-lo embora. Deveria dizer-lhe isso. Os casados devem permanecer juntos, pensava Mrs. Filmer. Mas deviam fazer como o doutor recomendara.

— Deixem-na dormir — disse o dr. Holmes, tomando-lhe o pulso. Ela entreviu o amplo contorno do seu corpo escuro contra a janela. Sim, era o dr. Holmes.

Um dos triunfos da civilização, pensou Peter Walsh. É um dos triunfos da civilização... (enquanto estridulava a clara campainha da ambulância). Rápida, límpida, corria a ambulância para o hospital, após haver recolhido instantaneamente, humanamente, algum pobre-diabo; algum ferido na cabeça, abatido pela doença, atropelado talvez há um minuto ou dois em um daqueles cruzamentos, como pode acontecer a qualquer um de nós. Isso era a civilização. Isso o que o impressionava, ao regressar do Oriente — a eficiência, a organização, o espírito comunal de Londres. Cada caminhão ou carro se afastava de moto próprio para deixar passar a ambulância. Talvez parecesse mórbido, se não fora antes de tudo comovedor, o respeito perante aquela ambulância com a sua vítima dentro: homens afanosos, a caminho de casa, pensavam, ao vê-la, numa esposa; ou talvez em que bem poderiam estar eles próprios ali, estendidos na maca, entre um médico e uma enfermeira... Ah, mas o pensamento se torna mórbido, sentimental, logo que se começa a evocar doutores e cadáveres; uma leve, agradável animação, uma espécie de volúpia, também, que se acrescenta à impressão visual, adverte-nos de que não convém ir muito longe nesse assunto, fatal para a arte, fatal para a amizade. Isso mesmo. E, no entanto — pensava Peter Walsh, enquanto a ambulância dobrava a esquina, embora ainda se lhe ouvisse a campainha na rua próxima e depois mais longe, em Tottenham Court Road —, este é um privilégio da solidão: pode a gente fazer o que bem nos parece. Pode-se até chorar, se ninguém está olhando. Essa impressionabilidade, tal fora o seu mal na sociedade anglo-indiana: sempre chorava, ou ria, no momento inadequado. Tenho alguma coisa em mim, pensou, parado junto à caixa postal, que poderia agora dissolver-se em lágrimas. Por que motivo, só Deus o sabe. Alguma impressão de beleza, talvez, e o peso do dia, que, iniciado com a visita a Clarissa, o exaurira com o seu calor, a sua intensidade e a interminável queda de uma impressão após outra, no fundo da cela escura onde quedavam, e que ninguém jamais descobriria. Em parte por esse motivo, por esse completo e inviolável segredo, a vida se lhe antolhava como um jardim ignoto, cheio de atalhos e recessos, um surpreendente jardim; na verdade, momentos como esse nos cortam a respiração; momentos como o que vivera junto à caixa postal do museu, e em que tudo aparece junto; aquela ambulância; e a vida e a morte.

Era como se aquela onda de emoção o tivesse erguido ao alto de um telhado, e o resto de si mesmo ficasse lá embaixo, a descoberto, como uma alva praia semeada de conchas e mariscos. Fora o seu mal na sociedade anglo-indiana; toda aquela impressionabilidade...

Clarissa, outrora, quando iam juntos a alguma parte na imperial de um ônibus, Clarissa, tão mutável à superfície, tão facilmente impressionável, ora cheia de animação, sempre vibrante naqueles dias e tão boa companheira, sempre à cata, ali da imperial do ônibus, de cenas, tabuletas e tipos urbanos, pois costumavam explorar Londres e trazer pacotes cheios de tesouros da feira de Caledônia, Clarissa tinha então uma teoria — tinham ambos montões de teorias, sempre teorias, como todos os jovens as têm. Era para explicar aquele sentimento de insatisfação por não conhecerem as outras pessoas, por não serem conhecidos. Pois como poderiam conhecer-se? Encontravam-se um dia, outro dia; depois não se avistavam durante meses, anos. Era lamentável, convinham, o pouco que as pessoas se conheciam umas às outras. Mas Clarissa dizia, no ônibus da Shaftesbury Avenue, que se sentia em toda parte; não "aqui, aqui, aqui"; e batia nas costas do banco; mas em toda parte. Estendia a mão, enquanto corriam pela Shaftesbury Avenue. Ela era tudo aquilo. De modo que para conhecê-la ou a qualquer outra pessoa era só procurar a gente que fosse o seu complemento; a gente, e também os lugares. Tinha estranhas afinidades com gente a quem nunca falara, esta mulher na rua, aquele homem atrás de um balcão — até mesmo com árvores ou galpões. O que tudo redundava numa transcendental teoria que, combinada com o seu horror à morte, a induzira a acreditar, ou a dizer que acreditava (pois era toda ceticismo), que, sendo tão momentâneas as nossas aparições, a nossa parte invisível, em comparação com a outra, a que se não mostrava, mas que era tão extensa, talvez esse invisível "eu" sobrevivesse, se refizesse de algum modo, ligado a essa ou aquela pessoa, ou mesmo frequentando certos lugares, após a morte. Talvez...

Considerando aquela longa amizade de quase trinta anos, dir-se-ia confirmada a teoria de Clarissa. Por breves que fossem os seus reais encontros, breves, acidentados e até constrangedores, com todas as ausências e interrupções (naquela manhã, por exemplo, justamente quando estava começando a falar a Clarissa, entrara Elizabeth, como uma potranca de pernas altas, bela, silenciosa), o efeito que haviam tido na vida dele era, de fato, incomensurável. Havia um mistério naquilo. Recebia-se uma dura, amarga, desagradável semente (aqueles encontros, tão penosos às vezes); mas eis que, nos mais imprevistos lugares, aquilo floria, abria-se, aromava, deixava-se tocar, saborear, olhar, entregando toda a sua poesia e significação, depois de jazer longos anos perdido. Assim viera Clarissa ter com ele; a bordo do navio; no flanco do Himalaia; evocada pelas mais estranhas coisas (como essa tonta da Sally Seton, tão franca, tão impulsiva, pensara nele, ao ver hidrângeas azuis). Clarissa o influenciava mais do que qualquer outra pessoa conhecida. E sempre se lhe apresentava de um modo imprevisto: fria, senhoril, crítica; ou arrebatadora, romântica, relembrando prados ou searas da Inglaterra. A maioria das vezes, vira-a no campo, não em Londres. Uma cena após outra, em Bourton...

Chegara ao hotel. Atravessou o hall, com os seus grupos de cadeiras e sofás vermelhos, as suas folhagens pontiagudas e secas. Tirou a chave do quadro. A moça lhe alcançou algumas cartas. Subiu as escadas... Em Bourton, vira-a mais tempo em Bourton, naquele verão, quando ali passaram uma semana ou duas, como era costume. Primeiro parada no alto de uma colina, defendendo os cabelos revoltos, a capa ao vento, e apontando, gritando-lhes que avistava o Severn lá embaixo. Ou no mato, fazendo ferver a chaleira — muito sem jeito, aliás; o fumo desenrolava-se de encontro às suas faces; e através dele entremostrava-se a sua carinha afogueada. Ou então quando ela pedia um copo de água, de passagem, a alguma velha, que ficava à porta, a segui-los com o olhar. Sempre andavam a pé; os outros, a cavalo ou de carro. Ela detestava andar de carro, detestava todos os animais, exceto aquele seu cachorro. Andavam milhas e milhas pela estrada. Clarissa detinha-se para orientar-se e guiava-o através do campo; e durante todo o tempo em que velavam, discutiam poesia, indivíduos, política (ela era tão radicalista), não atentavam em coisa alguma no caminho, salvo quando ela parava com uma exclamação ante uma paisagem ou uma árvore e fazia com que ele também olhasse; e assim de novo, através das noites, ela sempre adiante, com uma flor para a tia, e jamais cansada de caminhar, apesar da sua fragilidade; até chegarem em Bourton, ao escurecer. E após o jantar o velho Breitkopf abria o piano e punha-se a cantar sem voz nenhuma, e eles ali agarrados às poltronas, esforçando-se por não rir, mas sempre acabavam explodindo, e riam, riam... sem motivo... pois estava visto que Breitkopf jamais desconfiaria... E depois, pela manhã, a andar daqui para ali, pela frente da casa, como uma lavandisca.

Oh, uma carta sua! O envelope azul; a sua letra. E tinha de lê-la: mais um encontro, mais um daqueles penosos encontros! Ler a sua carta demandava um esforço incrível. "Estava encantada de tornar a vê-lo. Precisava dizer-lhe isso." E era só...

Mas aquilo transtornou-o. Aborreceu-o. Desejaria que não houvesse escrito. Aquilo era como um cotovelão nos nervos. Por que não o deixava em paz? Afinal de contas, casara com Dalloway, e vivera com ele em perfeita felicidade durante todos aqueles anos.

Esses hotéis não são locais consoladores. Longe disso. Todo mundo dependura o chapéu nesses cabides. Até as moscas, pensando bem, haviam pousado no nariz de todo mundo. E quanto à limpeza, não era propriamente limpeza, mas desnudez, frialdade; uma coisa que tinha de ser. Alguma árida matrona punha-se a rondar pela madrugada farejando, inspecionando, e obrigava as camareiras de nariz gelado a esfregar com toda a força, como se o futuro hóspede fosse algum assado que se tivesse de servir numa travessa imaculadamente limpa. Para dormir, uma cama; para sentar, uma cadeira, para escovar os dentes e barbear-se, um copo, espelho. Os livros, as cartas, a roupa íntima espalhados por sobre a impessoalidade dos móveis, como impertinentes incongruências. E fora a carta de Clarissa que lhe fizera compreender tudo isso. "Estava encantada de tornar a vê-lo. Tivera de lho dizer!" Dobrou a carta; pô-la de parte; nada no momento o induziria a lê-la outra vez.

Para que a carta lhe chegasse às seis horas, deveria ela ter sentado a escrevê-la logo que ele a deixara; pregara-lhe o selo; mandara-a pôr no correio. Era bem seu aquilo. A visita a abalara. Comovera-a bastante; por um momento, quando lhe beijava a mão, ela lamentara a sua perda, invejara-o até, recordando provavelmente (assim lhe parecera) alguma coisa que ele havia dito... Como não transformariam o mundo, se o tivesse desposado! Ao passo que a realidade era outra; o envelhecimento; a mediocridade; depois obrigava-se, com a sua indomável vitalidade, a não mais pensar naquilo, pois havia nela uma corrente de vida cuja força, resistência e poder de derribar obstáculos, e transportá-la, em triunfo, acima de tudo era, sem dúvida, inigualável. Sim; mas tivera uma reação logo que ele a deixara. Decerto se afligia muito por sua causa; pensaria em tudo o que poderia fazer no mundo para agradar--lhe (faltando sempre a única coisa, e imaginava-a com as lágrimas a lhe correrem pelas faces e dirigindo-se à escrivaninha, a fim de lhe garatujar aquelas linhas que ele acharia tão lisonjeiras). "Encantada de tornar a ver-te!" E realmente o sentia.

Peter Walsh tinha agora desatado os sapatos.

Mas, se se casassem, não seria um sucesso. O resto, afinal de contas, sucedera muito mais naturalmente.

Era estranho; era isso mesmo; muita gente o sentia. Peter Walsh, que vivera respeitavelmente, desempenhara os cargos comuns com invejável competência, era estimado, mas consideravam-no um tanto excêntrico, cheio de atitudes... era estranho que *ele* mostrasse, agora que tinha os cabelos grisalhos, um ar satisfeito; um ar de quem dispusesse de reservas. Era isso o que o tornava atraente para as mulheres, que apreciavam não o sentir demasiado masculino. Havia algo de estranho na sua pessoa, ou no seu íntimo. Acaso o fato de ser afeiçoado aos livros — nunca, quando em visita, deixava de examinar o livro que estava sobre a mesa (agora mesmo estava lendo, com os cordões dos sapatos arrastando no chão); ou por ser um *gentleman*, o que se via pelo modo como esvaziava o cachimbo ou como lidava com as mulheres. Pois era a um tempo encantador e ridículo ver como qualquer moça sem miolo o tinha logo a sua mercê. Mas o risco era todo dela. Isto é, por mais fácil que fosse de conduzir, e com toda a sua alegria e boa sombra, só se deixava levar até certo ponto. Ela dissera alguma coisa... não, ele é que o tinha adivinhado.

Descalçou os sapatos. Esvaziou os bolsos. Junto com o canivete, apareceu um instantâneo de Daisy na varanda; Daisy, toda de branco, com um *fox-terrier* sobre os joelhos; encantadora, morena; o melhor retrato seu que conhecia. Ocorrera, afinal, tão naturalmente... muito mais naturalmente do que com Clarissa. Sem barulho. Sem incômodo. Sem suscetibilidades nem inquietações. De vento em popa. E a morena, a adorável jovem da varanda exclamava (podia ouvi-la) que naturalmente, naturalmente lhe daria tudo! gritava (não tinha o senso da discrição): tudo quanto ele desejasse! gritava, correndo a seu encontro, embora os outros pudessem reparar. E não tinha mais que 24 anos. E dois filhos: bem, bem!

Metera-se realmente em uma embrulhada, na sua idade. E isso mais intensamente o sentia quando despertava à noite. E supondo que se casassem? Para ele seria excelente. Mas para ela? Mrs. Burgess, uma boa e discreta senhora a quem fizera confidências, achava que aquela sua ida à Inglaterra, ostensivamente para consultar advogados, serviria para que Daisy reconsiderasse e pensasse no que ia fazer. Tratava-se da sua posição, dizia Mrs. Burgess; das convenções sociais; do futuro de seus dois filhos. Seria a qualquer momento uma viúva com um passado, arrastando-se pelos subúrbios, ou melhor, algo de indiscriminado (o senhor conhece o gênero; demasiado pintadas). Mas Peter Walsh zombava de tudo isso. Ainda não pensava em morrer. De qualquer modo, ela devia decidir por si mesma; julgar por si mesma, pensava ele, andando de meias pelo quarto e alisando a sua camisa de peitilho; pois poderia ir à recepção de Clarissa, ou a algum concerto, se é que não preferia ficar no quarto a ler um absorvente livro escrito por alguém que conhecera em Oxford. Se se aposentasse, era isto que faria: escrever livros. Iria a Oxford e pesquisaria na Bodleiana. Em vão a morena, a adorável jovem corria até a extremidade da varanda; em vão lhe abanava; em vão lhe gritava que não se importava o mínimo com o que dissessem os outros. Ali estava ele, o homem que ela mais considerava, o perfeito *gentleman*, tão atraente, tão distinto (e sua idade não significava para ela menor diferença), a andar de um lado para outro, no quarto de um hotel em Bloomsbury, barbeando-se, e continuando, enquanto erguia jarros e largava navalhas, a pesquisar na Bodleiana, para descobrir a verdade acerca de uma ou duas pequenas questões que lhe interessavam. E ficaria a conversar com quem quer que fosse, e depois chegaria cada vez mais tarde para o almoço e negligenciaria os compromissos; e quando Daisy reclamasse um beijo, ele faria uma cena (embora lhe quisesse sinceramente): em suma, seria melhor, como dizia Mrs. Burgess, que ela o esquecesse, ou que simplesmente o recordasse tal como era em agosto de 1922, como um vulto de pé no meio de uma encruzilhada, ao crepúsculo, que se torna cada vez mais longínquo à medida que a charrete se afasta, levando-a, fortemente segura ao banco traseiro, embora estenda os braços e, enquanto o vulto diminui e desaparece, grite ainda que faria tudo neste mundo, tudo, tudo...

Ele nunca sabia o que os outros pensavam. Cada vez se lhe tornava mais difícil tomar pé. Andava absorto; metido com as suas coisas; ora resmungão, ora alegre; dócil às mulheres, caprichoso, cada vez menos capaz (pensava, enquanto fazia a barba) de compreender por que Clarissa não poderia simplesmente arranjar-lhe um apartamento e ser amável com Daisy; apresentá-la. E então ele poderia... poderia o quê?... poderia espairecer (estava, naquele momento, empenhado em retirar várias chaves, papéis), poderia colher e provar, estar sozinho, em suma, bastar-se a si mesmo; e contudo ninguém, por certo, dependia tanto dos outros; fora esta a sua perdição. Era-lhe impossível viver afastado dos salões de fumar, gostava de coronéis, de golfe, de bridge e sobretudo da sociedade das mulheres, da delicadeza, da sua camaradagem, da sua fé e audácia e grandeza no amor, o que, apesar dos seus inconvenientes, lhe parecia (e o moreno, adorável rostinho ali estava, acima dos envelopes) uma coisa absolutamente admirável, uma esplêndida flor no píncaro da vida humana, e no entanto não podia entregar-se completamente a ela, devido à sua faculdade de ver mais além das coisas (Clarissa lhe deixara uma indelével marca) e à sua inclinação para fatigar-se logo do mudo devotamento e desejar variedade no amor, apesar de que ficaria furioso se Daisy amasse a qualquer outro, furioso!, pois era ciumento, incontrolavelmente ciumento, por gênio. Sofria verdadeiras torturas! Mas onde estava o seu canivete? E o seu relógio; os seus carimbos; a sua caderneta; a carta de Clarissa, que não releria, mas em que gostava de pensar, e a fotografia de Daisy? Bem, estava na hora do jantar.

Os hóspedes se achavam à mesa.

Sentados às mesinhas entre os vasos, e alguns vestidos a rigor, com mantas e bolsas ao lado, com o seu ar de falsa compostura, pois não estavam acostumados a tantos pratos ao jantar; e de confiança, porque podiam pagá-los; e de fadiga, porque haviam percorrido Londres todo o dia em compras e passeios; com uma natural curiosidade, pois olhavam em torno e ergueram os olhos quando entrou o simpático cavalheiro de óculos de tartaruga; e cheios de boa vontade, pois lhes agradaria prestar algum pequeno serviço, como emprestar um horário de trens ou dar alguma informação útil; e o desejo, que neles pulsava, e subterraneamente lhes trabalhava o espírito, de descobrir ligações, afinidades, como um comum lugar de nascimento (Liverpool, por exemplo) ou amigos comuns ou do mesmo nome; com seus olhares furtivos, seus silêncios e seus súbitos acessos de familiaridade; assim estavam os hóspedes quando Mr. Walsh entrou e sentou-se a uma mesa junto à cortina.

Não era o que dizia; pois, estando só, apenas podia dirigir-se ao garçom; era a sua maneira de olhar o homem, de indicar com o índice um determinado vinho, de instalar-se à mesa, de atacar com seriedade, não com glutoneria, os pratos que lhe serviam; foi isso que lhes inspirou respeito, sentimento que, devendo permanecer inexpressado durante a maior parte do jantar, ainda mais se avivou na mesa onde estavam os Morris, quando ouviram Mr. Walsh dizer, no fim da refeição: "Peras Bartlett." Por que falara tão moderadamente, mas com tanta firmeza, com o ar de um homem disciplinado que se apoia em seus direitos solidamente assentes na justiça, nem o jovem Charles Morris, nem o velho Charles, nem Miss Elaine ou Mrs. Morris o sabiam. Mas o fato é que, quando Mr. Walsh, sentado sozinho à sua mesa, disse: "Peras Bartlett", sentiram que contava com o apoio deles em uma petição legítima; era paladino de uma causa que imediatamente adotaram como própria, de maneira que os olhos se encontraram com simpatia e, quando chegaram ao mesmo tempo ao salão de fumar, fez-se inevitável uma pequena conversação.

Nada de muito profundo; somente que Londres estava superlotada; que mudara muito em trinta anos; que Mr. Morris preferia Liverpool; que Mrs. Morris visitara a exposição de flores em Westminster, e todos haviam visto o príncipe de Gales. No entanto, pensava Peter Walsh, nenhuma família no mundo podia comparar-se com a dos Morris; nenhuma; as relações entre os seus membros eram perfeitas, não lhe importavam absolutamente as classes elevadas, faziam o que bem lhes parecia: Elaine estudava para ocupar-se dos negócios da família, o rapaz obtivera um diploma em Leed, e a velha senhora (que tinha mais ou menos a sua idade) deixara mais três filhos em casa; tinham dois autos, mas Mrs. Morris ainda remendava os sapatos aos domingos: e isso era soberbo, absolutamente soberbo, pensava Peter Walsh, oscilando um pouco de trás para diante, com o cálice de licor na mão, entre as poltronas vermelhas e os cinzeiros, muito satisfeito consigo mesmo, porque os Morris simpatizavam com ele. Sim, simpatizavam com um homem que dizia "Peras Bartlett". Simpatizavam com ele, sentia-o.

Iria à recepção de Clarissa. (Os Morris retiravam-se; mas haveriam de encontrar-se outra vez.) Iria à recepção de Clarissa, porque desejava indagar de Richard o que pretendiam fazer com a Índia esses imbecis dos conservadores. E quais seriam os números da festa? E a música... Oh, sim! e também por causa da conversação, simplesmente...

Pois esta é a verdade sobre a nossa alma, pensou ele, sobre o nosso eu, que habita, como um peixe, os mares profundos, e navega nas trevas buscando caminho entre as algas gigantes, atravessa espaços filtrados de sol e remergulha na escuridão gelada, abismal, imperscrutável: ei-lo que de súbito emerge à superfície e salta sobre as ondas crespas de vento; isto é, sente uma absoluta necessidade de contatos, de animar-se, de entrar em comunicação... Que pensaria o governo — Richard decerto o sabia —, que pensaria o governo fazer com a Índia?

Como a noite estava muito quente e os jornaleiros carregavam cartazes anunciando em grandes letras vermelhas que havia uma onda de calor, colocaram cadeiras de vime à entrada do hotel, onde alguns cavalheiros bebiam e fumavam. Peter Walsh também se sentou. Podia-se imaginar que o dia, o dia de Londres, recém-começava. Como uma mulher que retira o simples vestido estampado e o avental branco para adornar-se de azul e pérolas, o dia mudava, despia a roupa comum, preparava-se para o sarau e, com o mesmo suspiro de alívio de uma mulher ao deixar deslizarem as saias, também se despojava do pó, do calor, da cor; o tráfego atenuava-se; automóveis sonoros, rápidos, substituíam o estrépito dos caminhões; e aqui e ali, em meio à espessa folhagem das praças, pendia uma luz intensa. Renuncio, parecia dizer a tarde, enquanto empalidecia e murchava sobre os edifícios e as cimeiras curvas ou agudas dos hotéis, escritórios e lojas; renuncio, fano-me, começava ela, desapareço; mas Londres não o permitia, e eriçava as suas baionetas para o céu, prendendo-a, obrigando-a a participar do seu festim.

Pois a grande revolução da hora de verão de Mr. Willett se efetuara depois da última vez em que Peter Walsh visitara a Inglaterra. O prolongado crepúsculo era novo para ele. Inspirador, até. Pois, quando as jovens saíam do emprego, contentíssimas de se verem em liberdade, orgulhosas, também, de pisarem em silêncio aquele pavimento famoso, uma espécie de alegria, barata, vulgar, se quiserem, mas sempre um arrebatamento, lhes coloria o resto. Vestiam-se bem, de resto; meias cor-de-rosa; lindos sapatos. Dispunham agora de duas horas para o cinema. Modelava-as, refinava-as o amarelo-azul do entardecer; e nas folhas da praça brilhava, lúrida, lívida — pareciam mergulhadas na água do mar —, a folhagem de uma cidade submersa. Estava assombrado de tanta beleza; confortado também pois enquanto os anglo-indianos, de regresso a Londres (conhecia-os aos montes), advogavam direitos e passavam o dia no Clube Oriental a proclamar deliciosamente a ruína do mundo, ali estava ele, jovem como sempre; invejando o verão dos jovens, e o resto, e reconhecendo, nas palavras de uma moça, no riso de uma criada — coisas intangíveis em que se não podia pôr a mão —, o deslocamento de toda aquela pirâmide de coisas que na sua juventude lhe pareciam irremovíveis. Fora oprimida do alto; e pesava sobre todos, sobre as mulheres especialmente, como aquelas flores que tia Helena, após o jantar, sentada junto à lâmpada, costumava imprensar entre folhas de mata-borrão cinzento. Estava morta agora. E antes havia perdido, dissera-lhe Clarissa, a visão de um olho. Teria decerto morrido como uma ave em manhã de geada, fortemente empoleirada no seu galho. Pertencia a uma outra época, mas tão inteira e completamente que permaneceria sempre de pé no horizonte, branco vulto de pedra, alto, como um farol a assinalar uma passada etapa naquela aventurosa, longa, longa viagem, naquela interminável (procurou um níquel para comprar um jornal e informar-se da partida entre Surrey e Yorkshire — havia tirado aquele níquel um milhão de vezes —; Surrey ganhara uma vez mais), naquela interminável vida... Mas críquete não era um simples jogo. O críquete era uma coisa importante. Impossível deixar de ler as partidas de críquete. Leu primeiro os resultados na seção especial; depois as notícias do calor; depois a reportagem de um crime. Ter feito coisas milhões de vezes enriquece-as, embora possa dizer-se que lhes tira a superfície. O passado nos enriquece e a experiência, e o ter amado uma ou duas vezes, pois se adquire o poder, que falta à juventude, de ir direito ao fim, de fazer o que bem se entende, sem dar importância aos outros, e de mover-se pelo mundo sem grandes expectativas (deixou o jornal sobre a mesa e retirou-se), o que, no entanto (foi buscar o chapéu), não era inteiramente certo para ele, pelo menos naquela noite, pois saía a fim de ir a uma festa, na sua idade, certo de que ia ter uma nova experiência. Mas que experiência?

De beleza, pelo menos. Não a crua beleza dos olhos. Não a beleza pura e simples — Bredford Place desembocando em Russell Square. Era a retidão e o vácuo, por certo; a simetria de um corredor; mas eram também janelas iluminadas; um piano, um gramofone tocando; um senso de prazer que permanece oculto, mas que emerge aqui ou ali, quando, pela janela aberta, se avista gente sentada em torno da mesa, jovens que dançam lentamente, conversações entre homens e mulheres, criadas olhando preguiçosamente para fora (os seus curiosos comentários, depois de concluído o trabalho), meias secando, um papagaio, algumas plantas. Absorvente, misteriosa, de uma infinita riqueza, aquela vida. E na praça por onde os carros tão rapidamente deslizavam havia pares retardados, enlaçando-se, afagando-se, aconchegando-se debaixo das frondes pendidas; e aquilo era de tal modo tocante; tão silenciosos estavam, tão absortos, que a gente passava discretamente, timidamente, como ante alguma cerimônia sagrada que seria sacrílego interromper. Era interessante. E assim até o largo.

Sua leve capa ondulava ao vento, e ele caminhava daquele modo todo seu, um pouco inclinado para diante, com as mãos às costas e os olhos ainda um pouco duros; caminhava rapidamente, através de Londres, rumo a Westminster, olhando, observando.

Todos jantavam fora, então? Um criado abria a porta para dar passagem a uma velha dama de andar majestoso, sapatos de laço, três vermelhas plumas de avestruz no cabelo. Outras portas se abriam ante damas envoltas como múmias nos xales de flores brilhantes, e damas de cabeça a descoberto. E nos respeitáveis quarteirões com pilares de estuque nos jardins minúsculos de grama cortada rente, assomavam mulheres de pente nos cabelos (tinham subido às pressas para ver como ficavam os filhos), e os homens as esperavam, de capote aberto, flutuando; e os carros partiam. Todos partiam. Com aquelas portas que se abriam, e a descida, e a partida, parecia que toda Londres estava embarcando em pequenos botes atracados à calçada, dançando sobre as águas, como se tudo flutuasse num carnaval.

Mas ali estava a rua, a rua de Clarissa; os carros dobravam rapidamente a esquina, como água em redor dos pilares de uma ponte, atraídos, pareceu-lhe, pela recepção de Clarissa, pois todo mundo ia à sua recepção.

Cessou então a fria corrente das impressões visuais, como se o olho fosse uma taça que transbordasse, deixando despreocupadamente cair o resto ao longo das suas paredes de porcelana. O cérebro devia despertar agora. O corpo devia agora retesar-se, entrar na casa, a casa iluminada, cujas portas estavam abertas, onde se detinham automóveis e desciam brilhantes mulheres; a alma devia preparar-se para afrontar tudo aquilo. Ele abriu a larga lâmina do canivete.

Lucy desceu correndo as escadas, depois de haver entrado no salão para alisar uma toalha, endireitar uma cadeira, deter-se um momento para imaginar como os convidados achariam tudo tão limpo, tão brilhante, tão bem cuidado, quando vissem a magnífica prataria, os candelabros de bronze, as novas capas dos móveis e as cortinas de chitão amarelo; apreciou tudo; ouviu um ruído de vozes; já vinham de volta da mesa; ela devia sair ventando!

Ia chegar o primeiro-ministro, dissera Agnes: foi o que ouvira no salão, disse ela, voltando com uma bandeja de taças. Mas acaso importava, importava o mínimo que fosse um primeiro-ministro a mais ou a menos? Era uma coisa que não fazia diferença, àquela hora da noite, para Mrs. Walker, no meio das travessas, galheteiros, coadores, frigideiras, restos de frango em geleia, pratinhos de sorvetes, côdeas de pão, limões, terrinas e pires de pudim, que, por mais que fossem lavados, pareciam estar sempre ali a abafá-la, sobre a mesa da cozinha, sobre as cadeiras, enquanto o fogo estralejava, ardiam as lâmpadas elétricas, e ainda era preciso servir a ceia. Tudo o que sentia era que um primeiro-ministro a mais ou a menos não fazia a mínima diferença para Mrs. Walker.

As senhoras já estavam subindo a escadaria, disse Lucy; as senhoras estavam subindo uma por uma, Mrs. Dalloway deixando-se ficar e quase sempre mandando recados para a cozinha. Na manhã seguinte ainda falariam sobre os pratos; a sopa, o salmão; o salmão, sabia-o Mrs. Walker, estava malcozido, como de costume, pois ela sempre ficava nervosa com o pudim e deixava o peixe a cuidado de Jenny; por isso acontecia que o salmão ficava sempre malcozido. Mas uma senhora de cabelos ruivos e adereços de prata, disse Lucy, perguntara se os frios tinham sido realmente preparados em casa. Mas era o salmão que aborrecia Mrs. Walker; e veio um riso da sala de jantar; uma voz que falava; outro riso... os cavalheiros se divertiam na ausência das senhoras. O tócai, disse Lucy, que entrou correndo. Mrs. Dalloway mandara buscar o tócai, o das adegas do imperador, o tócai imperial.

Foi levado através da cozinha. Por cima do ombro, Lucy contava como Miss Elizabeth estava bonita; não podia tirar os olhos dela; toda de cor-de-rosa e com o colar que Mr. Dalloway lhe dera. Que Jenny não se esquecesse do cachorro, o *fox-terrier* de Miss Elizabeth, que tinha de ser encerrado porque mordia, e que, pensava Elizabeth, podia ter precisão de alguma coisa. Mas Jenny não se atrevia a subir as escadas com toda aquele gente. Já estava um automóvel à porta! Soava a campainha... e os cavalheiros ainda na sala de jantar bebendo tócai!

Subiam, subiam as escadas; chegavam os primeiros convidados, e agora deveriam ir chegando cada vez mais, tanto que Mrs. Parkinson (contratada para a festa) deixou entreaberta a porta do hall, enquanto os cavalheiros esperavam (parados, alisando o cabelo) e as senhoras deixavam as capas no toalete junto ao corredor, onde as atendia Mrs. Barnet, a velha Ellen Barnet, que por assim dizer fazia parte da família naqueles últimos quarenta anos, e vinha cada verão ajudar as senhoras, e lembrava-se das mães quando eram mocinhas, embora fosse muito modesta, e distribuía-lhes cordiais apertos de mão, e dizia *milady* com todo o respeito, sem deixar de olhar as jovens senhoras com bondosa malícia, e que agora, com tanto jeito, ajudava Lady Lovejoy a reparar certo acidente na sua roupa de baixo. E Lady Lovejoy e Miss Alice sentiam-se privilegiadas na utilização de escovas e pentes, pois Mrs. Barnet lhes conhecia a família "há trinta anos, *milady*". As moças não usavam ruge, dizia Lady Lovejoy, quando iam a Bourton, nos velhos tempos. E Miss Alice não tinha mesmo nenhuma necessidade de ruge, observava Mrs. Barnet, olhando-a bondosamente. Ali ficaria Mrs. Barnet, no vestiário, escovando as peles, alisando os xales, arranjando o toucador, e bem sabia ela, a despeito das peles e rendas, quais as verdadeiras damas e quais as que não o eram. Boa velhinha, a ama de Clarissa, dizia Lady Lovejoy, subindo as escadas.

E em seguida Lady Lovejoy empertigou-se. — Lady e Miss Lovejoy — murmurou para Mrs. Wilkins (contratada para a festa). Tinha um admirável estilo, de curvatura e aprumo, quando se curvava e aprumava, ao anunciar, com perfeita imparcialidade: "Lady e Miss Lovejoy... *sir* John e Lady Needham... Miss Weld... Mr. Walsh." Admirável o seu estilo: a sua vida familiar devia ser irreprochável; apenas parecia impossível que uma criatura de lábios esverdeados e faces escanhoadas houvesse cometido o erro de complicar-se com filhos.

— Encantada de o ver! — disse Clarissa a Peter. Dizia o mesmo a todo mundo. Encantada de o ver! Estava nos seus piores momentos: expansiva, insincera. Eu deveria ter ficado no quarto a ler o meu livro, pensava Peter Walsh; deveria ter ido a um *music hall*; deveria ter ficado no quarto; pois não conhecia ninguém.

Meu Deus, parece que isso vai ser um fracasso; um completo fracasso, sentia Clarissa em todos os seus nervos, enquanto o bom do velho Lord Lexham apresentava desculpas por sua mulher, que apanhara um resfriado no *garden-party*[2] do Palácio de Buckingham.

[2] Festa ao ar livre. (N.T.)

Via disfarçadamente Peter, a criticá-la ali daquele canto. Por que, afinal de contas, fazia ela aquelas coisas? Por que se metia em tais alturas, por que atravessava o fogo? Tomara que a consumisse! Que a reduzisse a cinzas! Antes brandir a flama e arremessá-la à terra, que bruxulear a consumir-se como qualquer Ellie Henderson! Extraordinário como Peter podia deixá-la em tal estado só em postar-se ali naquele canto. Fazia-a ver-se a si própria; fazia-a exagerar. Era estúpido, aquilo. Mas por que vinha ele então, simplesmente para criticar? Por que tomar sempre, não dar nunca? Por que não arriscar o seu pequeno ponto de vista pessoal? Ali andava ele vagando, era preciso falar-lhe. Mas não teria oportunidade... Era isto a vida: humilhação, renúncia. E Lord Lexham a dizer-lhe que sua esposa tinha ido desabrigada ao *garden-party*, porque, "minha cara, vocês, mulheres, são todas iguais"... embora Lady Lexham tivesse no mínimo 75 anos! Era uma delícia ver como se mimavam aqueles velhos esposos. Gostava do velho Lord Lexham. Considerava a importância da sua festa e sentiu-se doente ante a impressão de que tudo ia mal, tudo ia fracassar. Tudo, qualquer exploração, qualquer escândalo, seria melhor do que ver aquela gente a errar sem rumo, ou atirada a um canto, como um pacote, como Ellie Henderson, que nem ao menos se preocupava em manter-se direita.

Suavemente, a cortina amarela agitou-se, com todas as suas aves-do-paraíso, e foi como se houvesse uma revoada pela sala, e depois desinflou-se, pendeu. (Pois as janelas estavam abertas.) Havia correntes de ar?, indagou Ellie Henderson. Era propensa a resfriados. Mas pouco se lhe dava de espirrar no dia seguinte; as moças de ombros nus é que a preocupavam, pois seu falecido pai, um inválido, que fora vigário de Bourton, acostumara--a a pensar no próximo; e de resto, os resfriados dela nunca afetavam o peito. Era nas moças que ela pensava, nas moças de ombros nus, ela, que sempre fora uma criatura insignificante, de cabelos ralos e perfil agudo; embora ultimamente, passados os cinquenta anos, começasse a irradiar uma pálida chama, purificada e refinada em anos e anos de abnegação, embora perpetuamente empanada por sua embaraçosa burguesia, seu medo pânico, proveniente de uma renda de trezentas libras e da sua inércia (era incapaz de ganhar um pêni), e isso a tornava mais tímida, mais desqualificada, cada ano, a encontrar-se com gente bem-vestida, que fazia tal coisa todas as noites da temporada, bastando dizer à camareira: "Porei isto, ou aquilo", ao passo que Ellie Henderson correra a comprar meia dúzia de flores baratas e lançara um xale sobre o seu velho vestido negro. Pois o convite de Clarissa havia chegado à última hora. O que não a deixara muito contente... Tinha a desconfiança de que Clarissa não tencionava convidá-la aquele ano.

E por que a convidaria? Não havia reais motivos para isso, exceto que sempre se haviam conhecido. Na verdade, eram primas... Mas naturalmente haviam seguido cada uma para o seu lado, em vista de Clarissa ser tão requestada... Para ela, Ellie Henderson, era um acontecimento ir a uma festa. O que mais lhe interessava eram os belos vestidos.

Não era Elizabeth, aquela, tão crescida já, com um penteado da moda e vestido cor-de-rosa? Não podia ter mais de 17 anos. Muito, muito bonita mesmo. Parece que as moças, quando se apresentam, não se vestem mais de branco, como antigamente. (Lembrar-se-ia de tudo, para contar a Edith.) As moças usavam vestidos justos, simples, com as saias acima dos tornozelos. Não lhes assentava, pensou.

Com a sua miopia, Ellie Henderson inclinava-se um pouco para a frente, e não lhe importava muito não ter com quem conversar (conhecia tão poucos ali), pois havia muita gente interessante para o olhar; políticos, provavelmente; amigos de Richard Dalloway; mas foi o próprio Richard que sentiu que não poderia deixar a pobre criatura sozinha toda a noite.

— E então, Ellie, como te trata o mundo? — disse ele, com o seu ar afetuoso, e Ellie Henderson, nervosa e ruborizada, sentindo que era extraordinariamente gentil da parte dele ter vindo falar-lhe, observou que muita gente, na verdade, era mais sensível ao calor do que ao frio.

— Efetivamente — disse Richard Dalloway. — Efetivamente.

Que mais poderia ele dizer?

— Olá, Richard! — disse alguém, pegando-lhe no braço. Meu Deus, era o velho Peter, o velho Peter Walsh. Estava encantado de o ver... verdadeiramente encantado! Não havia mudado coisa alguma. E lá se foram os dois através do salão, dando-se palmadinhas nas costas... como se não se vissem há muito tempo, pensou Ellie Henderson, certa de que conhecia aquele homem... Alto, de certa idade, belos olhos, moreno, de óculos e parecido com John Burrous. Edith com certeza saberia quem era.

A cortina, com a sua revoada de aves-do-paraíso, inflou-se de novo. E Clarissa viu... viu Ralph Lyon empurrá-la para trás, e continuar falando. De modo que afinal de contas não era um fracasso! Começava a animar-se a reunião. Já estava em andamento. Mas ainda havia certa indecisão. Ela devia permanecer ali, por enquanto. Chegava uma onda de gente.

"Coronel Garrod e senhora... Mr. Hugh Whitbread... Mr. Bowley... Mrs. Hilbery... Lady Mary Maddox... Mr. Quin...", entoava Wilkin. Clarissa trocava seis ou sete palavras com cada um, e eles iam entrando, espalhando-se pelas salas, desde que Ralph Lyon endireitara a cortina.

Mas aquilo ainda era demasiado esforço para ela. Nada divertido. Era demasiado permanecer ali; é certo que qualquer pessoa poderia fazê-lo; em todo caso, essa pessoa lhe merecia certa admiração, pois não deixava de sentir que, de qualquer maneira, fizera com que sucedesse aquilo tudo; e aquele era um posto, um cargo que assumira, e, embora não conhecesse ao certo o que representava, sentia-se como uma lança plantada no alto da sua escadaria. De cada vez que dava uma festa, vinha-lhe aquela sensação de não ser ela própria e de que cada pessoa era irreal em certo sentido; e muito mais real por outro lado. Era, pensou, parte pela indumentária com que se apresentava, parte por estarem fora da sua vida comum, parte pelo cenário; era possível dizerem-se coisas que se não poderiam dizer em outras ocasiões; era possível aprofundar. Mas não para ela, Clarissa; ou pelo menos ainda não.

— Encantada de o ver! — disse. O bom do velho *sir* Harry! Ele conhecia todo mundo.

E como era estranho o que sentia, ao vê-los subir a escada, um após o outro, Mrs. Mount e Celia, Herbert Aimsty, Mrs. Dakers... oh, e Lady Bruton!

— Muita bondade da sua parte ter vindo! — disse ela, e de fato o sentia... Como era estranho vê-los ir subindo, subindo, uns já tão velhos, outros tão...

Como? Que nome era? Lady Rosseter? Mas quem era Lady Rosseter neste mundo?

— Clarissa! — Oh! aquela voz! Era Sally Seton! Sally Seton! depois de tantos anos! Aparecia como através de um nevoeiro. Pois ela não era *assim*, Sally Seton, quando Clarissa lhe levava água quente. Pensar que ela estava sob aquele teto, sob aquele mesmo teto! Mas não como outrora!

Uma após outra, chocando-se, risonhas, as palavras precipitavam-se... Estava de passagem em Londres; soubera-o por Clara Haydon; que sorte a minha poder ver-te! De modo que me apresentei... sem convite...

Tinha perdido o brilho. Mas era tão extraordinário vê-la de novo, mais feliz, menos encantadora. Beijaram-se, primeiro numa face, depois na outra, junto à porta do salão, e Clarissa voltou-se, com a mão de Sally na sua, e viu as suas salas repletas, ouviu o murmúrio das vozes, viu os candelabros, as cortinas esvoaçantes e as rosas que Richard lhe trouxera.

— Estou agora com cinco filhos enormes — disse Sally.

Tinha o mais natural egoísmo, o mais sincero desejo de que se pensasse primeiro nela, e Clarissa gostou de ver como continuava sempre a mesma Sally. — Não me digas! — exclamou, incendiada de prazer, à evocação do passado.

Mas, ai, Wilkins a reclamava. Wilkins, que emitira certo nome com voz de imperiosa autoridade, como se toda a companhia devesse ser admoestada e a dona da casa arrancada a quaisquer frivolidades.

— O primeiro-ministro — disse Peter Walsh.

O primeiro-ministro? Era mesmo o primeiro-ministro?, maravilhava-se Ellie Henderson. Que coisa para contar a Edith!

Podia até causar riso. Ele parecia tão vulgar! A gente imaginava-o por detrás de um balcão, a vender biscoitos... pobre homem, todo enfaixado. Mas, sinceramente, quando percorreu os salões, primeiro com Clarissa, depois com Richard de escolta, fê-lo muito corretamente. Tratava de parecer alguém. Era divertido vê-lo. Ninguém o fitava. Continuava conversando, mas era perfeitamente claro que todos sentiam, até a medula, a passagem daquela majestade; o símbolo do que todos eles representavam, a sociedade inglesa. A velha Lady Bruton, tão distinta, tão imponente nas suas rendas, foi a seu encontro, e ambos se retiraram para uma saleta que se converteu em objeto de curiosidade, de vigilância, enquanto uma espécie de arrepio, de emoção, perpassava de um em um: o primeiro-ministro!

Meu Deus, meu Deus, o esnobismo dos ingleses!, pensava Peter Walsh, parado a um canto. Como gostavam de usar insígnias e fazer mesuras! Oh! Mas aquele devia ser... por Júpiter que o era!... Hugh Whitbread, farejando o recinto da grandeza, mais gordo do que antes, mais encanecido, o admirável Hugh!

Parecia estar sempre em alguma missão, pensava Peter, como se fora um ser privilegiado, mas reservadíssimo, portador de segredos que defenderia até a morte, embora não passassem de pequenos diz que diz ques da corte, que lhe revelara algum mordomo e que no outro dia estaria em todos os jornais. Tais as suas manias, o seu fraco, em cujo jogo havia encanecido, chegando às portas da velhice, gozando do respeito e afeição de todos os que tinham o privilégio de conhecer aquele tipo da escola pública inglesa. Por força pensava a gente nessas coisas, a respeito de Hugh; era o seu estilo; o estilo das admiráveis cartas que Peter lera no

Times, a léguas e léguas de distância, dando graças a Deus por estar fora daquela perniciosa agitação, embora para ouvir tão somente a grita dos babuínos e os cules que batiam nas mulheres. Um jovem de pele cor de azeitona, procedente de alguma universidade, mantinha-se obsequiosamente ao lado de Hugh. Este o patrocinava, iniciava-o, ensinava-lhe como conduzir-se. Pois nada lhe agradava tanto como prestar gentilezas, fazer palpitar o coração das velhas damas, cheias de alegria de serem atendidas na sua idade, nas suas preocupações, quando já se julgavam completamente esquecidas; pois Hugh passava uma hora com elas a falar no passado, a recordar ninharias, a louvar os bolos feitos em casa, embora, provavelmente, todos os dias comesse bolos com uma duquesa; e, só de vê-lo, parecia que dedicava de fato a maior parte do tempo a essa agradável ocupação. O Supremo Juiz, o Infinitamente Misericordioso poderia perdoá-lo. Mas Peter, esse, era implacável. Tinham de existir, os vilões; e quem sabe se os criminosos enforcados por haverem rebentado os miolos a uma rapariga no trem não faziam menos mal, em conjunto, do que Hugh Whitbread e suas gentilezas!

Era de vê-lo agora, dançando na ponta dos pés, e inclinar-se numa reverência, quando o primeiro-ministro e Lady Bruton regressavam ao salão, para que todo mundo pudesse ver que ele, Hugh Whitbread, tinha o privilégio de dizer alguma coisa, de passagem, alguma coisa íntima, a Lady Bruton. Ela deteve-se. Sacudiu a sua distinta cabeça de anciã. Estava-lhe agradecendo, sem dúvida, algum servilismo. Pois tinha seus aduladores, pequenos oficiais dos departamentos do governo, que se apressavam em prestar-lhe pequenos serviços, que ela recompensava com convites para almoços. Mas Lady Bruton vinha do século XVIII. Estava no seu papel.

E agora Clarissa escoltava o seu primeiro-ministro até a saída, resplendente na dignidade de seus cabelos grisalhos. Trazia brincos, e um vestido de cauda de sereia, verde-prata. Dir-se-ia que estava em meio às ondas, a desnastrar a cabeleira, pois ainda tinha esse dom: ser ela própria; existir; absorver tudo no momento em que passava; volteava, prendia a manta no vestido de alguma outra mulher, desprendia-a, ria, tudo com a mais perfeita naturalidade e o ar de uma criatura a se mover no seu verdadeiro elemento. Mas a idade a atingira; e, tal uma sereia, podia contemplar no seu espelho um claro pôr do sol por sobre as águas. Havia nela um sopro de ternura; sua severidade, sua contenção, sua rigidez se haviam agora abrandado, e olhava em torno, enquanto se despedia do dignitário que estava fazendo o mais que podia, Deus o ajudasse, para parecer importante;

uma indizível dignidade; uma cordialidade rara; como se desejasse o bem de tudo, e tivesse de despedir-se agora, estando no extremo limite das coisas. Era o que ela o fazia pensar. (Mas não estava enamorado.)

Quanto ao primeiro-ministro, fora mesmo muita bondade sua, sentia-o Clarissa, ter comparecido à festa. E, ao acompanhá-lo pelo salão, com Lady e Peter presentes e Richard muito satisfeito, e toda aquela gente talvez inclinada à inveja, sentira ela a embriaguez do momento, essa dilatação dos nervos do próprio coração, que parecia palpitar, crescer, elevar-se... sim, pois afinal era isso o que os outros sentiam; pois, embora gostasse daquilo e o sentisse espicaçá-la e estimulá-la, o fato é que aquelas aparências, aqueles triunfos (que o querido velho Peter, por exemplo, a julgasse tão brilhante), tudo eram coisas completamente ocas; coisas de fora, não do coração; podia ser que estivesse ficando velha, mas na verdade não a satisfaziam mais como do costume; e, de súbito, enquanto o primeiro-ministro descia as escadas, a moldura dourada do quadro de *sir* Joshua (a menina do regalo) trouxe-lhe a imagem de Miss Kilman; Kilman, a sua inimiga. Isso sim era satisfatório; era real. Ah, como a odiava — com um ódio ardente, disfarçado, corrupto; com toda a sua ascendência; a sedutora de Elizabeth; a mulher que se havia insinuado em sua casa para roubar, para conspurcar. (Tolices!, dizia Richard.) Odiava-a: amava-a. De inimigos é que se precisava, não de amigos... não de Mrs. Durrant e Clara, ou *sir* William e Lady Bradshaw, Miss Truelock e Eleanor Gibson (a quem via subirem as escadas). Que a procurassem, se o quisessem. Ela devia-se à sua festa!

Ali estava o seu velho amigo *sir* Harry.

— Meu caro *sir* Harry! — disse ela, dirigindo-se ao belo ancião que tinha produzido sozinho mais telas ruins que dois acadêmicos de St. John's Wood juntos — eram sempre animais pastando em banhados, ao crepúsculo, ou significando (pois possuía certo dom para as atitudes), pelo alçar de uma pata ou a inclinação dos chifres, "a aproximação de um estranho"... todas as suas atividades, jantares, corridas eram em função dos animais pastando em banhados, ao crepúsculo.

— De que estão rindo? — indagou ela. Pois Willie Titcomb e *sir* Harry e Herbert Aimsty estavam todos a rir. Mas não. *Sir* Harry não podia contar a Clarissa Dalloway (embora gostasse dela e a julgasse um tipo perfeito, tendo até ameaçado pintá-la), não podia contar-lhe as suas histórias de bastidores. Caçoou com ela sobre a sua festa. Ele sentia falta do seu *brandy*. Aqueles círculos, dizia, estavam muito acima dele. Mas queria-lhe bem; respeitava-a, apesar do seu maldito, difícil e aristocrático refinamento, que o impossibilitava de pedir a Clarissa Dalloway que lhe sentasse nos joelhos. E eis que se aproximava aquele errante fogo-fátuo, aquela vaga fosforescência que era a velha Mrs. Hilbery, estendendo as mãos para o calor do seu riso (acerca do duque e da duquesa), riso esse que ela, tendo-o ouvido através do salão, considerou um alívio, talvez, para a angústia que sentia às vezes, ao despertar de manhã cedo, e que a impedia até de encomendar o chá à criada: a certeza de que temos de morrer.

— Eles não querem contar-me as suas histórias — disse Clarissa.

— Querida Clarissa! — exclamou Mrs. Hilbery. Estava tão parecida com a mãe naquela noite, observou-lhe, quando a primeira vez a vira, passeando num jardim com um chapéu cinzento.

E os olhos de Clarissa ficaram realmente rasos de água. A sua mãe, passeando num jardim. Mas tinha de seguir adiante.

Pois lá estava o prof. Brierly, que fazia conferências sobre Milton, falando com o jovem Jim Hutton (sempre incapaz, mesmo numa festa como aquela, de ajustar a gravata com o casaco ou de assentar os cabelos), e, apesar da distância, ela podia ver que estavam discutindo. Esse prof. Brierly era um tipo esquisito. Com todos aqueles diplomas, honras e cátedras que o separavam dos escrevinhadores, farejava instantaneamente qualquer atmosfera desfavorável à sua difícil personalidade; ao seu prodigioso saber e timidez; ao seu hibernal e inóspito encanto; à sua dignidade mesclada de esnobismo; e tremia quando notava, na cabeleira revolta de uma mulher, nos sapatos de um jovem, a existência desses antípodas, muito estimáveis aliás, constituídos de criaturas rebeldes e de jovens ardentes; de pretensos gênios; e dava logo a entender, com um movimento, um grunhido — humm! —, o valor da moderação; o manuseio, ainda que moderado, dos clássicos, a fim de apreciar devidamente a Milton O prof. Brierly (via-o Clarissa) não concordava com o jovem Jim Hutton (que calçava meias vermelhas, pois as pretas estavam na lavadeira) a respeito de Milton. Ela os interrompeu.

Disse que gostava de Bach. Hutton também gostava. Era o que ligava a ambos, e Hutton (um péssimo poeta) sempre admitira que Mrs. Dalloway era quase a única, dentre as grandes damas, que mostrava algum interesse pela arte. Era estranho como se mostrava estrita. No tocante à música, era absolutamente impessoal. Quase uma pedante. Mas que mulher encantadora! Sua casa seria admirável, se não fossem os professores. Clarissa sentia-se tentada a levá-lo para o piano, na peça ao lado. Pois ele tocava divinamente.

— Mas o barulho! — dizia ela. — O barulho!

— O barulho é a característica do sucesso de uma festa. — Dito isto, o professor saudou-os e retirou-se delicadamente.

— Ele sabe tudo o que é possível a respeito de Milton — disse Clarissa.

— É mesmo? — indagou Hutton, que tencionava parodiar o professor por todo o Hampstead: o professor a discorrer sobre Milton; o professor prescrevendo moderação; o professor retirando-se delicadamente.

Mas devia ir falar com aqueles dois, ali, com Lord Gayton e Nancy Blow, disse Clarissa.

Não que eles aumentassem perceptivelmente o rumor da festa. Não falavam (pelo menos perceptivelmente), sentados perto das cortinas amarelas. Logo se retirariam, juntos; e nunca tinham muito que dizer, em nenhuma circunstância. Figuravam, isso era tudo. E era bastante. Tinham aspecto tão limpo, tão sadio, ela com a sua tez que lhe emprestava um aveludado de pêssego, ele magro, enxuto, com aqueles olhos de pássaro, como se nem uma bola pudesse ultrapassá-lo, nem um golpe apanhá-lo de surpresa. Sabia golpear, saltar, no momento exato. Os focinhos dos pôneis tremiam na extremidade das suas rédeas. Tinha as suas honras, monumentos ancestrais, flâmulas na capela dos seus domínios. Tinha os seus deveres; seus arrendatários; mãe e irmãs; estivera todo o dia na Câmara dos Lordes, e sobre tudo aquilo é que estavam falando — críquete, parentes, cinema — quando chegou Mrs. Dalloway. Lord Gayton estimava-o muitíssimo. Miss Blow também. Eram tão encantadoras as suas maneiras...

— É angelical... é delicioso da sua parte terem vindo! — disse ela. Amava os lordes, amava a juventude, e Nancy, vestida com enorme despesa pelos maiores artistas de Paris, estava ali, como se o seu corpo se inclinasse por si mesmo, qual uma corola verde.

— Eu desejaria que se dançasse... — disse Clarissa.

Pois os jovens não sabiam conversar. E para que conversariam? Gritar, enlaçar-se, rodopiar, levantar cedo; levar açúcar para os pôneis; beijar e acariciar os focinhos de adoráveis cães; e depois, palpitantes, mergulhar e nadar. Mas os enormes recursos da língua inglesa, o poder que concede, enfim, de comunicar sentimentos (na sua idade, ela e Peter poderiam conversar toda a noite) ficavam-lhes vedados. Estabilizar-se-iam. Mostrar-se-iam bons, mas apenas bons, um tanto enfadonhos talvez.

— Que pena! — disse ela. — Eu esperava que dançassem.

Haviam sido tão extraordinariamente amáveis em vir. Mas falar em baile! Os salões estavam repletos.

Vinha chegando a velha tia Helena com o seu xale. Ah, tinha de deixá-los, a Lord Gayton e Nancy Brow. Ali estava a velha Miss Parry, sua tia.

Pois Miss Helen Parry não tinha morrido: Miss Parry ainda vivia. Tinha passado dos oitenta. Subia lentamente as escadas, com um bastão. Acomodaram-na numa poltrona (Richard providenciara isso). As pessoas que haviam estado em Burma pelas proximidades de 1870 eram sempre conduzidas à sua presença. Onde estava Peter? Haviam sido tão amigos... À simples menção da Índia, ou mesmo de Ceilão, os olhos de Miss Parry (só que um era de vidro) aprofundavam-se lentamente, tornavam-se azuis, viam, não criaturas humanas — não conservava amáveis lembranças sobre os vice-reis, os generais, os motins —, mas orquídeas, a passagem de montanhas, viam a si própria, carregada às costas de cules pelos anos 60, sobre solitários píncaros ou descendo a apanhar orquídeas (assombrosas florações, nunca dantes vistas) que ela pintava a aquarela; uma indomável inglesa, apenas distraída pela guerra, diziam, que arrojara uma bomba à sua porta, da sua profunda meditação sobre orquídeas e sobre a sua própria pessoa a percorrer a Índia pelos anos 60... Mas ali estava Peter.

—Vem conversar com tia Helena sobre Burma — disse Clarissa.

E ele ainda não havia trocado uma palavra com ela toda a noite.

— Falaremos mais tarde — disse Clarissa, levando-o para onde se achava tia Helena, com o seu xale branco e o seu bastão.

— Peter Walsh — disse Clarissa.

Mas esse nome não significava nada para a velha.

Clarissa convidara-a. Era cansativo, muito barulhento, aquilo; mas Clarissa convidara-a. Por isso tinha vindo. Era uma pena que morassem em Londres, Richard e Clarissa. Ao menos para a saúde de Clarissa, seria melhor que vivessem no campo. Mas Clarissa sempre gostara da sociedade.

— Ele esteve em Burma — disse Clarissa.

Ah! a velha dama não podia deixar de recordar o que dissera Charles Darwin a respeito do pequeno livro que ela escrevera sobre as orquídeas de Burma. (Clarissa tivera de ir falar com Lady Bruton.)

Sem dúvida que estava esquecido agora o seu livro sobre as orquídeas de Burma, mas tivera três edições antes de 1870, contava ela a Peter.

Agora lembrava-se dele. Estivera em Bourton (e ele a abandonara no salão, sem uma palavra, recordava Peter Walsh, naquela noite em que Clarissa o convidara para andarem de barco).

— Richard ficou encantado com o seu almoço — dizia Clarissa a Lady Bruton.

— Richard me foi preciosíssimo — replicou Lady Bruton. — Ajudou-me a escrever uma carta. E você, como vai?

— Oh, perfeitamente bem! — respondeu Clarissa. (Lady Bruton detestava doenças nas mulheres dos políticos.)

— Mas eis Peter Walsh! — disse (pois nunca achava o que conversar com Clarissa, embora a estimasse. Possuía inúmeras qualidades, mas não tinham nada em comum, ela e Clarissa. Seria melhor que Richard houvesse casado com uma mulher menos encantadora, mas que o ajudasse mais na sua carreira. Perderia a oportunidade de entrar para o Gabinete).

— Eis Peter Walsh! — disse ela, apertando as mãos daquele simpático pecador, daquele homem tão inteligente, que poderia ter feito um nome, mas havia-o desdenhado (sempre metido em complicações com mulheres). Ah! e Miss Parry! A admirável velha!

E Lady Bruton ficou de pé, junto à poltrona de Miss Parry, como um espectral granadeiro, de preto, e convidou Peter Walsh para almoçar; muito cordial, sim, mas incapaz de falar de coisas leves e de recordar o que quer que fosse sobre a flora ou a fauna da Índia. Estivera lá, naturalmente; privara com três vice-reis; achava que alguns dos hindus civilizados eram pessoas verdadeiramente excepcionais; mas que tragédia... a situação da Índia! O primeiro-ministro acabava justamente de lhe dizer... (à velha Miss Parry, corcovada sob o seu xale, pouco se lhe dava o que teria dito o primeiro-ministro) e Lady Bruton gostaria de saber a opinião de Peter Walsh, recém-chegado da Índia, e proporcionaria a ele encontro com *sir* Sampson, e na verdade aquilo a impedia de dormir, à noite, aquela loucura, aquela iniquidade, poderia ela dizer, pois era filha de um militar. Ela era agora uma mulher velha, que não servia para grande coisa. Mas a sua casa, o seu pessoal, a sua boa amiga Milly Brush — lembrava-se dela? — só esperavam ser utilizados, se para alguma coisa pudessem servir, afinal... Pois nunca falava na Inglaterra, mas essa ilha de homens, essa querida, querida terra estava no seu sangue (embora não lesse Shakespeare), e, se jamais uma mulher fosse capaz de cingir o elmo e arremessar a frecha, conduzir tropas ao ataque, governar as hordas bárbaras com indomável justiça e repousar depois, sob um escudo roto, numa igreja, ou sob a verde relva de uma colina antiga — essa mulher seria Millicent Bruton. Privada por seu sexo, e por certa preguiça, também, de faculdades lógicas (sentia-se incapaz de escrever uma carta ao *Times*), acompanhava-a constantemente a imagem do Império, e a sua intimidade com esse deus potente lhe comunicava aquela imponência e rigidez, de modo que ninguém podia imaginá-la, nem depois da morte, habitando territórios onde não flamulasse, de algum modo espiritual, a Union Jack.[3] Deixar de ser inglesa, mesmo entre os mortos... nunca!

Mas seria Lady Bruton? (com quem já tivera relações). Seria Peter Walsh, de cabelo grisalho?, indagava consigo Lady Rosseter (que fora Sally Seton). E aquela, sem dúvida, era Miss Parry, a velha tia tão rabugenta quando ela, Sally, estivera em Bourton. Jamais esqueceria o dia em que correra nua pelo corredor e Miss Parry a mandara chamar! E Clarissa! Oh, Clarissa! Sally pegou-lhe o braço.

Clarissa deteve-se ante eles.

— Mas não posso ficar — disse ela. — Virei mais tarde. Esperem — disse, olhando para Peter e Sally. Deviam esperar, queria ela dizer, até que toda a gente houvesse ido embora.

— Voltarei — disse, olhando para os seus velhos amigos, Sally e Peter, que trocavam um aperto de mão, enquanto Sally sorria, recordando sem dúvida os velhos tempos.

Mas sua voz não tinha a fascinadora riqueza de outrora; seus olhos não fulgiam como antes, quando fumava charutos, quando corria pelo corredor em busca da esponja, sem uma roupa em cima do corpo, e Ellen Atkins exclamava: "E se algum dos homens a tivesse encontrado?" Mas todos a perdoavam. Ia saborear um frango no guarda-comida, porque lhe dera fome, altas horas da noite; fumava charutos no quarto; esquecera um livro valiosíssimo no barco. Mas todos a adoravam (com exceção de papai, talvez). Era por seu entusiasmo; por sua vitalidade; queria pintar, queria escrever. As velhas da localidade ainda lhe perguntavam por "sua amiga de casaco vermelho, que parecia tão brilhante". Tinha uma vez acusado Hugh Whitbread (e ali estava o seu velho amigo Hugh, palestrando com o embaixador português) de a ter beijado no salão de fumar, para castigá-la de haver dito que as mulheres deveriam votar. Como um vilão, dizia. E Clarissa lembrava-se de que tivera de persuadi-la a que não o denunciasse na hora da oração em família — coisa que era muito capaz de fazer, com a sua audácia, a sua temeridade, o seu gosto melodramático de ser o centro de tudo e de provocar cenas, o que a faria terminar, pensava então Clarissa, nalguma terrível tragédia; oh, a sua morte; o seu martírio;

[3] Pavilhão do Reino Unido. (N.T.)

e, em vez disso, desposara, da maneira mais inesperada, um homem calvo, com uma grande botoeira, que possuía, diziam, fábricas de tecidos em Manchester. E tinha cinco filhos!

Ela e Peter haviam sentado juntos. Estavam conversando: parecia tão familiar... que estivessem conversando. Decerto discutiam o passado. Com aqueles dois (mais até que com Richard) dividia ela o seu passado; o jardim; as árvores; o velho Joseph Breitkopf a cantar Brahms sem voz nenhuma; o papel do salão; o cheiro dos estofos. Sally seria sempre uma parte disso tudo; Peter também. Mas devia deixá-los. Ali estavam os Bradshaws, de quem não gostava.

Devia ir ao encontro de Lady Bradshaw (de cinza e prata, balouçando como uma foca à beira do seu tanque, implorando convites, duquesas, a esposa típica do homem de êxito); devia ir ao encontro de Lady Bradshaw e dizer-lhe...

Mas Lady Bradshaw antecipou-se:

— Estamos inconvenientemente atrasados, querida Mrs. Dalloway; quase não nos atrevíamos a entrar.

E *sir* William, que parecia muito distinto, com seus cabelos grisalhos e seus olhos azuis, confirmou-o; mas não tinham podido resistir à tentação. Estava falando com Richard, provavelmente a respeito dessa lei que desejavam fazer passar na Câmara dos Comuns. Por que sentira uma crispação, à vista daquele homem, falando com Richard? Parecia o que de fato era, um grande médico. Um homem no apogeu da sua carreira, poderoso, um tanto gasto. Pois cumpria considerar os casos que se lhe apresentavam: gente nos últimos degraus da decadência; gente às portas da loucura; maridos e mulheres. Tinha de resolver problemas terrivelmente difíceis... Mas... no íntimo, não lhe agradaria que *sir* William a visse desgraçada. Não; qualquer outro, menos aquele homem.

— Como vai seu filho em Eton? — perguntou a Lady Bradshaw.

Não pudera entrar na equipe, disse Lady Bradshaw, por causa das amígdalas. O pai sentira mais do que ele, supunha, "pois não passava", disse ela, "de uma criança grande".

Clarissa olhou para *sir* William, que falava com Richard. Não parecia uma criança... não, não parecia absolutamente uma criança.

Acompanhara certa vez alguém que fora consultá-lo. Mostrara-se muito correto; perfeitamente compreensivo. Mas, meu Deus, que alívio quando se vira novamente na rua! Havia algum pobre-diabo a soluçar, lembrava-se, na sala de espera. Não sabia, no entanto, o que se dava com *sir* William, não sabia o que lhe desagradava naquele homem. Apenas Richard concordava com ela, "não gostava do seu cheiro". Mas era extraordinariamente hábil. Falavam acerca da referida lei. *Sir* William mencionava algum caso, baixando a voz. Tinha alguma relação com o que estavam dizendo sobre as repercussões tardias dos choques cerebrais. Devia haver algum dispositivo na lei.

Baixando a voz, atraindo Mrs. Dalloway para o campo de uma comum feminice, de um comum orgulho pelas qualidades ilustres dos respectivos maridos, e o seu triste pendor para o excesso de trabalho, Lady Bradshaw (pobre tola... não havia por que lhe ter antipatia) segredou-lhe que "justamente quando íamos sair, telefonaram para meu marido, um caso tristíssimo". Um jovem (era o que *sir* William estava contando a Mr. Dalloway) se havia suicidado. Oh!, pensou Clarissa, no meio da minha festa aparece a morte, pensou.

Dirigiu-se à saleta onde o primeiro-ministro estivera com Lady Bruton. Talvez houvesse alguém por lá. Mas não havia ninguém. As poltronas ainda tinham as marcas do primeiro-ministro e de Lady Bruton, ela inclinada com deferência, ele, sentado com todo o seu peso, autoritariamente. Tinham estado a falar sobre a Índia. Não havia ninguém. O esplendor da festa caiu por terra, tão estranho era estar ali sozinho, naquele luxo.

Que tinham os Bradshaws de falar em morte na sua festa? Um jovem se havia suicidado. E falavam disso na sua festa — os Bradshaws falavam de morte. Suicidado... mas como? sempre que lhe falavam num acidente, sentia-o, logo, em si mesma; o seu vestido em chamas, o seu corpo carbonizado. Jogara-se de uma janela. O chão como que subia; duras, agudas, as pedras penetravam o corpo. Ali jazia (aquele golpe, aquele golpe no cérebro!), e depois o afogamento na treva. Assim o via. Mas por que fizera ele aquilo? e os Bradshaws falavam naquilo em sua festa!

Ela uma vez lançara um xelim na Serpentina, nada mais. Mas ele jogara a si mesmo. Os outros continuavam a viver (devia voltar; os salões ainda estavam cheios; ainda chegava gente). Eles (todo o dia pensara em Bourton, em Peter, em Sally), eles envelheceriam. Mas havia uma coisa que mais importava; uma coisa, emaranhada pelas conversas, desfigurada, obscurecida, na própria existência dela, Clarissa, uma coisa que se desgastava, dia a dia, em corrupção, mentiras, conversas. Essa coisa, ele a havia preservado. A morte era um desafio. A morte era uma tentativa de união ante a impossibilidade de alcançar esse centro que nos escapa; o que nos é próximo se afasta; todo entusiasmo desaparece; fica-se completamente só... Havia um enlace, um abraço, na morte.

Mas esse jovem que se havia suicidado... mergulhara acaso com o seu tesouro? "Se tivesse de morrer agora, seria no momento mais feliz", dissera consigo certa vez, ao descer a escadaria, toda vestida de branco.

Mas havia também os que eram poetas e pensadores. Suponhamos que ele tivera essa paixão e fora consultar *sir* William Bradshaw, um grande médico, mas para ela obscuramente maléfico, sem sexo nem desejo, extremamente atencioso para com as mulheres, mas capaz de algum indescritível ultraje — violar a nossa alma, por exemplo —, se esse jovem tivesse ido vê-lo e *sir* William o houvesse impressionado com o seu poder, não poderia o pobre ter dito (como o sentia ela agora) que a vida se tornara intolerável? Pois não tornam a vida intolerável homens como aquele?

E, depois (sentira-o ainda naquela manhã), havia o terror; a acabrunhante incapacidade, pois nossos pais a puseram em nossas mãos, esta vida, para que a vivamos até o fim, para que andemos serenamente com ela; havia nas profundezas do seu coração um terrível medo. E quantas vezes, ultimamente, se Richard não estivesse ali a ler o *Times*, de modo que ela se aconchegava como um pássaro na sua presença, e gradualmente ia revivendo, exaltando-se num incomensurável júbilo, juntando uma coisa a outra, quantas vezes já não deveria ter perecido? Conseguira escapar. Mas aquele jovem se havia suicidado.

De certo modo, era aquilo um desastre dela própria, uma catástrofe sua. Era-lhe um castigo ver afundar e desaparecer aqui um homem, ali uma mulher, naquela profunda escuridão, enquanto ela era forçada a permanecer, ali, com seu vestido de gala. Havia intrigado; havia enganado. Nunca fora integralmente admirável. Tinha almejado o sucesso, Lady Bexborough, e o resto. E tinha vagueado pelo terraço em Bourton.

E, coisa estranha, incrível: nunca se sentira tão feliz. Nada poderia agora ser bastante lento; nada durar demais. Nenhum prazer poderia igualar-se, pensava, endireitando uma cadeira, recolocando um livro na estante, a isto de haver terminado com os triunfos da juventude, de se haver perdido na corrente da existência, para encontrar a vida, com um choque de alegria, quando o sol nascia, quando o sol se punha. Mais de uma vez, quando estavam todos conversando, em Bourton, tinha ido olhar o céu; ou tinha-o visto dentre os ombros dos outros; ou em Londres, quando não podia dormir. Encaminhou-se para a janela.

Por mais louca que fosse a ideia, aquele céu familiar, aquele céu de Westminster continha alguma coisa de si mesma. Apartou as cortinas; olhou. Oh, que surpreendente! Na sala fronteira, a velha senhora olhou para ela! Ia deitar-se. E o céu... Devia ser um céu solene, tinha pensado, um céu escuro, a esconder sua bela face. Mas ali estava, de um cinza-pálido, percorrido rapidamente por vastas nuvens. O que era novo para ela. Devia ter-se erguido o vento. A senhora da casa em frente ia deitar-se. Era fascinante olhá-la, aquela velha senhora, movendo-se, atravessando o quarto, aproximando-se da janela. Poderia ela vê-la? Era fascinante, com toda aquela gente ainda a rir e a falar no salão, contemplar aquela velha mulher que se preparava tranquilamente para ir dormir sozinha. Fechou a cortina. O relógio começou a bater. O jovem se havia suicidado; mas não podia lamentá-lo; com o relógio a bater a hora, uma, duas, três, não podia lamentá-lo, com tudo aquilo indo para diante. Pronto! A velha senhora apagara a luz! Toda a casa estava agora às escuras, com tudo indo para diante, e outra vez lhe ocorreram as palavras: "Não mais temas o calor do sol..." Devia ir para junto deles. Mas que noite extraordinária! Sentia-se de certo modo como ele... o jovem que se havia suicidado. Sentia-se contente de que ele tivesse feito aquilo; alijado a vida, enquanto ela continuava a viver. O relógio batia. Os pesados círculos se dissolviam no ar. Mas tinha de voltar para junto deles. Tinha de reuni-los. Tinha de encontrar-se com Sally e Peter. E deixou a saleta.

— Mas onde estará Clarissa? — disse Peter. Estava sentado no sofá com Sally. (Depois de todos aqueles anos, não podia realmente chamá-la de "Lady Rosseter".) — Onde terá ido essa mulher? — indagou. — Onde estará Clarissa?

Sally supunha, e também Peter, que havia ali muita gente de importância, políticos, a que nenhum dos dois conhecia, a não ser pelos retratos nos jornais, e a quem Clarissa devia atender, agradar. Estava com eles, sem dúvida. Em todo caso, Richard não havia entrado para o Gabinete. Ele não fora propriamente um sucesso, achava Sally. No entanto, ela raramente lia os jornais. Algumas vezes lera o seu nome... Bem... mas o fato é que ela vivia uma vida muito solitária no deserto, como diria Clarissa, entre grandes comerciantes, grandes industriais, homens que, afinal de contas, tinham feito coisas. Ela também fizera coisas!

— Eu tenho cinco filhos! — confessou-lhe. Meu Deus, meu Deus, como havia ela mudado! A doçura da maternidade; o seu egotismo, também. A última vez em que se haviam encontrado, recordava Peter, fora entre as couves-flores, ao luar, com as suas folhas "como bronze azinhavrado", dissera ela, no seu estilo literário; e colhera depois uma rosa. Havia caminhado com ele naquela terrível noite, depois da cena junto à fonte; ele devia tomar o trem noturno. E havia chorado, meu Deus!

Ainda tinha a sua velha mania de abrir o canivete, pensava Sally, de abrir e fechar o canivete sempre que se achava enervado. Tinham sido muito íntimos, os dois, quando ele se achava enamorado de Clarissa e houvera aquela terrível e ridícula cena, ao almoço, a respeito de Richard Dalloway. Ela o havia chamado de Richard "Wickham". Por que não o chamar de Richard "Wickham"? Clarissa encolerizara-se! e, desde então, não se haviam avistado mais, ela e Clarissa; em todo caso, não mais que meia dúzia de vezes, talvez, naqueles últimos dez anos. E Peter Walsh fora para a Índia, e ela soubera vagamente que havia feito um casamento infeliz, mas não sabia se tinha filhos, nem lho podia perguntar agora, pois ele estava mudado. Tinha um ar um tanto gasto, mas bondoso, sentia-o; e ela lhe dedicava um real afeto, pois o conhecera na mocidade e ainda conservava um pequeno livro de Emily Brontë que ele lhe dera... e sem dúvida ele escrevia... pois naqueles dias tinha intenção de escrever...

— Tens escrito? — perguntou-lhe, espalmando a mão, a sua mão firme e bem-feita, sobre os joelhos, num gesto que ele recordava.

— Nem uma linha! — disse Peter Walsh, e ela riu.

Era ainda atraente, ainda era uma personagem, Sally Seton. Mas quem era aquele Rosseter? Ostentava duas camélias no dia do casamento — era só o que Peter sabia a seu respeito. "Eles têm milhares de criados, léguas de estufas", escrevera-lhe Clarissa; ou coisa parecida. Sally confessou-o, com uma gargalhada.

— Sim, tenho dez mil libras por ano. — Não podia lembrar-se se antes ou depois de pago o imposto, pois seu marido, "que você tem de conhecer", disse ela, "de quem você gostará", afiançou, não lhe negava coisa alguma.

E Sally, antes, podia-se dizer que andava em andrajos. Pois o anel que Maria Antonieta dera a seu bisavô — não era isso? — ela o havia empenhado para ir a Bourton.

Oh, sim! Sally se lembrava; ainda o tinha, o anel de rubi que Maria Antonieta dera a seu bisavô. Nunca tinha um pêni de seu naqueles tempos, e uma viagem a Bourton sempre representava um terrível problema. Mas a viagem a Bourton significara muito para ela: salvara-lhe a razão, acreditava, tão infeliz se sentia em casa. Mas tudo eram águas passadas... tudo estava acabado agora, disse ela. E Mr. Parry estava morto; e Miss Parry ainda vivia. Nunca recebera tamanho choque em sua vida!, disse Peter. Pois estava absolutamente certo de que ela havia morrido. E o casamento de Clarissa e Richard, supunha Sally, tinha sido um sucesso, não? E aquela jovem tão bonita, tão senhora de si, com um vestido cor-de-rosa, junto às cortinas, era Elizabeth.

(Parecia um álamo, parecia um arroio, parecia um jacinto, estava pensando Willie Titcomb. Oh! como não seria melhor, dizia consigo Elizabeth, estar no campo e fazer o que bem quisesse! Podia ouvir, estava certa de que ouvia agora o seu pobre cachorro latindo.)

— Oh, Clarissa! — exclamou Sally.

O que Sally sentia era simplesmente isso. Devia muitíssimo a Clarissa. Tinham sido amigas, não conhecidas, amigas, e ainda via Clarissa, toda de branco, pela casa, com as mãos cheias de flores: até hoje os pés de fumo lhe evocavam Bourton. Mas — Peter a compreendia? — alguma coisa faltava a Clarissa. Mas o quê? Tinha encanto; tinha um extraordinário encanto. Mas, falando com toda a franqueza (e sentia que Peter era um velho amigo, um verdadeiro amigo... Que importava a ausência? a distância? Várias vezes desejara escrever-lhe, mas ficara em nada, o que ele compreenderia, pois a gente, quando envelhece, entende as coisas sem necessidade de palavras. E velha estava ela, sim, pois naquela mesma tarde tinha ido a Eton ver os filhos, que estavam com caxumba), com toda a franqueza, pois como poderia Clarissa ter feito aquilo? Casar com Richard Dalloway? Um *sportsman*, um homem que só se preocupava com os seus cães. Quando ele entrava numa sala, sentia-se literalmente um cheiro de estábulo. E tudo isso, ainda por cima! E ela abrangeu a sala com um gesto.

Ia passando Hugh Whitbread, com o seu colete branco, vulgar, gordo, cego, sem outra expressão que a satisfação de si mesmo e o bem-estar.

— Ele não nos vai reconhecer... — disse Sally, e realmente ela não tinha coragem... então era Hugh? o admirável Hugh!

— E que faz ele? — perguntou a Peter.

Lustrava os sapatos do rei; ou contava garrafas em Windsor, disse Peter. Peter ainda conservava a sua má língua! Mas Sally devia ser franca com ele, solicitava Peter. Como tinha sido mesmo aquela história do beijo, do beijo de Hugh?

Na boca, assegurou ela, uma tarde, no salão de fumar. Ela, furiosa, fora correndo aonde estava Clarissa. Não, Hugh não faria uma coisa daquelas!

dissera Clarissa, o admirável Hugh! As meias de Hugh eram, sem exceção, as mais bonitas meias que ela já vira... E aquele fraque, então? Perfeito! E filhos?

Não tinha ele filhos?

— Todos, nesta sala, têm seis filhos em Eton — confiou-lhe Peter. Exceto ele, Peter. Graças a Deus, não tinha nenhum. Nem filhos, nem filhas, nem mulher. Bem, mas isso não haveria de importar-lhe muito, pensou. De resto, Peter parecia mais jovem do que qualquer um deles.

Muito provavelmente, pois afinal de contas devia ser penoso para ele (embora fosse um original, uma espécie de espírito, de nenhum modo um homem vulgar), devia ser uma coisa desoladora, na sua idade, não ter nenhum lar, nenhuma casa aonde ir. Mas tinha de ir visitá-los, durante semanas e semanas. Naturalmente que sim; gostaria muito de estar com eles; e foi o que acontecera. Durante aqueles anos, os Dalloways não tinham ido uma única vez. E tinha-os convidado, ano após ano. Clarissa (pois naturalmente havia sido Clarissa) não quisera ir. Porque Clarissa, dizia Sally, era, no fundo, uma esnobe; tinha-se de reconhecê-lo: uma esnobe. E era o que as separava, estava certa disso. Clarissa pensava que ela havia casado mal, pois o seu marido — orgulhava-se disso — era filho de um mineiro. Cada pêni que possuíam, ele o ganhara com o seu trabalho. E quando menino (sua voz tremia) havia carregado sacos.

(E assim prosseguiria horas a fio, sentiu Peter; o filho do mineiro; os que a julgavam malcasada; os seus cinco filhos; e que mais?... ah! as plantas, hidrângeas, siringas, raríssimos hibiscos que nunca cresciam ao norte do canal de Suez, mas de que ela, com um jardineiro nos arredores de Manchester, possuía canteiros, verdadeiros canteiros! Tudo aquilo de que Clarissa agora estava livre, tão pouco maternal que era.)

Seria uma esnobe, Clarissa? Sim, de certo modo. Por onde andaria ela, todo aquele tempo? Ia ficando tarde.

— Mas — disse Sally —, quando soube que Clarissa dava uma festa, senti que não podia deixar de vir e vê-la de novo (e estou hospedada em Victoria Street, aqui ao lado, por assim dizer). De modo que vim sem convite. Mas quem é aquela? — murmurou.

Era Mrs. Hilbury, procurando a porta. Pois já ia ficando tarde! E à medida que a noite avança e o pessoal se retira, a gente vai achando velhos amigos; velhos amigos, cantinhos sossegados e as melhores cenas. Saberiam eles que os cercava um jardim encantado? Luzes e árvores e maravilhosos lagos resplandecentes, e o céu. Apenas algumas lâmpadas de feira pelo jardim, dissera Clarissa Dalloway. Mas Clarissa era uma feiticeira! Porque aquilo era um verdadeiro parque... E embora não lhes soubesse os nomes, sabia que eram amigos, amigos sem nomes, cantos sem palavras, sempre os melhores. Mas havia tantas portas, tantos locais inesperados, que ela bem podia não encontrar o caminho.

— A velha Mrs. Hilbury — disse Peter. Mas quem seria aquela? aquela senhora sentada toda a noite junto à cortina, sem falar? Conhecia, sim, aquele rosto; provavelmente de Bourton. Não era a que fazia roupas brancas, na grande mesa junto à janela? Davidson, não era esse o seu sobrenome?

— Oh, é Ellie Henderson — disse Sally, Clarissa era realmente muito dura com ela. Tratava-se de uma prima muito pobre. Clarissa era muito dura com as pessoas.

Era mesmo, concordou Peter. Mas, disse Sally, num ímpeto daquele entusiasmo que Peter tanto lhe apreciava, embora o temesse um pouco, pois podia tornar-se demasiado efusiva... Clarissa era tão generosa com as amigas! Uma qualidade tão rara de encontrar... Por isso, muitas vezes, na noite de Natal, quando enumerava os bens que recebera, punha aquela amizade em primeiro lugar. Era jovem, naquele tempo; isso era tudo. Clarissa era pura de coração; isso mesmo. Peter que a julgasse sentimental. Assim era. Pois sentia agora que a única coisa que vale a pena dizer é o que se sente, afinal. A inteligência era uma estupidez. Devia-se dizer simplesmente o que sentia.

— Mas eu não sei — disse Peter Walsh —, eu não sei o que sinto.

Pobre Peter, pensou Sally. Por que não vinha Clarissa falar com eles? Era isso que Peter estava esperando. Ela o sabia. E durante todo o tempo estivera a pensar unicamente em Clarissa, e a brincar com o canivete.

Não tinha achado simples a vida, disse Peter. As suas relações com Clarissa não foram simples. Haviam-lhe arruinado a vida, disse Peter.

(Tinham sido tão íntimos, ele e Sally Seton, que seria absurdo não lhe dizer.) Não se podia amar duas vezes, disse ele. E que poderia ela responder-lhe? Que, de qualquer modo, era sempre melhor ter amado (mas ele a julgaria sentimental: era tão sardônico!). Devia ir passar uns tempos com eles em Manchester. Isso mesmo, concordou Peter. Isso mesmo. Gostaria de ir passar uns tempos com eles, logo que terminasse o que tinha a fazer em Londres.

E Clarissa (Sally tinha toda a certeza) o havia amado muito mais do que amara depois a Richard.

— Não, não! — protestou Peter (Sally não devia dizer aquilo: estava indo muito longe). Aquele excelente sujeito... ali estava ele, ao fundo da sala, perorando, sempre o mesmo, o velho Richard.

E com quem falava ele? indagou Sally. Quem era aquele homem de aspecto tão distinto? Vivendo no deserto, como dizia, tinha uma insaciável curiosidade de saber quem eram as pessoas. Mas Peter não o conhecia. Não lhe agradava o seu aspecto, disse, provavelmente algum ministro. Dentre todos eles, Richard lhe parecia o melhor, afiançou, o mais desinteressado.

— Mas que fez ele? — indagou Sally. Beneficência, supunha. E eram felizes os dois?, indagou Sally (ela era extremamente feliz); pois, admitia, nada sabia deles, apenas saltava às conclusões, como se faz: pode-se acaso saber alguma coisa, mesmo da gente com quem se vive todos os dias?, indagou. Não somos todos uns prisioneiros? Lera uma peça maravilhosa a respeito de um homem que escrevia na parede da sua cela, e ela achava que essa era a verdade da vida: a gente escrevia coisas na parede. Desprezada das relações humanas (eram tão difíceis as pessoas), fora muitas vezes ao jardim, receber das suas flores uma paz que os homens e as mulheres não lhe davam nunca. Mas não; ele não gostava de legumes; preferia as criaturas humanas, dizia Peter. Na verdade, os jovens são belos, disse Sally, vendo Elizabeth atravessar o salão. Como era diferente de Clarissa, na sua idade! Poderia ele tirar alguma coisa dela? Ela não abria os lábios. Não muito, ainda não, pelo menos, admitiu Peter. Era como um lírio, disse Sally, um lírio à beira de um pântano. Mas Peter não concordava em que não se pudesse saber nada. Sabe-se tudo, afirmava; ele pelo menos sabia.

— Mas esses dois — murmurou Sally —, esses dois que vêm vindo — e na verdade ela devia ir-se embora, se Clarissa não aparecesse logo —, esse homem tão distinto e essa mulher tão vulgar, que falavam com Richard... que se pode saber a respeito de gente como essa?

— Que são uns terríveis embusteiros — disse Richard, passando casualmente. O que fez Clarissa rir.

Mas *sir* William Bradshaw deteve-se à porta para olhar um quadro. Procurou num canto o nome do gravador. Sua mulher também. *Sir* William Bradshaw se interessava muito pelas artes.

Quando jovem, disse Peter, a gente é demasiado excitável para que possa conhecer os outros. Mas agora, na velhice, 52 anos, para ser exato (Sally tinha 55, no corpo, dizia ela, pois o coração era como o de uma moça de vinte); agora, na maturidade, pode-se observar, pode-se compreender, sem ter perdido a faculdade de sentir, disse ele. Sim, era verdade, concordou Sally. Ela sentia mais profundamente, mais apaixonadamente, cada ano que passava. E aquilo aumentava, suspirava ele; mas antes devíamos alegrar-nos: aquilo aumentava com a experiência. Havia certa pessoa lá na Índia. Gostaria de falar com Sally a respeito dela. Era casada, disse. Tinha dois filhos pequenos. Pois deviam ir todos a Manchester, disse Sally: ele tinha de prometê-lo antes de se despedirem.

— Eis Elizabeth — disse ele —, e ela ainda não sente metade do que nós sentimos. — Mas bem se vê — observou Sally, notando que Elizabeth se dirigia para o pai — que os dois se estimam muito. — Via-se pela maneira como Elizabeth se dirigia para o pai.

Pois o pai a estivera olhando, enquanto falava com os Bradshaws, e perguntara a si mesmo quem seria aquela encantadora moça... E de súbito descobrira que era a sua própria Elizabeth, e ele não a tinha reconhecido, tão encantadora estava com o seu vestido cor-de-rosa! E Elizabeth sentira que ele estava olhando, enquanto conversava com Willie Titcomb. Por isso fora ter com ele, e permaneciam juntos, agora que a festa estava quase finda, a olhar a gente que se ia, e os salões cada vez mais desertos, com coisas esparsas pelo assoalho. Até Ellie Henderson se ia embora, quase que por último, embora ninguém houvesse falado com ela, mas tinha querido ver tudo, para contar a Edith. E Richard e Elizabeth estavam até contentes de que houvesse terminado, mas Richard sentia-se orgulhoso da sua filha. E não tencionava dizer-lhe isso, mas não pôde deixar de lho dizer. Estivera a olhá-la, contou ele, e indagara consigo quem seria aquela moça tão encantadora... e era ela, a sua filha! Isso a fizera sentir-se feliz. Mas o seu pobre cachorro estava latindo, latindo.

— Richard melhorou. Tens razão — disse Sally. — Vou falar com ele. Vou dar-lhe boa-noite. Que importa o cérebro — disse Lady Rosseter, levantando-se —, comparado com o coração?

— Eu também vou — disse Peter, mas deixou-se ficar sentado um momento. Mas que terror é esse?, pensou consigo. Que êxtase me vem? Que é que me enche de tão extraordinária excitação?

É Clarissa, descobriu.

Pois ela ali estava.

Conheça os títulos da Coleção Clássicos de Ouro

132 crônicas: cascos & carícias e outros escritos — Hilda Hilst
24 horas da vida de uma mulher e outras novelas — Stefan Zweig
A câmara clara: nota sobre a fotografia — Roland Barthes
A conquista da felicidade — Bertrand Russell
A consciência de Zeno — Italo Svevo
A força da idade — Simone de Beauvoir
A guerra dos mundos — H.G. Wells
A ingênua libertina — Colette
A mãe — Máximo Gorki
A mulher desiludida — Simone de Beauvoir
A náusea — Jean-Paul Sartre
A obra em negro — Marguerite Yourcenar
A riqueza das nações — Adam Smith
As belas imagens (e-book) — Simone de Beauvoir
As palavras — Jean-Paul Sartre
Como vejo o mundo — Albert Einstein
Contos — Anton Tchekhov
Contos de terror, de mistério e de morte — Edgar Allan Poe
Crepúsculo dos ídolos — Friedrich Nietzsche
Dez dias que abalaram o mundo — John Reed
Física em 12 lições — Richard P. Feynman
Grandes homens do meu tempo — Winston S. Churchill
História do pensamento ocidental — Bertrand Russell
Memórias de Adriano — Marguerite Yourcenar
Memórias de um negro americano — Booker T. Washington
Memórias de uma moça bem-comportada — Simone de Beauvoir
Memórias, sonhos, reflexões — Carl Gustav Jung
Meus últimos anos: os escritos da maturidade de um dos maiores gênios de todos os tempos — Albert Einstein
Moby Dick — Herman Melville
Mrs. Dalloway — Virginia Woolf
O banqueiro anarquista e outros contos escolhidos — Fernando Pessoa
O deserto dos tártaros — Dino Buzzati
O eterno marido — Fiódor Dostoiévski
O Exército de Cavalaria (e-book) — Isaac Bábel
O fantasma de Canterville e outros contos — Oscar Wilde

O filho do homem — François Mauriac
O imoralista — André Gide
O príncipe — Nicolau Maquiavel
O que é arte? — Leon Tolstói
O tambor — Günter Grass
Orgulho e preconceito — Jane Austen
Orlando — Virginia Woolf
Os mandarins — Simone de Beauvoir
Retrato do artista quando jovem — James Joyce
Um homem bom é difícil de encontrar e outras histórias — Flannery O'Connor
Uma morte muito suave (e-book) — Simone de Beauvoir

Direção editorial
Daniele Cajueiro

Editora responsável
Ana Carla Sousa

Produção editorial
Adriana Torres
André Marinho

Revisão
Luisa Suassuna

Capa
Victor Burton

Diagramação
Filigrana

Este livro foi impresso em 2021
para a Nova Fronteira.